けたたましい射撃音が響いた。（172ページ参照）

ハヤカワ文庫JA

〈JA936〉

クラッシャージョウ②

# 撃滅！　宇宙海賊の罠

高千穂　遥

早川書房

6363

カバー／口絵／插絵　安彦良和

目次

# 撃滅！　宇宙海賊の罠

# 第一章　ベラサンテラ獣

## 1

〈ミネルバ〉は加速六十パーセントを維持したまま、銀色に輝く百メートルの船体をうねるように反転させた。〈ミネルバ〉を追ってきた十四機の小型宇宙戦闘機も、その動きに反応し、いっせいに針路を変えた。よく訓練された行動で、航空宇宙ショーのデモンストレーション飛行でも見ているような錯覚に陥るほどだ。

「やってくれるな」

フロントウィンドウの上にあるメインスクリーンを凝視《ぎょうし》し、ジョウがうなるように言った。いまいましいという思いが、その口調にははっきりと含まれている。この高速反転で、追撃してくる戦闘機の半数くらいは脱落すると考えていたからだ。

「賭けてもいい。連中はプロだぜ」

首をめぐらし、ジョウは言葉を継いだ。

「プロですと?」

ジョウのすわる副操縦席のうしろに仮設の予備シートが設けられていた。そこに着いていた男がジョウに向かって身を乗りだした。五十歳前後の、頭がもうかなり薄くなっている貧相な小男だった。

「ダブラスさん、それはあんたのほうがよく知っているんじゃないかな」

ジョウのまなざしが、強い光を帯びた。

「知っている? わたしが?」

ダブラスと呼ばれた男の表情が、かすかにこわばった。

「機体だよ」ジョウはコンソールに向かい、あごをしゃくった。

「見覚えがあるはずだ」

スクリーンの映像が拡大された。追ってくる宇宙戦闘機の姿が、画面いっぱいに大きく広がった。

ダブラスは瞳を凝《こ》らした。片方の眉が痙攣《けいれん》するように上下する。

「タラオ宇宙軍のB級戦闘機に似ています」

震える声で、ダブラスは言った。

「似ているんじゃない!」ジョウの声が高くなった。

「あれは、タラオ宇宙軍のB級戦闘機そのものだ。もちろん、パイロットもそう。タラオ宇宙軍の現役パイロットだ」

「つまり、プロの戦闘機乗りってことですな」

タロスが言った。主操縦席に身を置き、〈ミネルバ〉を巧みに操っている大男だ。身長は軽く二メートルを超え、容貌がフランケンシュタインの怪物に酷似《こくじ》している。

「まさか……そんな」

ダブラスはうろたえた。額に汗が噴きだした。照明が反射して、肌がてらてらと光った。

太陽系国家タラオの産業大臣。それがダブラスの肩書きだ。現職の閣僚である。政府首脳のひとりといっていい。それほどの地位にある要人の乗る船が、自国の宇宙軍に襲われた。ただごとではない。

「本当に、まさかだぜ」うんざりしたようにジョウはつづけた。

「反対派は宇宙軍の中枢にまで食いこんでいたんだ」

「信じられない」

ダブラスは目を見ひらき、茫然としている。

「ジョウ」低い声で、タロスが言った。

「距離を詰められています。機動力じゃ、宇宙軍の戦闘機に勝てません。まもなく向こうの射程距離内に入ります」

「応戦する」即座にジョウは答えた。

「ミサイル発射用意」

「待ってください！」ダブラスが声を張りあげた。

「反対派とはいえ、相手がタラオ宇宙軍となれば、重大事に発展しかねません。われわれの計画にも影響がでます。交戦はだめです。避けてください。せっかくの極秘行動が、台なしになってしまいます」

「ふざけんじゃねえ！」

ダブラスの言葉を、甲高い声がけたたましくさえぎった。リッキーである。リッキーは予備シートのさらに後方にある動力コントロールボックスのシートの上で顔を真っ赤に染めていた。

「黙って聞いてりゃ、なんだい」リッキーは叫びまくる。

「俺《おい》らたちに死ねと言うのかよ。そもそも宇宙船の中じゃ、船長が絶対なんだ。いくら雇い主でも、兄貴の命令には逆らえない。そうなっている。それを、ああだのこうだのぬかすのは、地上に降りてからにしろ」

「やめろ。リッキー」

ジョウが止めた。

「だって、兄貴」

「いいから、口をつぐめ」

　ジョウはタロスに向き直った。

「攻撃はやめる」あらためて指示を発した。

「あいつらを振りきってくれ」

「厳しい注文ですなあ」

　タロスはにやりと笑った。

「兄貴！」リッキーの目がななめ四十五度に吊りあがる。

「そんなのないよ」

「宇宙船の中では誰の命令が絶対なんだ？」

　ジョウは低い声で、リッキーに応じた。

「…………」

　リッキーは沈黙した。口をとがらせたままだが、反論はしない。いや、できない。

「攻撃をやめたのは、ダブラスさんの要望があったからじゃない」ジョウは言を継いだ。

「俺の判断だ。反対派の連中もベラサンテラ獣を死なせたいとは思っていない。そのことを忘れていた」

「なるほど」タロスがうなずいた。

「要するに、こっちがベラサンテラ獣を積んでいる限り、威嚇《いかく》以上の攻撃はないってことですな」

「となれば、挑発は逆効果だ」ジョウの指がコンソールのキーを叩いた。スクリーンに航宙図が浮かんだ。

「加速を九十パーセントにアップ。あいつらを一気にぶっちぎる」

「了解！」

タロスとリッキーが、同時に答えた。

「ドンゴ、そっちの映像をメインスクリーンに重ねてくれ」

ジョウの指示が、さらに飛ぶ。

空間表示立体スクリーンのシートには、一台のロボットが着いていた。それがドンゴだ。円筒形のボディに、卵を横倒しにしたような形の頭部が載《の》っている。身長は一メートル強といったところか。頭部正面に、レンズやLED、ターミナルなどが、あたかも顔の造作を思わせるような配列で並んでいる。

「キャハ」

命令を受け、ドンゴは動いた。顔のLEDが激しく明滅した。

メインスクリーンの映像が変化する。光点だけで構成されていた立体航宙図に、座標軸のラインと文字情報がオーバーラップした。中央の白い光点が〈ミネルバ〉だ。その下方に散開している緑の光点が、追っ手のB級戦闘機である。戦闘機はじりじりと接近しながら、〈ミネルバ〉を包むように大きく広がりはじめている。

「B級戦闘機ノ加速ハ、少シ上回ッタ状態デ、〈みねるば〉ト完全ニ同調シテイル。キャハハ。コノママ現状維持ノ場合ハ二百七十四秒後ニ〈みねるば〉ニ対シテ相対的停止状態ニ入リ、〈みねるば〉ノ動力ノ無力化ヲハカル。ソノ可能性ハ七十二ぱーせんと」

「リッキー、動力百十パーセント。上限いっぱいだ。タロス、いまの加速を保ち、8A631方向に転進」

「ちょっと待ってください！」ジョウの言葉に、タロスが目を剝《む》いた。

「8A631だと、アステロイドベルトに突っこむことになりますぜ」

「わかっている。確認は要《い》らない。突っこませろ。おまえなら、できるはずだ」

「そりゃ、まあ、そうですが」

タロスは肩をすくめた。

「小惑星帯に、この加速で進入するんですか？」

おそるおそる、ダブラスが訊《き》いた。

「シートを寝かせたほうがいいですよ。ダブラスさん」正面に視線を据《す》えたまま、ジョウはダブラスの言に応《こた》えた。

「肩と首も固定しておきましょう」

静かに言う。

ダブラスはあわてて予備シートを操作し、背もたれをうしろに倒した。エアクッションが上体をやわらかく包んだ。

〈ミネルバ〉が針路を変えた。弾かれるように旋回した。慣性中和機構の限界を超えるGが、〈ミネルバ〉の船体を揺すぶる。船の構造材がきしみ、みしりと音を立てる。

「くっ」

ジョウは奥歯を噛みしめた。全身の血が逆流した。視界が暗くなった。顔の筋肉が重い。

必死で眼球を動かし、ジョウはメインスクリーンを見た。

「！」

ついてきている。

ジョウは驚愕した。意表を衝《つ》く転針で、わずかに引き離したが、決定的な差は、まったくついていない。たかだか全長三十メートルほどの小型宇宙戦闘機が、クラッシャーの船と互角のチェイスを演じているのだ。恐るべき操縦技術と運動性である。

「アステロイドベルトです」タロスが言った。

「入ります」

まるで他人事のような口調だ。苦境に立っていればいるほど、タロスはこういう態度をとる。

　スクリーンが赤くなった。無数の赤い光点が瞬時に画面を埋めた。すさまじい数である。赤い光点は、そのすべてが小惑星だ。小さいものは直径十メートル以下。大きいものならば、数キロ、数十キロに至る。そのどれもが、かすめただけで〈ミネルバ〉の船体を紙のように切り裂く。

　ジョウが行手の小惑星密度を確認した。小惑星帯といっても、狭い空間にびっしりと岩塊がひしめいているという状態ではない。小惑星それぞれは、距離千キロ以上のオーダーで漆黒《しっこく》の闇の中に散らばっている。しかし、そこを超高速度で移動する宇宙船にしてみれば、その距離は無に等しい。ひとつをかわせば、またすぐにつぎの小惑星があらわれる。それがえんえんとつづく。

「針路6Ｂ101！」ジョウが叫んだ。密度がより高い位置へと〈ミネルバ〉を導く。

「くるぞ。小惑星の群れが」

「楽しいねえ」

　つぶやくように、タロスが言った。

　操縦室に警報が鳴り響いた。耳障りで、不快な音だった。

## 2

シリウスでの輸送船護衛を無事に終え、カノープスの第八惑星デロンでのんびりと休暇を楽しんでいたジョウたちのもとへ、優先度A級の超空間通信が飛びこんできた。

それが、この仕事のそもそものはじまりだった。

発信人の名はフォン・ドミネート。

太陽系国家、タラオの大統領である。

西暦二一六〇年代。銀河連合に加盟している八千におよぶ国家は、すべてが太陽系国家になっていた。

太陽系国家とは、文字どおり、ひとつの太陽系がひとつの政府によって統治されている国のことである。

宇宙開発の初期、人口過剰にあえぐ地球を離れ、他星系の惑星に移民した人びとは、それぞれが移住した惑星をひとつの独立国家として組織化をおこなった。これが惑星国家である。しかし、この惑星国家時代は、すぐに終わりを告げた。惑星改造技術《テラフォーミング》が急速に発達し、それまで人類が居住できなかった惑星までが、植民可能になるよう改造されていったからである。改造技術が確立されていなかった惑星国家時代、ごく一部の例外を除いて、ひとつの太陽系に人類が居住できる惑星はひとつしかなかった。それどころか、ほとんどの太陽系の惑星が、そのままでは居住不可能であった。

　だが、その状況を惑星改造技術が一変させた。固体の核を有しないガス状惑星でない限り、人類はどんな惑星であっても、植民できるようになった。となれば、国家の規模が拡大しないわけがない。移住した太陽系に惑星が九つあれば、そのうちの六つから七つの惑星を植民地とすることが可能になるのだ。合衆国の州が増えるのと同じである。すべての惑星国家がこぞって太陽系国家となるのに、三十年とはかからなかった。人類発生の地、地球《テラ》も、いまでは太陽系内の惑星、衛星のあらかたが完全に改造され、ソルという名のひとつの太陽系国家になっている。

　恒星タラオとそれをめぐる十二個の惑星からなる太陽系国家タラオは、国民総生産が銀河連合加盟国家内でも十指に入るという豊かな大国であった。

　そのタラオの大統領がみずから直接、一クラッシャーに通信文を送ってきた。しかも、高度な暗号で。

　ジョウたちは色めきたった。

　暗号はすぐに解読された。内容は以下のとおりである。

「ジュウダイナイライアリ。リョコウシャヲヨソオイ、イソギタラオニコラレタシ。フォン・ドミネート」

幸いなことに、つぎの仕事はまだ契約がなされていなかった。打診はあったが、条件で折り合いのつくものが皆無だった。が、大国タラオからの依頼ともなれば、話はべつである。なんといっても超金満国家だ。しかも、通信文から察するに、これは極秘の仕事らしい。となると、報酬は望みのままである。こんなおいしい話を断るクラッシャーは、どこにもいない。

ジョウは即座に休暇を打ち切り、タラオに向け、〈ミネルバ〉を発進させた。

とびうお座宙域にある恒星タラオは、白色の巨星であった。〈ミネルバ〉はタラオ星域外縁に近いポイントにワープアウトした。恒星タラオまで約七十億キロの位置である。星域内ではワープができない。巨大質量に近接した場所でワープすると、重力異常でワープ機関が誤作動する。加速四十パーセントの通常航行で、ジョウはタラオの第五惑星エルロッドへと向かった。エルロッドは、太陽系国家タラオの首都のある惑星ではない。首都タルカサールは、第六惑星ランドックにある。だが、エルロッドは風光明媚《ふうこうめいび》な観光地として知られており、タラオを訪れる観光客の大部分はランドックを素通りしてエルロッドに行き、そこに滞在する。大統領はジョウに対して「旅行者を装え」と指示してきていた。ならば、エルロッドに直行するのが、自然なふるまいである。

〈ミネルバ〉はエルロッドに至り、地上に降下して、タナポリス宇宙港に着陸した。

入国手続きを終え、アリバイをつくった。そして、〈ミネルバ〉の格納庫から〈ファイター1〉を発進させた。

〈ファイター1〉は、〈ミネルバ〉の搭載艇である。ふたり乗りの宇宙機だ。むろん、〈ミネルバ〉同様、大気圏内飛行もできる。平べったい、尾のないエイのような外観をしていて、尾部にメイン推進機関が二基装備されている。塗色は白。純白だ。機体上面に、赤の飾り文字で〝J〟が描かれている。前面に横長の窓があり、その下には、黒く〝ファイター1〟と機名が記されている。

ジョウは観光の名目で自家用機での飛行許可を取得し、単身ランドックへと赴《おもむ》くことにした。隠密を要する依頼である。多勢で行ったのでは目立つ。それに、タロス、リッキー、アルフィンの三人に、中断した休暇の穴埋めを、この名高い観光地でさせておくのも悪くない。

早朝、夜明けと同時に、ジョウは〈ファイター1〉を駆り、ランドックに向け、ふわりと飛び立った。

陽が落ちた。首都タルカサールに夜がきた。

ジョウはランドックの衛星軌道から地表へと〈ファイター1〉を降下させた。

大陸の南端、大きな湾に面した位置にタルカサールはある。

宇宙港や空港ではなく、タルカサール郊外に広がる森の中の空地に、ジョウは〈ファイター1〉を降ろした。〈ファイター1〉は垂直離着陸機《VTOL》である。ある程度の広さの平地さえあれば、どこにでも着陸できる。ほとんど照明のない場所への夜間着陸だったが、ジョウは難なくやってのけ、〈ファイター1〉は目的地に到着した。タラオ宇宙軍や警察などによる干渉は皆無だった。大国タラオには自家用宇宙船を持つ企業や個人が少なからずいる。国内の移動だけなら、飛行許可さえ得ていれば、宇宙船による惑星間航行であっても制限らしい制限は、ほとんどない。

機外にでたジョウは、〈ファイター1〉を擬装網で覆《おお》った。それから、徒歩でタルカサールに向かった。距離はおよそ三十キロ。けっして近くはない。

夜が明けた。

ジョウはタルカサール市内に入った。市内の地図はデータとして携帯端末にインストールされている。しかし、それをいちいち確認する必要はない。太陽系国家の首都というのは、どこも同じような構造になっている。自然発生的にできた都市ではない。移民者が最初から首都として設計したものばかりだ。それが植民星の都市であり、首都である。

外縁部に、城塞《じょうさい》のごとくそそり立つ居住区の超高層ビル群。放射状に伸びる、数知れない走路やハイウェイ。首都中心部には、公園区、ビジネス区、行政区といった順番で、町なみが整然と同心円状に並んでいる。

ジョウはタルカサールの居住区から、地下にもぐった。きめ細かく整備された地下交通網が、そこには存在している。シティカーと呼ばれる、地下鉄道の一種だ。ジョウはシティカーに乗った。行先はいうまでもない。同心円の中心、大統領府である。

二十分ほどで大統領府に着いた。ジョウは地上に戻った。

大統領府の一角に、大統領官邸があった。緑の木立ちに囲まれた白亜の豪邸である。木立ちは壮麗な金属柵で囲まれている。見た目は工芸品のように華奢《きやしや》だが、実体は、強力な電磁シールドだ。うかつにさわると、全身が黒焦げになる。死なないまでも身動きがかなわなくなり、急行してきた警官に、間違いなく逮捕される。

どうしたものか。

柵の前で、ジョウは考えこんだ。常識でいえば、正門に行き、そこで来訪を告げて邸内に入れてもらうのが筋である。しかし、それではわざわざ観光客を装って密《ひそ》かに訪れる意味がない。といって、金属柵を破壊し、暴力的に侵入するのもおかしな話だ。腕試しを求められたことなど、まったくないのだから。

「仕方がないな」ジョウはつぶやいた。

「こっそり忍びこみ、いきなり大統領の前に立つ。これしかない」

だが、それはほとんど不可能である。

ジョウは大統領府の周囲をざっとまわってみることにした。うまくいけば、どこかに隙が見つかるかもしれない。ジョウは、地方から首都にでてきたばかりのおのぼりさんよろしく、大仰《おおぎょう》にきょろきょろしながら、金属柵に沿ってぶらぶらと歩きはじめた。

五分ほど進んだ。視界に人の姿が映った。そういえば、これまで誰にも会わなかった。大統領府の近辺は閑散としている。無人といっていい状態だった。

ジョウは瞳を凝《こ》らした。人影は、グレイの制服を着て、角張ったつばのある帽子をかぶっている。

警官だ。どこの国であろうと、こんな恰好《かっこう》をしているのは警察官だけである。

警官が近づいてきた。ジョウは素知らぬふりをして、その脇をすりぬけようとした。警官はジョウに関心を示さない。視線も向けようとしない。

おかしい、とジョウは思った。その態度は、あまりにも不自然だ。

ふたりがすれ違った瞬間。

警官が体をひるがえした。ジョウはその動きを見逃さなかった。振り向いた警官の右手にはレイガンが握られている。殺気がほとばしり、それがジョウの意識を強く刺激する。

反射的に、ジョウは前方に身を投げた。背中を丸め、警官の足もとに転がった。警官はレイガンを発射した。白いビームがジョウの腰をかすめ、舗道の表面を激しく灼《や》いた。

警官は意表を衝かれた。ジョウが自分に向かう形で攻撃をかわすとは予測していなか

った。うろたえ、警官は棒立ちになった。

ジョウの脚が一閃した。かかとが警官の右手首を打った。レイガンは金属音を響かせ、舗道に落ちた。ジョウは反転し、警官に足払いをかけた。

警官がひっくり返る。もんどりうち、仰向けに倒れる。

後頭部を強打した。ぐわっと呻《うめ》き、警官は白目を剝《む》いた。

「…………」

ジョウは立ちあがった。警官は気絶している。ぴくりとも動かない。

この場から離れないとだめだ。警官と悶着を起こしたとなると、理由のいかんを問わず、必ず大騒ぎになる。

ジョウはきびすを返そうとした。

そのときだった。

足もとで炎があがった。強力なビームが、敷石を灼き裂いた。

ジョウは背後を振り返った。

警官の新手が、そこにいた。数人の集団だ。全員が大型のレイガンを構えている。

「ちいっ」

ジョウは舌打ちした。

# 3

ジョウはクラッシュジャケットのポケットを探った。

指先が固いものに触れた。小型の手榴弾だ。ひっそりと忍びこむつもりでいたが、こうなっては、もうどうしようもない。完全に非常時となっている。荒事で切りぬける以外に方法はない。

警官たちが接近する前に、ジョウは手榴弾を取りだし、金属柵めがけてそれを投げつけた。

すさまじい音が響いた。放電の火花と、手榴弾の爆発が重なった。ジョウは身をかがめ、爆風をかわした。

炎があがる。金属柵が融け落ちていく。直径数メートルにわたって、電磁シールドがその効果をなくした。いまなら、熱と放電に耐えることさえできれば、簡単に官邸内へと入ることができる。ジョウが身につけているクラッシュジャケットは防弾耐熱性能が高い。この程度の炎や電撃相手なら、完全に着用する者の肉体を護《まも》る。

ジョウはダッシュし、大統領官邸の内部へと飛びこんだ。

警官が追ってきた。ジョウの入ったところは、官邸の内庭だった。木々がそこかしこに生い茂っている。

ジョウは木蔭に隠れた。

警官の姿が見えた。レイガンを構えたまま、官邸内に進んできた。庭の照明に照らしだされ、黒いシルエットになっている。全部で五人だ。よく訓練されていて、動作に無駄がない。腰を少し落とし、慎重に歩を運んでいる。

こいつら、俺がクラッシャーだということを知っている。

ジョウは、そう思った。理由はない。勘だ。しかし、自信がある。

どうやら、人違いやなんらかの誤解で襲撃されたのではない。かれらはクラッシャーがここにくることを承知していて、待ち伏せていた。そして、問答無用で攻撃を仕掛けた。

まずい。

ジョウは唇を噛んだ。大統領に依頼されて、ジョウはタラオにやってきた。そのかれが、本来は大統領の指揮下にあるはずの武装警官に襲われた。

タラオで、何かが起きている。それは容易ならざる事態だ。

この窮地から脱するには。

まず何よりも大統領本人に会うことである。それしかない。

ジョウはタイミングをはかった。警官たちは一団となり、互いに互いをカバーしあいながら、じりじりとジョウのもとへと近づいてきている。この五人を瞬時に倒して血路をひらく。そのためには、奇襲をかけなければならない。それも絶妙のタイミングで。

ひとかたまりになった警官たちが真正面にきたとき。

ジョウは木蔭から勢いよく躍りでた。警官がはっとして立ちすくんだ。すかさず顔面に蹴りを入れる。警官が昏倒《こんとう》した。ジョウはその右手首を踏みつけ、レイガンを奪った。と同時に、横っ跳びに転がった。たったいままでジョウが占めていた空間を、幾条もの光線が激しく切り裂く。ジョウは手にしたレイガンで反撃した。一撃で右前方にいるひとりを撃ち倒し、すぐまた横に跳んだ。灌木《かんぼく》の木蔭だ。木の幹がレイガンの斉射を浴びて燃えあがった。ジョウはダッシュし、位置を移す。光条が肩口をかすめた。が、意に介さない。木蔭から木蔭へと素早く走りまわり、警官たちを攪乱《かくらん》する。

絶妙のポジションに至った。警官ふたりがジョウに背中を向けている。隙だらけだ。ジョウはレイガンを構え、銃身を枝の間から突きだした。トリガーボタンを押す。

全身にショックが走った。上体が痺《しび》れ、力を失った。

背後からの直撃だ。レイガンの光線をまともに受けた。

ジョウの手からレイガンが落ちた。よろめき、ジョウは木の幹にしがみついて、からだを支えた。背中を灼かれ、ジョウは身動きできなくなった。意識を保つのが精いっぱいだ。狙撃された。最大のチャンスは、最大の危機でもあった。やけどや傷は免れたが、衝撃で神経が麻痺《まひ》している。

首すじに、ひやりとした感触が生じた。

ジョウの目にレイガンの銃口が映った。うしろを振り返ると、そこに若い警官の顔がある。警官はにやにやと笑っている。

ジョウが狙っていたふたりは、状況の変化に気がついた。ジョウのほうへとやってくる。絶体絶命だ。トリガーボタンを押す若い警官の指に、力がこもった。もう逃れるすべはない。

しくじったぜ。

ジョウは観念した。こうなっては、いかんともしがたい。

そう思ったときだった。

警官のにやにや笑いが硬直した。

瞬時に固まり、つぎにびくんと上体が跳《は》ねた。

なにごとか？　と、ジョウがいぶかしんだ直後。

若い警官が崩れるように倒れた。体がくるりとまわり、背中が見えた。脊髄《せきずい》を灼かれている。誰かが、この警官を撃った。

ジョウに近づこうとしていた警官ふたりが、きびすをめぐらした。銃を振って、敵を探している。

二条のビームがほとばしった。光線がふたりの警官を鮮やかに貫いた。ひとりは胸を、もうひとりは額を灼かれた。

三人の警官が大地に転がる。ジョウひとりが凝然《ぎょうぜん》と立っている。

どこだ。スナイパーはどこにいる？

ジョウは官邸に目を向けた。そこに黒っぽい服を着た男がたたずんでいた。距離にして、およそ百メートルほどだろうか。右手に大型のレーザーライフルを持っている。あれで警官たちを撃った。腕がいい。

男が手を挙げ、ジョウに合図をした。こちらへこいという雰囲気《ふんいき》のしぐさだ。

ジョウは木の幹から離れた。痺れがやわらぎ、足が動くようになった。ジョウは小走りで男のもとに駆け寄った。

男は五十歳くらいで、背が高かった。黒っぽい服は、驚いたことに礼服である。レーザーライフルを背後に隠し、男は慇懃《いんぎん》に頭を下げた。

「間に合って、ようございました」ジョウに声をかける。

「お怪我《けが》はございませんか？」

穏やかな口調だ。みごとな銀河標準語の発音で、訛《なま》りなどはまったくない。

「ああ」男の前に立ち、ジョウはうなずいた。

「ちょいとやられたが、お怪我というほどのものはどこにもない」

言いながら、ジョウは無遠慮に礼服の男を眺めた。グレイの髪、丁重な物腰。どう見ても、名家の執事そのものといった風情《ふぜい》である。

「それはようございました」男は言った。

「では、こちらにおいでください」

大統領官邸を指し示した。

「なんだって？」

「こちらへおいでくださいと申し上げました」

とまどうジョウの問いに、男はさらりと答えた。

「悪いが、簡単には従えない」ジョウは言葉を返した。

「俺は少し猜疑心《さいぎしん》が強くなっている。そちらの身分を名乗り、理由を言ってくれないと、俺はその招待を断ることになる」

「困りましたな」

男の表情が曇った。

「困っているのはこっちだぜ。あきれかえった襲撃だ。問答無用でレイガンを撃ってくる警官なんて、俺ははじめて出会った」

「それは、たしかにそうですが」

男は小さく肩をすくめた。

「…………」

　しばらく、ふたりは互いに顔を見つめあった。

「わかったよ」ややあって、ジョウが譲った。このままいつまでも、ここで押し問答をしていることはできない。

「毒を食らわば皿までって言葉もある。ここまできた以上、最後まで付き合ってやる。そのかわり、裏切ったら、ただではおかない。必ず礼をする。それが俺たちのしきたりだ」

「けっこうでございます」

　男は顔色ひとつ変えなかった。すごんでみせたジョウだが、そのパフォーマンスは空振りに終わった。

「どうぞ」

　男が歩きだした。ジョウはそのうしろにつづいた。

　大統領官邸に案内されるとジョウは思っていたが、そうではなかった。男は官邸脇を素通りし、その裏側へとまわった。そして、植えこみの蔭へと入った。

　ジョウが覗きこむと、男は地面の一角を手で掘っている。

　土の下から、金属プレートがあらわれた。

「さがってください」

男は言い、ポケットからカードを取りだして、その表面に指先を置いた。土が跳《は》ね飛んだ。金属プレートを中心にして一メートル四方ほど、地面が矩形《くけい》にひらいた。大型金庫の扉に似たぶ厚い合金製の蓋《ふた》だ。それが大きく起きあがった。

地下トンネルの入口である。

「ここを通ります」

ジョウに向かい、男が言った。

「先に入れ。あんたが先だ」

ジョウはあごをしゃくった。

男は黙ってうなずき、地下トンネルの中へと進んだ。穴はななめに穿《うが》たれ、階段が刻まれている。傾斜がきつい。

男とジョウが階段を下った。

短い階段だった。五メートルも下ると、そこはもう穴の底だった。ふたりが底に着くのと同時に、地面の蓋が閉まった。本来なら、穴の底は闇に包まれる。が、そうはならなかった。床と壁が発光パネルになっていた。ささやかな光度だが、白くぼおっと光っている。

「まいりましょう」

男が言った。横穴がある。高さ二メートル前後の通路だ。幅は一メートル強。ひじょうに狭い。

窮屈な通路を抜けた。かなり長く感じられたが、実際は三分あまりで通路は行き止まりになった。そこから先は、また階段になっている。ふたりはそれを登った。

ふたりの頭上で扉が横にスライドした。そのまま登り、穴から外にでた。

でたところは、広い部屋だった。壮麗なお屋敷の一室という雰囲気の部屋だ。天井が高い。豪華なシャンデリアが飾られ、壁には巨大な絵画がはめこまれている。細かい細工の施された調度や、工芸品も置かれている。

ジョウはなんの気なしに背後を振り返った。

「！」

少し驚いた。大理石でつくられた大型のマントルピースの中から、ふたりはでてきた。すごい隠し通路である。

部屋の隅に、ひとりの男が立っていた。その男が動き、ジョウたちの前へと進みでてきた。そこではじめて、ジョウは男の存在に気がついた。四十代前半といったところか。鼻ひげをたくわえた、がっしりとした体格の紳士である。高価なスーツをさりげなく着こなし、口もとに穏やかな笑みを浮かべている。

「クラッシャージョウですな」

男が口をひらいた。重みのある低い声だった。

「そうだ」ジョウは警戒を解かず、答えた。

「あんたは？」

「フォン・ドミネート」男は言った。

「タラオの大統領です」

## 4

ジョウがランドックに向け〈ファイター1〉で飛び立ってから、四十時間以上が過ぎていた。エルロッドの一日は標準時間換算で十八時間しかないから、タロス、リッキー、アルフィンにとっては、もう二日以上が経過したことになる。

三人は〈ミネルバ〉ではなく、宇宙港に隣接したタナポリス・スペースポートホテルのスイートルームにいた。休暇がわりということで、ジョウが部屋をとったのだ。もちろん、待機命令もだしていない。中断された休暇を取り戻すため、三人は連絡があるまで、自由に行動することができた。飲みにいくのもよし、レンタルのエアカーでドライブをするのもよし、何をするのも好き勝手である。

しかし、結局三人は、ずうっとスイートルームに留まってしまった。最初のうちこそ、あれをしよう、ここに行こうと相談していたのだが、いざ実行となると、ジョウのことが心配になる。事が起きて呼集されても、すぐに戻れない可能性があるとなれば、ホテルから一歩も動くことができない。あれこれと立てた計画は次第に尻つぼみとなり、やがて、消えた。

寝る。テレビを見る。食事をする。またテレビを見る。さらに寝る。退屈する。ネットワークゲームをする。飽きる。寝る。食事。今度はカードゲーム。ひたすらやる。

そうやって、四十数時間が過ぎた。

「あっ、ちくしょう。またババを引いちまった」

太い、凄みのある声で、タロスがうなるように言った。アルフィンが我慢できず、吹きだした。タロスは自分の手の内を隠しておくことができない。カードが悪いと、ついそのことを口にだしてしまう。それでも二百十一連敗していた。このままだと、二百十二連敗になるのは確実である。

「タロスの頭じゃ、ババ抜きなんて高級なゲームは無理なんだね」

リッキーがからかった。完全に馬鹿にしている。青白いタロスの顔が、怒りで赤黒くなった。

「てめえ。ぬかしやがったな」

憤然としてタロスは椅子を蹴り、立ちあがった。天を突く巨体。傷だらけの異相から発せられる威圧感は尋常《じんじょう》ではない。並みの人間なら、タロスに一睨《ひとにら》みされただけで、腰が抜ける。恐怖に足が震え、立っていられなくなる。だが、それを見慣れているリッキーは、一喝《いっかつ》されてもまったくひるまない。それどころか、逆に闘志を燃やす。

「おもしれえ、やるか！」

リッキーも立った。こちらは椅子の上に飛び乗った。身長はわずかに一メートル四十センチ。タロスと並ぶと、おとなと子供よりも、その差が大きい。年齢も五十二歳と十五歳。親子以上に離れている。

「今度は叩きのめすぞ」

リッキーはシャドーボクシングをしながら、歯を剝きだした。リッキーの前歯は、ある種の齧歯類《げっしるい》のように少し大きい。

「上等だ。このくそガキ」

タロスはテーブルをひっくり返した。天板に置かれていたカードやグラスが跳ね飛び、床に散った。

「いいかげんにしなさい！」

アルフィンが、金切り声をあげた。タロスがテーブルをひっくり返すのも四回目ならば、アルフィンがこのせりふを叫ぶのも四回目である。リッキーとタロス、十時間に一回はこうして一戦を交えないと気がすまないらしい。

この喧嘩《けんか》は、一種の儀式である。

タロスは全身の八割を機械化したサイボーグだ。ただの大男ではない。クラッシャー生活四十年の間に、何度も事故や事件に遭《あ》い、負傷した箇所を癒《なお》しているうちにそうなってしまった。だから、本気で喧嘩をしたら、体格差を抜きにしてもリッキーに勝ち目はない。にもかかわらず、こうやって頻繁《ひんぱん》に喧嘩をするのは、それがふたりにとって欠かすことのできない儀式になっているためだ。世代差を埋め、チームのパートナーとしての絆《きずな》を維持するためのセレモニー。それが喧嘩という形をとって、具現化する。無意識下でおこなわれる意図的な衝突とでもいおうか。アルフィンが激怒したとしても、これをやめることはできない。

「タロスぅぅぅ」

リッキーが歯を嚙み鳴らしながら、じりじりと前進した。

「…………」

タロスは無言で身構えている。アルフィンは、もうふたりを見ようともしない。あきれかえって、そっぽを向いている。

「死ねえっ！」

リッキーが飛びかかった。床を蹴り、一気に間合いを詰めた。

そのときである。

「待って！」アルフィンが甲高く叫んだ。

「誰かきた」

言いながら、アルフィンはドアに向かって走った。チャイムが鳴った。馬鹿ふたりの大騒ぎの中で、彼女はたしかにそれを耳にした。部屋の外に誰かがいる。

電磁ロックを外し、アルフィンはドアをあけた。誰がきたのかを確認しようともしない。

「ジョウ!」

アルフィンの表情が変わった。ぱっと明るくなった。顔全体に笑みが広がった。

ジョウが立っている。真正面にジョウがいる。アルフィンはからだごとジョウに飛びつき、その身をひしと抱きしめた。

「や、やめろ。アルフィン」

ジョウはうろたえ、アルフィンを引きはがした。

「顔、赤いよ。兄貴」

「いいねえ、若いってことは」

ついいましがたまでの険悪な空気はどこへやら、にやにやと笑いながら、リッキーとタロスがジョウの前にやってきた。ふたり並んで、頬の筋肉をだらしなくゆるめている。

「けっこう早かったじゃないか。兄貴」

リッキーが言った。

「話はどうでしたい？　いけそうな口ですか？」

リッキーの声の上に、タロスのそれがかぶさった。

「るせえ、タロス。俺《おい》らが先だ」

リッキーがむくれ、怒鳴った。

「礼儀を覚えろ。あほう。先輩が先だ」

「なんだと！」

休戦は一瞬だった。リッキーとタロスは、またも罵《のの》り合いをはじめた。

「黙れ。ふたりとも！」たまらず、ジョウが大声をあげた。

「お客さんがいるんだぞ」

「へっ？」

ふたりの動きが止まった。きょとんとし、それからゆっくりとジョウに向かって首をめぐらした。

たしかにジョウの背後に誰かいる。頬のこけた、頭髪の薄い小男だ。怯《おび》えたようなしぐさで、ジョウのうしろからスイートルームの中を覗きこんでいる。リッキーとタロスのやりとりに、度肝《どぎも》を抜かれたのだろう。目が丸く見ひらかれ、口もとが細かく痙攣《けいれん》している。

「タラオの産業大臣。ダブラスさんだ」

怒りの表情を崩さず、ジョウが低い声で囁《ささや》くように言った。

「で、どんな話なんでしょう?」

割れたグラスや舞い散ったカードで悲惨な状態になっていたスイートルームの床を片づけてから、テーブルをもとの位置に戻し、ようやく落ち着いたところで、タロスがあらためて口をひらいた。

「その前におまえたちをダブラスさんに紹介しておく」

ジョウがタロスの言を制した。

「はあ」

タロスはうなずく。

「ダブラスさん」ジョウは仲間のひとりひとりを指差した。

「このでかいのがメインパイロットのクラッシャータロスです。で、そちらの小さいのが機関士のリッキー。あちらにいるのがアルフィン。彼女は航宙士……見習いですね」

「見習いって何よ」

アルフィンは口をとがらせた。

「キャハ、ワタシガ万能ろぼっとノどんごデス」

横からドンゴが割って入った。

「………」

　ダブラスは反応を示さなかった。何も言わず、胡散臭《うさんくさ》そうに、紹介された三人の顔を順番に眺めていた。本当に、これが名高いクラッシャージョウのチームなのか？　そう疑っている目である。無理もない。歴戦の剛者《つわもの》といった風貌のタロスはいざしらず、リッキーはわずか十五歳の少年でしかない。アルフィンに至っては金髪の美少女で、クラッシャーというよりも、ファッションモデルか女優といった雰囲気が漂っている。それもそのはずだ。彼女はついこのあいだまでピザンという太陽系国家の王女様だった。それがなぜか、ジョウのチームに合流し、クラッシャーになってしまった。

「ふむ」

　ダブラスは鼻を鳴らし、ため息を漏《も》らした。

「驚きましたか？」ダブラスの様子を見て、ジョウが訊《き》いた。

「案ずることはありませんよ。かれらは最高のチームメンバーです。銀河系にこれ以上のクラッシャーチームはない。そう断言しておきます」

「なるほど」ダブラスは小さくうなずいた。

「その言葉を信じましょう。それが信頼関係というものです」

　ジョウのほうに向き直った。

「仕事の話をします」

「待ってました」

タロスが言った。

「お願いするのは、輸送業務です」

「ものは？」

タロスの表情が、かすかに引き締まった。

「わたしと、動物を一匹……」

「ほかには？」

「それだけです」

「それだけぇ？」

リッキーが頓狂《とんきょう》な声をあげた。一国の大統領が秘密めかして依頼してきた仕事。それが大臣ひとりと動物一匹の輸送だというのは、あまりにも意外である。

「たかが、そんな仕事でわざわざ俺らたちをここまで呼びつけたのかい」

拍子抜けしたリッキーは、口調が荒い。

「たかがというのは、まだ早いぞ」横からジョウが言った。

「運ぶのはベラサンテラ獣だ」

「なに？」

タロスの顔の右半分がぴくりと跳ねた。

「本当にベラサンテラ獣なの？」

アルフィンは顔色を変え、身を前に乗りだした。

「本当だ」

ジョウはあごを引いた。両の瞳が、強い光を帯びた。

# 5

「聞いたことないぜ」首を振り、タロスがぼそぼそと言った。

「ベラサンテラ獣をクラッシャーが運ぶなんて」

「事実です。何があっても、運んでいただきたい」

ダブラスは必死の形相になり、言葉をつづけた。

「ちょっとタンマ」リッキーが口をはさんだ。

「なんで、みんなそんな深刻になるの？　ベラサンテラ獣ってなんなんだ？」

「おまえ、知らないのか？」

信じられないといった表情で、タロスがリッキーを見た。

「知らねえ。悪いかよ」

リッキーは居直り、胸を張る。

「無知蒙昧《もうまい》なやつがいるんだなあ」

タロスは首を横に振った。目が、あからさまにリッキーを馬鹿にしている。この教養なしとでも言いたげなまなざしである。

「んなの、いいじゃん。意地悪しないで教えてくれよ」

リッキーは懇願《こんがん》する。胸を張ったわりには、だらしがない。

「ベラサンテラ獣は〝銀河系の至宝〟って呼ばれている稀少動物よ」

見るに見かねて、アルフィンが言った。

「至宝？　銀河系の？　どうして？」

リッキーはきょとんとなった。

「リッキー。おまえ、老化抑制剤のタナールって薬、聞いたことあるか？」

タロスが訊いた。

「タナール。……あっ、知ってる。知ってる。十ccで百億クレジットするとかいう、とんでもない薬のことだろ」

リッキーの顔が明るくなった。こういう俗っぽいことなら、リッキーも覚えている。

「そうだ」タロスはうなずいた。

「毎日飲みつづけていると老化が鈍くなり、少なくとも二十年は確実に長生きできるようになる夢の薬だ」

「その薬が、なんか関係あるの？」

「大ありだ。タナールはベラサンテラ獣の唾液からとれる」

「あのタナールが？」

リッキーの丸い目が、さらに丸くなった。

「ベラサンテラ獣は、銀河系の中で、ここタラオにしか生息していないのよ」

アルフィンが言った。

「正確にいえば、タラオの第八惑星、ネルルンのみに生息している」

ジョウがつけ加えた。

「タラオが銀河連合加盟国の中でも十指に入る国民総生産を維持していられるのは、タナールを独占販売しているからだ」タロスが言った。

「人間の欲には、限りがない。医学が発達し、いまのように平均年齢が百三十歳近くになっても、もっともっと生きていたいと願うのが人間だ。そんな連中にとってタナールは欠かすことのできない必需品だ」

「ほかの惑星でベラサンテラ獣を繁殖《はんしょく》させるってこと、できないの？」

リッキーは首をひねった。

「できません」ダブラスが、即座に答えた。

「過去に二度、友好親善の贈り物としてベラサンテラ獣をタラオの外にだしたことがあります。しかし、向こうについてから二か月も経たないうちにどちらも死んでしまいました」

「その話は覚えている」タロスが指を鳴らした。

「十年ほど前だったかな。たしか動物一匹に艦隊ひとつが仰々しく護衛についたってことで大騒ぎになった」

「それです」ダブラスが小刻みに首を縦に振った。

「死んだベラサンテラ獣からでも約二十ccのタナールがとれます。それを狙って宇宙海賊が襲ってくる恐れがあったので、護衛艦隊をつけました」

「だったら、今度も一艦隊引き連れて運んでいけばいいじゃないか。何もわざわざクラッシャーなんか雇わなくても、そのほうがずっと安全だと思うぜ」

「それができないから、お願いしているのです」リッキーの言葉に、ダブラスは唇を噛んだ。

「今回の輸送計画は公《おおやけ》にできません」

「秘密の輸送？」

「その先は、俺が説明しよう」ジョウが言った。ダブラスは蒼《あお》ざめて、言葉を詰まらせている。

「フォン・ドミネート大統領から、直接聞いた。ひと月前に、ベラサンテラ獣の残存個体数が二十頭を切った」

「二十頭？」

「それって、繁殖限界にぜんぜん足りないわ」

タロスとアルフィンの声が重なった。

「そのとおり」ジョウはあごを引いた。

「絶滅は時間の問題だ。あと数年、もたない」

「どうして、そんなになるまで手を打たなかったんだよ」

リッキーが訊いた。素朴な疑問である。

「ベラサンテラ獣は、もともと種としてひじょうに弱い生物だったのです」低い声で、ダブラスが言った。

「とくにタナールを採取するようになってから、生命力が一段と低下しました。タナールは、ベラサンテラ獣の生きる糧《かて》そのものだったのです。そのため、平均して十五年はあった寿命が十年を割り、子供も生まれにくくなってしまいました」

「自業自得ってやつだな」タロスが肩をすくめた。

「ベラサンテラ獣にしてみれば、迷惑極まりない話ということになる」

「でも、兄貴」リッキーがジョウを見た。

「それがなぜ、俺らたちがベラサンテラ獣を輸送することにつながるんだい？」

「みなみのうお座宙域に、ミランデルという星がある。ドミンバの第四惑星だ」

「開発にかかったばかりで、まだ銀河連合にも加盟していない小国ですな」

タロスが言った。

「そう。そこにガムルという生物が生息している。そのガムルが、種としてベラサンテラ獣に極めて近いことが遺伝子を調べてわかった。とはいえ、ガムルからタナールはとれない」

「ですが、交配させることは可能だと言われています」ダブラスが上体を前に突きだした。

「うまくいけば、タナールのとれる新種が誕生するかもしれません」

「なるほど」タロスが腕を組んだ。

「そういう事情があったんじゃあ、たしかに艦隊を連ねておおっぴらに運ぶってわけにはいきませんな。こんな博奕《ばくち》みたいなことをしていると世間に知られたら、タナールの相場がむちゃくちゃになってしまう。それどころか、タナールの収入だけで成り立っているタラオの経済が、パニック状態に陥りかねない」

「簡単な手があるぜ」勢いこみ、リッキーが言った。

「ガムルをこっちに運んでくるんだよ」

「それができれば、とうにそうしています」

ダブラスが言った。苦りきった表情をつくった。

「ガムルは運べない」ジョウが言った。

「あれはワープに弱い生物なんだ。いままでに五回ほど輸送を試みたが、すべて失敗した。一度ワープしただけで、ガムルは死ぬ。例外はない。数光年程度の小ワープでも、だめだった」

ワープは異次元空間を通って、瞬時に長距離を移動する特殊航法である。いわばトンネルの近道を抜けていくようなものだ。二一一一年にワープ機関が完成してから、人類は他の恒星系に進出できるようになった。だが、ワープ機関にはいくつかの欠点があった。そのひとつは、大きな質量の近辺で使えないということだ。惑星程度の質量で、影響がでる。星の重力で異次元空間が歪み、通常空間に戻れなくなってしまう。

しかし、この欠点は従来のロケットエンジンなどで巨大質量から離れ、安全な距離を確保した後にワープ機関を起動させることで解決した。

解決できなかったのは、もうひとつの問題である。ワープ時における人体への悪影響だ。

異次元空間に転移するとき、生物の肉体には大きな負担がかかる。生命体が誕生した場所でふつうに生きていれば、絶対に経験することのない現象。それが異次元空間転移である。はじめて味わう尋常でない環境に、肉体は悲鳴をあげる。初ワープのとき、ほとんどの人間は激しい頭痛、嘔吐《おうと》をおぼえる。中には、失神する者さえいる。人間以外の動物でも、これは同じだ。この症状は、一般的にはワープ酔いと呼ばれている。

ワープ酔いは、ワープ移動に慣れることで軽減される。が、それでも体調を少し崩していたベテラン宇宙飛行士がワープインと同時に昏倒《こんとう》したという話をしばしば耳にする。それほどに、ワープによる次元、空間の変化は急激で、大きい。ガムルがワープを受けつけないのは、生物として、むしろ当然のことなのである。

「ベラサンテラ獣は、ワープに耐えられるの？」

アルフィンが訊いた。

「大丈夫です」額に浮かんだ汗をハンカチで拭きながら、ダブラスが答えた。「二度の輸送で、それは証明されています。五十時間の間を置き、十光年ずつ小ワープしていけば、死ぬようなことはありません」

「十光年！」

「五十時間の間！」

アルフィンとリッキーが同時に叫び声をあげた。

「千五百光年行くのに一年かかるな」

タロスが言った。

「ミランデルまでは何光年なんだい？」

リッキーが訊く。

「四百四十光年だ」

ジョウが答えた。

「ざっと三か月」

タロスがつぶやいた。

「冗談じゃないわ」アルフィンが甲高く言った。

「三か月も宇宙海賊の襲撃や輸送計画が露見することを恐れて、ちょこちょことワープしていくなんて、あたし我慢できない」

「そうだ。そんなの、絶対に割が合わない！」

リッキーも同調した。

「報酬は一兆クレジットだ」ジョウが言った。

「大統領が、そう約束してくれた」

「い、一兆クレジット！」リッキーは目を剝《む》き、絶句した。

「わ、割が合っちまう」

「この仕事、俺は作戦次第で可能になると思う」

ジョウはあらためて、口をひらいた。

「なんか、目論見《もくろみ》があるようですな」

タロスが薄く笑った。

「ある」ジョウは、きっぱりと言いきった。

「それを、これから話す」

そして、一同の顔をゆっくりと見まわした。

# 6

クラッシャーと呼ばれる人びとがあらわれたのは、二一二〇年ころのことであった。恒星間飛行を可能にしたワープ航法が完成されてから十年、人類が新天地を求め、何十光年、何百光年も離れた恒星系にある惑星への移住をはじめた時期である。

植民には数々の難事が伴っていた。まったく手を加えずに人間が住むことのできる惑星は皆無だった。また、宇宙船の航路も整備されていなかった。そもそも、まともな航宙図すら存在していなかった。

そこへ出現してきたのが、植民する惑星の開発や、宇宙航路完成の妨げになる巨大宇宙塵塊の破壊、除去などを請《う》け負う流れ者の宇宙生活者であった。植民者は、かれらを競うように雇い、さまざまな仕事を依頼した。腕は立つが、気性が荒く、ときには無法も働くことのあるかれらを、雇用主はこう呼んだ。

壊し屋《クラッシャー》と。

それから四十年。宇宙もクラッシャーも、大きく変わった。年月の経過とともに植民地は増え、発展し、地球連邦政府から独立して、単独の国家となった。クラッシャーは淘汰《とうた》され、質的に向上して、荒くれたちが姿を消した。そして、すぐれた技術を持つ、優秀な者だけが残った。これらの推移は、惑星開発工法の高度化に伴う必然であった。

多様化するクラッシャーの仕事。宇宙のプロフェッショナルとしてのクラッシャーは、ありとあらゆる業務に手を染めるようになった。もはや、惑星改造や浮遊岩塊の排除だけがクラッシャーの得意分野ではない。宇宙船、要人の護衛、危険物の輸送、その処置、救助作業、惑星の調査など、数知れぬ仕事をクラッシャーは鮮やかにこなす。それがゆえに、いまではクラッシャーの概念も大きく変わった。金さえだせばなんでもやる宇宙生活者。それが、この時代のクラッシャーだ。

しかし、金のためならなんでもやるクラッシャーも、非合法なことだけはけっしてしない。これはクラッシャーに課せられた絶対の掟《おきて》である。クラッシャーは、かつてのようなならず者の集団ではなくなった。クラッシャーは、請け負った仕事をやりとげるために、専用に改造した宇宙船、武器、機械を使いこなし、宇宙軍将校をはるかに超える通信、戦闘、探索などの知識や能力を有した宇宙のエリートである。

クラッシャーにはふたつのタイプがあった。

ひとつはクラッシャーとして生まれ、クラッシャーとして育ってきた、はえぬきのクラッシャーである。

もうひとつは、べつの職業からクラッシャーへと転向してきた者たちだ。

ジョウは前者の代表である。史上はじめて、みずからクラッシャーを名乗ったクラッシャーダンを父に持ち、独立したクラッシャーチームをわずか十歳で興したジョウは、生まれながらのクラッシャーとして、その名を高く鳴り響かせている。チーム結成から八年後のいまでは、銀河系で一、二を争う凄腕とまで言われるほどだ。しかし、その名声の蔭にスーパーパイロット、タロスの力があることを忘れてはいけない。タロスはクラッシャーダンと組んでいたベテラン・クラッシャーである。ダンが引退するとき、タロスは懇願《こんがん》され、ジョウの補佐役として〈ミネルバ〉に乗り組んだ。そのときタロスと一緒に補佐役を受けたクラッシャーガンビーノは、すでに亡い。ガンビーノもダンのチームにいたクラッシャーだが、ピザンの仕事の際に殉職した。

ガンビーノの代わりに、ジョウのチームに加わったのが、ピザンの王女であったアルフィンである。彼女とリッキーは、後者のタイプ――つまり、人生の途中で、他の世界から転向してきたクラッシャーだ。リッキーは二年前に〈ミネルバ〉に密航し、そのままクラッシャーとなった。アルフィンは王女の身分を捨て、押しかけクラッシャーとなった。リッキーはいざ知らず、アルフィンのようなクラッシャーはほかに類を見ない。

稀有《けう》の例である。

ホールの中に、アナウンスの声が響き渡った。

アルフィンは、タナポリス宇宙港のVIP専用特別搭乗者ロビーにいた。ブーツと一体になった銀色のスラックスと赤の上着という、いつものクラッシュジャケットスタイルではない。レースで華やかに飾られた淡い薔薇色《ばらいろ》のロングドレスを身につけ、羽根飾りのついたつば広の帽子をかぶっている。まるで、どこかの貴婦人のような服装だ。長い金髪がドレスにふわりとかかり、その美貌とあいまって、周囲の人目を惹《ひ》くこと尋常ではない。生まれが高貴なだけに、そういった衣装が実にしっくりと映えている。

ロビーにいあわせた人びとは、あれこれと詮索《せんさく》をはじめた。

「あの美しいご婦人は誰だ？」

「財閥の令嬢だよ」

「某皇帝の末裔《まつえい》らしい」

といった具合である。すると、必ず、その近くにいた誰かがこう答えるのだ。

「知らないのか、あれはタラオの国家使節だぜ。友好関係を結ぶため、ドミンバまで〈アレナクイーン〉で行くことになっている。ああ、そうだよ。あの豪華客船の〈アレナクイーン〉だ。なんでも親善の手みやげということで、数万カラットにも及ぶ宝石や貴金属を持っていくんだってさ。豪勢な話だね」

五分も経たぬうちに、豪華船〈アレナクイーン〉でドミンバに財宝を一山持っていく国家使節の美女のことを知らぬものは、ひとりもロビーにいなくなってしまった。おそらくあと三十分もすれば、ロビーの外でも噂《うわさ》になっていくことだろう。そして、数時間後には、どこの宇宙港にもいる宇宙海賊のエージェントの耳に達し、それが闇の情報ルートで銀河系全域へと流されていく。

ジョウの狙いは、そこにあった。この情報を聞いた宇宙海賊は、間違いなく〈アレナクイーン〉をマークする。銀河系中の宇宙海賊の耳目《じもく》が〈アレナクイーン〉に集中する。誰も他の船になど関心を抱かなくなる。その隙を縫い、ジョウは〈ミネルバ〉でベラサンテラ獣を運ぶ。安全この上ない航海だ。襲撃は絶対にありえない。

この作戦を知らされたダブラスは、その実行に断固反対を表明した。当然である。民間の客船を勝手におとりとして使う作戦である。もしも本当に海賊に襲われてしまったら、タラオ政府の立場がない。もっともな異論だ。タロスもリッキーもアルフィンも、ジョウの作戦に難色を示した。しかし、ジョウはそれを強引に押しきった。

〈アレナクイーン〉が襲われることなど、考えられない。

ジョウはそう主張した。〈アレナクイーン〉ほどの豪華客船の場合、商業航海のたびに連合宇宙軍の巡洋艦が一隻、護衛につくことが規則として定められている。ただの一隻といっても、連合宇宙軍の軍艦である。宇宙海賊あたりでは、戦闘の相手にすらならない。海賊はその艦影を目にしただけで、逃走する。事実、護衛艦がつくようになってから、豪華客船が宇宙海賊の襲撃を受けた例は皆無であった。ただの一度もない。

「気を惹《ひ》いてくれさえすればいいんだ」ジョウは言った。

「それだけで、〈ミネルバ〉が宇宙海賊に狙われる計算上の確率が、四十パーセント近く下がる」

全員が、ジョウのこの言葉に折れた。何があろうと、ベラサンテラ獣輸送を成功させなくてはいけない。その思いが、反対意見を封じた。


反響するアナウンスが、〈アレナクイーン〉に向かうシャトルの搭乗時間が近づいたことを告げた。〈アレナクイーン〉は、惑星エルロッドをめぐる衛星軌道上にいる。優美にして巨大な白鯨が、地上に降りることはない。乗客、乗員はシャトルで乗船し、シャトルで下船する。

アナウンスがあったにもかかわらず、搭乗口に移動する者は、ひとりもいなかった。ロビーにいる人びとすべてが、アルフィンのほうをそれとなくうかがっている。誰も、彼女より先に搭乗口に行くことができない。そういう雰囲気《ふんいき》がかもしだされている。

やがて。

アルフィンがソファから立ちあがった。

優雅な身のこなしだ。大輪の花が、その花弁を大きく広げるさまにもたとえられるだろうか。人びとの視線が、いっせいに彼女のもとにそそがれた。

ゆっくりと歩きはじめる。背後に一分の隙もなく正装した三人の男がひっそりとつき従う。

搭乗ゲートに入った。その姿が通路の先に消えた。

人びとはほおとため息をついた。それから、我に返り、口をひらいた。静謐《せいひつ》に包まれ、しんと静まりかえっていたロビーが、にわかに騒がしくなった。中でも、ひどく昂奮《こうふん》しているのは、これから〈アレナクイーン〉で船旅に発《た》とうとしている人びとだ。かれらは声高に感想を話し合いながら、アルフィンのあとを追うように、あわてて搭乗口へと歩を進めた。

シャトルが発進する。定時きっかりだ。一分の遅れもない。タナポリス宇宙港を離陸し、オレンジ色の炎を噴出して、シャトルは蒼空を垂直に上昇していく。

高度百五十キロに達した。そこでシャトルは緩《ゆる》やかな螺旋《らせん》を描き、〈アレナクイーン〉の待つエルロッドの衛星軌道へと進入した。窓外を熱心に眺めていた乗客たちの間から、歓声があがった。

〈アレナクイーン〉だ。

純白に輝く〈アレナクイーン〉の巨体が、かれらの視野に入ってきた。シャトルが減速する。〈アレナクイーン〉とベクトルを合致させる。

相対速度が同調した。ドッキング作業に移った。


全長千メートル。旅客定員二百五十名。宇宙《そら》飛ぶ宮殿と称される〈アレナクイーン〉のスペシャル・スイートルームで、アルフィンは毒づきながら薔薇色《ばらいろ》のドレスを脱ぎ捨てていた。ハイヒールを放り投げ、ネックレスやブレスレットをむしりとって、下着姿になる。先ほどまでロビーで同席していた人びとが見たら、目を剝くような光景である。

うっとうしいのだ。クラッシャーの水にすっかり慣れてしまったアルフィンにとって、堅苦しい儀式やきちんとしたドレスは、邪魔者以外の何ものでもない。

「ああ、やだ」うなるように、アルフィンは言った。

「こんなのを毎日着るなんて、考えるだけでもうんざりしちゃうわ」

下着一枚になったアルフィンはバスローブを羽織り、寝室のベッド脇に立った。そこにコンソールがある。パネルの上のスイッチを指先で軽く弾いた。

壁の一部がスクリーンになった。そこに、青い惑星が立体的に浮かびあがった。〈アレナクイーン〉のカメラが捉えた、遠ざかりつつあるエルロッドの映像だ。

〈アレナクイーン〉は、衛星軌道を離脱した。十パーセントという微弱な加速だ。乗客に負担を与えないためである。この加速だと、タラオ星域の外縁にあるワープポイントに到達するまで、七十時間以上かかることになる。

「つまんないなあ」

アルフィンは、天蓋《てんがい》付きの巨大ベッドの上に倒れこんだ。仰向けになり、両手両足をいっぱいに伸ばす。目に映っているのは、天井の豪華なシャンデリアだ。

「ジョウ……」小さくつぶやいた。

「うまくいっているかしら」

寂寥感《せきりょうかん》が、こみあげてきた。

# 7

舞台をタラオに戻す。

〈アレナクイーン〉がエルロッドの衛星軌道から離脱した直後である。

タラオの首都、タルカサールのビジネス区に林立する超高層ビル群の中に、ガルデンシュタット社という企業の本社があった。星間商社として、世間に知られている有名な企業だ。が、その肩書きは表向きのものでしかない。

ガルデンシュタット社には裏の稼業があった。密輸である。太陽系国家諸国が輸出入を禁じている物品を銀河系全域に密輸し、ガルデンシュタット社は莫大な利益をあげている。むろん、正規の商社として、まっとうな輸出入業務もおこなっているから、社内にあっても、この裏の顔の実体を知っている者は一握りしかいない。かれらは利益の一部を各国政府の要人、役人に献上し、取り締まりの網を堂々と逃れている。

そのガルデンシュタット社の本社ビルの一室に、数人の男女が集まっていた。みな、一癖《くせ》も二癖もありそうな連中ばかりだ。

円形のテーブルを囲むように並び、かれらはそれぞれの席に着いている。男が四人に、女がふたり。テーブルの中央にはハイパーウェーブの通信機が据えられている。遠距離用の超空間通信機だ。型式が古く、映像用のスクリーンはついていない。音声のみの通信機である。誰がそうしたのかはわからないが、おそらく、わざとこの機種を選んだのだろう。

男のひとりが、通信機のパネルに手を置き、ボタンをいくつか押した。

しばらくすると、通信機から音声が流れた。どうやら、送受信が確立したらしい。声が響いた。やや甲高《かんだか》い、昂奮しているような口調の声だった。

「こちら〝はつかねずみ〟。〝ハムスター〟応答せよ。聞こえるか？」

「こちら〝ハムスター〟。よく聞こえている」

通信機を操作した男が答えた。

「ジョウは仕事を受けた」声がつづけた。

「仲間のひとりをおとりにして宇宙海賊の目をそらすという作戦を立てた」

「例の〈アレナクイーン〉の女だな。なかなかいいアイデアだ。狙われても、〈アレナクイーン〉なら連合宇宙軍の巡洋艦がいるかぎり、襲われることはない」

「どうでもいい話だ」横からべつの男が言った。

「それよりもベラサンテラ獣のことを知りたい。本当にクラッシャー風情《ふぜい》にタラオの運命が託されてしまったのか？」

「受けたと言っただろう」苛立《いらだ》たしげに、声が答えた。

「やつはやる気だ」

「われわれはどうする？　大統領のスタンドプレーを指をくわえて見ているだけか？」

「まず〝大佐〟に連絡しろ」声が言った。

「戦闘機をだすんだ」

「クラッシャーを襲うの？」

女性のひとりが訊いた。

「そうだ。タラオの星域内でかたをつけてしまえば、あとの面倒がなくなる。あいつらが離陸し、大気圏外にでたら、すぐにやるんだ。ただし、攻撃には制約がつく。クラッシャーの船、〈ミネルバ〉を吹き飛ばされては困る。エンジンを破壊し、航行不能に陥らせるだけでいい。その後に拿捕《だほ》、クラッシャーを始末した上でベラサンテラ獣を奪う」

「わかっている。ベラサンテラ獣には政権がかかっているんだ。〝大佐〟には低出力レーザー以上の武器を使うなと伝えておく」

「まかせたぞ。つぎの連絡は襲撃が終わったあとだ」

「クラッシャーは、いまどこにいる？」

「ネルルンだ。ベラサンテラ獣の積みこみに入った。出発は、五時間後になる」

「了解した」


「こいつがベラサンテラ獣かあ」

リッキーが言った。ケースの内部をしげしげと覗きこんでいる。その横では、タロスも珍しそうに蠢《うごめ》く小動物を眺めている。話では耳にしているが、本物を見るのは、これがはじめてだ。そもそも動物園になどいる代物《しろもの》ではない。生きている黄金とでもいおうか。いや、黄金の数十万倍もの価値を、この獣は有している。

「これは、完全自動の飼育ケースです」ダブラスが説明した。

「ミランデルまでの三か月間、ベラサンテラ獣に関するすべての世話を、このケースがおこないます」

ケースは二〜三メートル四方の直方体をしていた。〝檻《おり》〟にあたるパネルの材質は透明な強化プラスチックで、ケース下部の生命維持装置が納められている部分は、濃紺の台座になっている。台座は高さが三十センチほどだ。電源は内蔵していない。外部の装置につなぐ。生命維持装置は、ケースに入れられた動物──今回はベラサンテラ獣の体調を常時監視し、環境を調整したり、運動をさせたり、餌《えさ》を与えたりする。餌や水の補給については、別ユニットが必要となる。そのユニットは、もう〈ミネルバ〉の格納庫にしつらえられていた。

「てえことは、航海中、様子なんかも見てなくていいんだ」

リッキーはケースの端をてのひらで軽く叩いた。

「まったく見ないというのは、少し心配です」ダブラスが言を継いだ。「百時間に一度くらいは、自分の目でチェックをします」

「そうだよね」リッキーはうなずいた。

「こいつの値段を考えたら、気になって、目を離してなんかいられない」

「いいぞ。搬入《はんにゅう》の準備は終わった。いま最後のチェックをしている」

ジョウがきた。格納庫でドンゴとともに作業をしていた。ジョウはケースの中のベラサンテラ獣を見た。銀河系でもっとも貴重な生物が、からだを丸めてやすらかに眠っている。体長はおよそ六十センチというところだろうか。尾を含めれば、八十センチ前後になる。体高は三十センチ弱。全身がエメラルド色に輝く体毛に覆われ、尾の部分だけ幅一センチほどの白い帯が何条もかかっている。瞳は黄金色。尖《とが》った大きな耳を持っていて、額には小さな角が一本、生えている。ただし、この角があるのは、交配能力のあるオスだけだ。メスや幼獣には生えていない。

「おとなしいのかな？」

リッキーが言った。

「動きは敏捷《びんしょう》です」ダブラスが答えた。

「身が軽くて、瞬発力があります。しかし、走るのは苦手ですね。スタミナもそれほどではありません。警戒心が強く、人に馴れた例は皆無です。生まれた直後から世話してきた人が不用意に手をだして噛まれたという話は、よく耳にします」

「アルゴルのドドってやつに似ているような気がする」

ジョウが言った。

「ドドは五メートルくらいありますぜ」

タロスが言った。

「じゃあ、ツバーンのナムラだ」

「それよりも」タロスはジョウの顔を見た。

「テラの猫がいちばん近いんじゃないんですか」

「それだ！」リッキーが大声で賛同した。

「俺らも猫にそっくりだと思う」

「そうかなあ」ジョウは納得しない。

「やっぱりツバーンのナムラだと思うなあ」

「キャハハ」ドンゴがきた。

「格納庫ノせっとあっぷ、完璧ニ完了。対象生命体ヲ運ンデクダサイ」

ドンゴの一言で、似たもの談義は打ち切りとなった。

タロスとリッキーがホバーパネルを使って、ケースの移動を開始した。

「…………」

ダブラスが、それを見つめている。表情が暗い。眉根に深いしわが寄っている。

「どうしました？」

ダブラスに向かい、ジョウが訊いた。

「いま、わたしの部下から情報が入りました」低い声で、ダブラスは言った。

「反対派が動きだしたようです」

「反対派？」

「タラオの死命に関わる重大事をクラッシャーなどに委《ゆだ》ねるとは何ごとだと主張している一部の政治家たちです」

「もっともな意見だな」

ジョウは肩をそびやかした。

「冗談ではありません」ダブラスはムキになった。

「やつらは反対にかこつけて、政権を奪おうとしているのです。そのためには、何をしでかすかわかったものではない」

「警官が俺を襲ってきたくらいだからな」

「やつらの力は強大です。しかも、手を打とうにも、その正体がまったくつかめていない。大統領も困りはてておられます」

「ダブラスさん」ジョウは上目遣いに大臣を見た。

「あんたの心配の意味はわかった。が、それはわかってもどうしようもないことなんだろ?」

「そう言われれば、そうですが……」

「じゃあ、くよくよしてもはじまらない。とにかく出発しよう。気にするのは、いざとなってからでいい。それがクラッシャーのやり方だ」

「は、はあ」

「ジョウ」タロスが戻ってきた。

「積みこみ、すべて完了しましたぜ」

「オッケイ」ジョウはうなずき、首をめぐらした。

「どうします？　ダブラスさん」

いきなり訊いた。

「え？」

虚を衝《つ》かれ、ダブラスは目をしばたたかせた。ジョウの言葉が理解できない。

「宇宙船に乗るんだ。それも〈アレナクイーン〉のような豪華客船じゃない。クラッシャーの船だ。スーツやタキシードを着るというわけにはいかないぜ」

「服……ですか？」

「これに着替えませんか？」ジョウは自分の胸を指差した。クラッシュジャケットである。

「こいつは最高の作業着だ。防弾耐熱素材でできていて、ヘルメットをかぶれば、簡易宇宙服にもなる。上着についているボタンは、アートフラッシュと呼ばれる武器で、外して投げると、金属プレートの上でも発火する。おまけに、左袖口には通信機まで装備されている」

「すみません。けっこうです」ダブラスは、ジョウの言を制した。

「わたしはタラオ宇宙軍の制式スペースジャケットを着用します」

きっぱりと断った。丁寧《ていねい》だが、その声音には、クラッシャーと同じ恰好はできないという、はっきりとした意思が秘められている。

「そうですか」ジョウはにやりと笑った。

「そいつは、とても残念です」

静かに言った。少しも残念に聞こえない口調だった。


〈ミネルバ〉が発進した。

タラオの第八惑星ネルルンのサララ宇宙港を離れ、外宇宙をめざす軌道にのった。

全長百メートル、最大幅五十メートルの船体が漆黒《しっこく》の宇宙を疾駆《しっく》する。〈ミネルバ〉は水平型の宇宙船で、塗色はシルバー。船体側面に、クラッシャーであることを示す流星マークが黄色と青でペイントされている。また、二枚ある垂直尾翼のそれぞれには、ジョウのチームを意味するデザイン文字の〝J〟が、こちらは真紅で描かれている。

〈ミネルバ〉は加速六十パーセントを保って航行していた。六十パーセントは、太陽系内としてはかなりの高加速である。この加速で飛ぶかぎり、タラオ太陽系内で襲われる確率はゼロに近い。少なくとも、通常の宇宙船では、この加速についてくることができない。そのはずであった。

だが。

第九惑星と第十惑星の中間地点にさしかかったときだった。

空間表示立体スクリーンのシートに着いていたドンゴが、ふいに金切り声をあげた。

「キャハ、緊急警報！〈みねるば〉ノ針路ヲとれーすシテ、小型宇宙機ガ接近シテキテイル。数、十四機。加速六十二ぱーせんと」

反射的にジョウは、コンソールパネルのスイッチを叩いた。メインスクリーンの映像が切り換わり、闇の中に光点がいくつか、鋭く浮かびあがった。

「敵ですな」他人事のように、タロスが言った。

「標的は〈ミネルバ〉。――じゃなくて、ベラサンテラ獣」

「回頭する」叫ぶようにジョウが言った。

「針路6B463！」

〈ミネルバ〉は加速六十パーセントのまま、うねるように反転した。

# 第二章　〈ミネルバ〉強奪

## 1

小惑星帯に突入した。

タロスの指先が、コンソールパネルの上を忙しく移動する。〈ミネルバ〉の姿勢制御ノズルが、そのたびに炎を噴きだす。慣性中和機構の限界を超えたGが〈ミネルバ〉を引き裂こうとし、乗員を圧《お》しつぶそうとする。

メインスクリーンの中で小惑星の影が流れた。すさまじい速度だ。影はひっきりなしにあらわれ、左右いずれかに分かれて消える。それで、ジョウとタロスは〈ミネルバ〉が激突を免れたことを知る。

メインスクリーン左横のサブスクリーンが青白く光った。激しい閃光だ。つづいて、もう一度、光った。戦闘機の爆発である。〈ミネルバ〉を追ってきたB級戦闘機の二機が、小惑星に突っこんだ。ここに至って、操船技術の差がでてきたらしい。こんなとんでもない空間を高速移動した経験があるのはクラッシャーくらいのものだ。まっとうなパイロットなら、近づくことすらない。

しかし。

「ぐあっ」

ふいにタロスが悲鳴とも、咆哮《ほうこう》ともつかない大声を発した。行手に直径数百キロクラスの小惑星が出現した。それをよけようと、針路を転じた。が、そこにもべつの小惑星が浮遊していた。

「ぐぐぐぐ」

さらにうなる。さしものタロスも必死だ。顔をひきつらせ、目を血走らせてレバーを操っている。

表面の突起をかすめるようにして、〈ミネルバ〉が小惑星をかわした。おそらく十メートルとは離れていなかったはずである。まさしく紙一重だ。数々の修羅場《しゅらば》をかいくぐってきたタロスほどの名パイロットにして、こんな綱渡りのような飛行をするのははじめてのことだ。

またもやサブスクリーンが光った。いまタロスが回避した小惑星に、タラオ宇宙軍のB級戦闘機が突き刺さり、爆発した。

「ダブラスさん」Gの圧力で顔面を歪《ゆが》ませながら、絞りだすようにジョウが言った。

「あんたの指示どおり、戦闘はしてないぜ。向こうは事故で勝手に吹き飛んでいる」

「…………」

返事がない。背後に目をやると、ダブラスが口から泡《あわ》を吹いて失神しているのが見えた。

「キャハ、戦闘機ノ総数、九機」ドンゴが言った。

「〈みねるば〉トノ距離、トクニ変化ナシ」

さすがに、宇宙軍の戦闘機乗りだ。と、ジョウは思った。執拗《しつよう》に食いさがってきている。小惑星帯に入っても、ひるむ様子がない。

「旋回しろ。タロス」ジョウはあらたな針路を示した。

「もっと小惑星の密度が高いポイントに行く」

「なんでもやりましょう」タロスは薄く笑った。

「〈ミネルバ〉に、できないことはない」

Gが複雑に変化した。高加速を維持しつつ、急角度で転針をおこなう。

メインスクリーンの光点が、赤くまたたいた。戦闘機だ。爆発ではない。攻撃を開始した。レーザーを発射している。

「低出力れーざー」ドンゴがビームのレベルを分析した。

「動力停止ヲ目論ンデイルヨウデス。キャハ」

〈ミネルバ〉と追っ手の間に小惑星が入った。タロスがそうなるように〈ミネルバ〉を操船した。幾条もの光線が、小惑星を灼《や》いた。

「逃げるだけじゃだめだ」タロスに向かい、ジョウが言った。

「脱出して外宇宙に向かうタイミングをはかろう」

「ジョウ、そいつは……」

「むちゃは承知だ」タロスの反論に、大声でジョウが言葉をかぶせた。

「だが、それをやるしかないんだ。それ以外に道はない」

サブスクリーンに閃光が弾けた。B級戦闘機が一機、小惑星に粉砕された。

「あ、兄貴」

消え入りそうな声が、ジョウの耳朶《じだ》を打った。リッキーの声だった。

「俺《おい》ら、もうだめだ」リッキーは言う。

「苦しい。目が見えない」

リッキーの顔を、ジョウはサブスクリーンのひとつに映しだした。リッキーの口もととクラッシュジャケットの胸が、鼻血で真っ赤に染まっている。顔色は蒼白で、瞳の中に光がない。

「リッキー、しっかりしろ！」

ジョウは叫んだ。しかし、リッキーは反応しなかった。そのまま上体が前方に傾き、突っ伏すように、倒れた。

決断しなくてはいけない。

ジョウの表情が険しくなった。状況は最悪だ。ごまかしが通じる相手ではなかった。このままだと、いずれジョウもタロスも体力的限界に達してしまう。そうなったら、すべてが終わる。

ダブラスに意識がないことが幸いした。いまなら、クライアントからの強い要請も存在しない。

「タロス。応戦するぞ」ジョウは言った。

「こっちも低出力レーザーだ。照準セット」

「待ってました」

うれしそうにタロスが応えた。コンソールパネルのキーを叩く。ジョウの前にレーザーガンのトリガーグリップがせりあがった。

「照準同調」

照準スクリーンを、ジョウは覗きこんだ。タロスが、操船レバーを操る。船の動きと、レーザーガンの照準がじょじょにシンクロしていく。

照準がロックされた。後方から追撃してくるB級戦闘機を捉えた。ジョウはトリガーボタンを押した。ビームがパルス状に射出された。

一機の戦闘機の機体を、細い光条が貫いた。エンジンを直撃した。だが、爆発はしない。ビームの出力が低いため、エンジンの機能だけが停止した。

加速不能に陥り、戦闘機が瞬時に失《う》せる。距離がひらき、あっという間に遠ざかっていく。

「つぎ！」

ジョウは照準を切り換えた。

三機の戦闘機が射程内にいた。これはつまり、〈ミネルバ〉も戦闘機の射程距離内にいることをあらわしている。撃墜可能という点では、こちらも敵も同じということになる。

一機を捕捉し、照準をロックした。

トリガーボタンを絞る。と同時に、B級戦闘機も撃ってきた。三条のビームが〈ミネルバ〉を襲う。

タロスは船体をうねらせ、回避行動をとった。しかし、戦闘機三機による一斉射撃はよけられなかった。

ビームが〈ミネルバ〉のメインエンジンを一基、完全に射抜いた。

動力が低下する。〈ミネルバ〉の加速が鈍る。

「リッキー、エンジン出力を調整しろ！」

タロスが怒鳴った。怒鳴ってから気がついた。リッキーは気絶している。

「ドンゴ、動力コントロールに介入」すかさずジョウが指示をだした。

「サブとメインを入れ替えて、しのげ」

「キャハ、了解」

ドンゴはメインシステムに自身をつないだ。頭部のＬＥＤがめまぐるしく明滅する。動力が回復した。追っ手の戦闘機は先ほどの交戦で残り七機になっていたが、〈ミネルバ〉との距離はこれまでの半分近くに詰まった。全機が射程距離内にいて、〈ミネルバ〉を包囲しようとしている。

小惑星帯を抜けた。いま一度小惑星の鎧《よろい》をまとうには、反転して戻らなくてはならない。だが、いまの状況では、それは無理だ。〈ミネルバ〉は丸裸になった。こうなると、低出力レーザーだけの反撃では牽制《けんせい》にすらならない。

「ミサイルを使う」

ジョウは言った。新しい手を打つ。これしかない。

「…………」

何も言わず、タロスはすべての戦闘システムをひらいた。

ジョウがつづけた。

「ミサイルを発射するのと同時に、煙幕を張り、３Ｂ４４３に転針」

「第十二惑星ギガントに向かう軌道ですな」

「そうだ。ギガントまで煙幕を維持。ぎりぎりのところで、解放。その操作を最後まで勘だけでおこなう」

〝煙幕〟は通称である。正式の呼び名ではない。ミクロン単位の黒いナノマシンの集合体。それをクラッシャーは〝煙幕〟と呼んでいる。〝煙幕〟は、このナノマシンを数百万、数千万の単位で船外に射出することで生まれる。ナノマシンは宇宙船との相対速度を保ったまま、その船体にまとわりつき、船全体を完全に覆う。そして、周囲の電磁波を吸収する。宇宙船はレーダー電波、光、放射線などから完璧に隔離され、その姿があらゆる意味で見えなくなる。

ただし、メリットばかりではない。当然、デメリットもある。宇宙船の内部も、外部と条件が同じになるのだ。つまり、船外の様子をいっさい確認することができなくなる。光学的にも、電子的にも、無視界飛行を余儀なくされ、針路上にある障害物の回避が不可能となる。

タロスは行手の空間を長距離レーダーで探査した。そのデータをスクリーンと自分の頭の中に入れた。かなり大雑把《おおざっぱ》な情報だが、ないよりはましである。

「いいでしょう」タロスは言った。

「やってください」

ジョウはトリガーレバーを替えた。ミサイル用のそれを起こした。ボタンに指をかけ、照準をセットした。戦闘機が迫ってくる。〈ミネルバ〉を包みこむように接近してくる。

トリガーボタンを押した。ミサイルが発射された。射ちだされるミサイルは二発。散開した戦闘機集団の中央に向かって飛び、そこで、それぞれの弾頭が五つに分かれた。多弾頭ミサイルである。十個の弾頭が、戦闘機を追う。戦闘機は算を乱し、逃げる。追跡を続行できない。

いまだ。

ジョウがスイッチを弾いた。煙幕が射出された。

数秒で、〈ミネルバ〉の船体外鈑《がいはん》に黒い塊《かたまり》が出現した。塊は見る間に膨《ふく》れあがった。白い肌に黒いしみが生じたかのように広がり、船体を埋めつくしていく。

〈ミネルバ〉の輪郭が失せた。漆黒の闇の中に黒く溶けこんだ。もう肉眼で〈ミネルバ〉を見ることはできない。レーダーで捕捉することもできない。

タロスは〈ミネルバ〉の船首を大きく転じた。額に汗が浮かんだ。頭に叩きこんだデータをもとに、勘だけで船を操る。外宇宙の真ん中ならいざ知らず、ここはタラオ太陽系の内部だ。浮遊物は無数にある。が、それを確認するすべは、いまのタロスにない。

「煙幕解放直後にギガントの衛星軌道に飛びこむ」ジョウが言った。

「重力カタパルトで加速し、外宇宙をめざす。ワープポイントに達したら、即座にジャンプだ。これで間違いなく戦闘機を振りきれる」

「………………」

タロスは小さくうなずいた。言葉での返事はない。それどころではない状態である。

ギガントはその名のとおりの巨大惑星だ。惑星全体がメタンのぶ厚い大気に包まれていて、テラフォーミングはおこなわれていない。赤道直径はおよそ二十二万キロ。テラの十七倍だ。質量では五百倍以上にあたる。近づきすぎたら、強大な重力に捕えられ、脱出不可能に陥る。離れすぎたら、重力カタパルト効果が生まれない。

「三十二、三十一、三十、二十九……」

タロスが秒読みをはじめた。計器やコンピュータには頼らない。完全におのれの勘と経験のみで操船している。

その一瞬がきた。カウントがゼロになった。

「煙幕解放！」

タロスが叫んだ。

## 2

ジョウがコンソールデスクのキーを拳《こぶし》で殴《なぐ》るように打った。

煙幕が〈ミネルバ〉から離れていく。命令を受けてナノマシンの一部が破裂し、船体表面から離脱する。

黒一色で覆われていたメインスクリーンに光が戻った。映像が復活し、船体外部の光景が少しずつ甦ってきた。

〈ミネルバ〉が加速する。ギガントの重力が、〈ミネルバ〉を強くひっぱっている。

ジョウはレーダーを見た。戦闘機の光点が見当たらない。追ってくる気配が、まったく感じられない。

〈ミネルバ〉が、ギガントの周回軌道にのった。さらに加速レベルがあがる。ギガントに対して大きな弧《こ》を描き、〈ミネルバ〉が針路を変えていく。

重力の潮流が〈ミネルバ〉を振りまわした。〈ミネルバ〉は、すさまじい速度を得た。エンジン出力だけでは、この速度に達しない。

放りだされた。石投げ機《スリング》から射ちだされた小石よろしく、宇宙空間を〈ミネルバ〉が疾駆する。連合宇宙軍の高速駆逐艦といえども、この速度にはついていかれない。

タラオの領海から、飛びだした。〈ミネルバ〉は、公海に至った。むろん、追撃してくる宇宙船、戦闘機はどこにもいない。

ワープポイントに着いた。重力波ゲージが、安全宙域であることをはっきりと示している。

「一気に行くぞ」

ジョウが言った。

「いつでもオッケイ」

タロスが答えた。

〈ミネルバ〉は、ワープに入った。

連合宇宙軍所属の巡洋艦〈コルドバ〉の艦長はコワルスキーという名の大佐であった。身長は一メートル九十センチ。肩幅の広い、堂々たる筋肉質の体格の軍人だ。三十八歳という年齢にしては深く刻まれた額のしわが、宇宙生活の厳しさをわずかに物語るものの、まなざしの鋭さ、全身に漂う気魄《きはく》の激しさは、まさしく二十代の青年のそれである。

コワルスキー大佐は艦橋の艦長席に着いて、パイプをくゆらせながらメインスクリーンに映る〈アレナクイーン〉を見ていた。宇宙軍士官の乗艦時制服であるネイビーブルーのスペースジャケットをきっちりと着こみ、頭には金モールで華やかに飾られた軍帽をかぶっている。いかにも厳格にして頑固《がんこ》な性格の持主らしく、服装の乱れは毫《ごう》もない。

「ふむ」

小さく鼻を鳴らし、コワルスキーは小さくつぶやいた。

「おもちゃのように優雅な船だな」

〈アレナクイーン〉はタラオ星域を脱するところであった。連合宇宙軍総司令部より、〈アレナクイーン〉の護衛を命じられた〈コルドバ〉はタラオの第十一惑星イルナスの第二衛星にある連合宇宙軍の基地を発ち、このタラオ星域外縁で、〈アレナクイーン〉と合流した。あと一時間もすると、ワープポイントに達し、そこで最初の寄港地に向けて、ワープに入る予定になっている。

〈アレナクイーン〉に〈コルドバ〉が接近した。

〈コルドバ〉の全長は四百メートル。竣工《しゅんこう》して二年。連合巡洋艦の重巡洋艦としては最新型といっていいタイプである。太めの紡錘形の船体に、大小の砲塔がびっしりと並ぶ。色はもちろん、制服と同じネイビーブルー。宇宙の闇にまぎれ、肉眼での視認は困難である。

「通信回路をひらけ」

コワルスキーが命令した。通信員が〈アレナクイーン〉を呼びだした。メインスクリーンの映像が変わった。ブラックアウトし、待機状態の画面になった。

「〈アレナクイーン〉、こちら〈コルドバ〉の艦長、コワルスキーです。ワープ同調をおこないます。状況を報告してください」

「………」

返事がない。通信機は沈黙している。

しばらくコワルスキーは待った。交信は確立されている。だが、向こうが送信操作をしていない。

コワルスキーはじれた。〈アレナクイーン〉は何をしておるのだ、と内心で憤《いきどお》った。

いま一度、呼びかけをしようとした。

そのとき。

メインスクリーンに映像が入った。画面いっぱいに、初老の男の顔が映しだされた。白いあごひげをたくわえ、右の耳にレシーバーをつけている。

「コワルスキー艦長、こちらは〈アレナクイーン〉のオースチンです」

初老の男が口をひらいた。声が少しうわずっている。

「オースチン船長、待たせすぎですぞ。何をなさっているのです」

コワルスキーは文句を言った。

「それが、ちょっとおかしなことが起きているようなのです」

オースチンの表情が硬い。

「おかしなこと？」

「チャンネル１０９を傍受してみてください」オースチンは言を継いだ。

「タラオ宇宙軍の予備チャンネルのひとつです」

「宇宙軍の予備チャンネル？」コワルスキーの眉が小さく上下した。

「ひらけ！」

部下に命じた。

〈コルドバ〉の通信員がチャンネル109をひらいた。

と同時に、甲高い声が艦橋に響いた。ひどく昂奮した声である。

「——号機は座標6、七号機は座標9。追跡は続行。ターゲットは攪乱操作をしただけ。まだ逃げきってはいない。こちらは座標11にまわり、軌道を探る」

「了解。八号機は航行不能に陥った。四号機がサポートにつく」

「これは……」コワルスキーの頬がひくひくと痙攣した。

「戦闘時のやりとり」

「タラオ宇宙軍の戦闘機が逃亡する宇宙船を追っているようです」オースチンが言った。

「少し前から、つづいています」

この交信は、反対派の意を受けたタラオ宇宙軍と〈ミネルバ〉の交戦である。しかし、その事実を知る者は、〈コルドバ〉にも〈アレナクイーン〉にもいない。そして、コワルスキーは自分の思考パターンで、この状況を解析した。

「海賊だ！」コワルスキーは叫んだ。

「オースチン船長。これは海賊とタラオ宇宙軍の戦闘です。〈アレナクイーン〉を狙った宇宙海賊がタラオ星域内に入りこみ、タラオ宇宙軍の警戒網にひっかかったのです。それに間違いありません」

「艦長」

声が飛んだ。〈コルドバ〉艦橋にいる航宙士の声だった。

「重力波に異常が生じました。何ものかがワープしたようです。位置はタラオ星域外縁748B2316。追跡を開始しました」

「やりやがったな」うなるようにコワルスキーが言った。

「そのままトレースを続行しろ。――オースチン船長」

コワルスキーはメインスクリーンに向き直った。

「宇宙海賊がタラオ宇宙軍の攻撃を振りきり、ワープインした模様です。本艦は当該宇宙船を追い、ちょいとひねりつぶしてきます。〈アレナクイーン〉は、予定どおり航行してください」

「護衛艦なしで行くのですか？」

オースチンの表情が曇った。

「大丈夫です」コワルスキーはにやりと笑った。

「貴船を狙った宇宙海賊を撃破しにいくのです。そちらが襲われる確率はゼロでしょう。

すぐにすませますから、心配には及びません。サウンダンあたりで再会できるはずです」

「そうですか」

オースチンは、あまり安心していない。

「それでは、本艦は海賊退治に赴《おもむ》きます。よい航海を」

コワルスキーは一方的に通信を切り、メインスクリーンの画面をワープトレーサーのそれに切り換えた。全身の血が騒いでいる。退屈でなんのおもしろみもない客船護衛という仕事が、唐突に一変した。ここで、ぐずぐずなどしていられない。ワープトレースは時間との勝負だ。のんびりしていたら、絶好の機会を逃してしまう。

「〈コルドバ〉は海賊船と同調し、ワープをおこなう！」メインスクリーンを睨み、コワルスキーは大声で怒鳴った。

「総員、所定配置につけ。緊急だ。急げ！」

メインスクリーンに白いラインが表示されている。宇宙船のワープ航跡だ。連合宇宙軍の大型艦が搭載しているワープトレーサーは重力波の変化を測定し、ワープの規模、到達地点を精度九十パーセント以上で予測することができる。

「十光年ほどの小ワープだな」コワルスキーはつぶやくように言った。

「どうせ噂《うわさ》になっているタラオの美人使節と、そのお宝につられて、のこのこでてきた小物海賊だろう。少しだけワープして追撃をかわし、また舞い戻ってくる気だ。しかし、そうはさせん。わしが微塵《みじん》に打ち砕いてやる」

「ワープ準備完了しました」

部下の報告が届いた。

「跳べ！」

コワルスキーは命じた。〈コルドバ〉が〈ミネルバ〉を追ってワープした。


リッキーがリクライニングされたシートの上で上体を起こした。ダブラスも意識を取り戻した。しかし、ふたりとも、まだ立ちあがって歩きまわることはできない。どちらもぐったりとしている。

〈ミネルバ〉はワープアウトしていた。加速を止め、慣性航行状態にある。周囲は漆黒の闇だ。遠く光る星々以外、何もない。タラオから離れること十光年。〈ミネルバ〉には平穏が戻ってきていた。

「ブツはどうでした？」

操縦室に入ってきたジョウに、タロスが訊いた。ジョウは格納庫に行き、ベラサンテラ獣の様子を、自身の目で確認してきた。

「熟睡中だよ」ジョウは言った。

「平気な顔をして眠っている。苦しんでもいないし、暴れてもいない。本当に五十時間に一度しかワープできないのかな？」

「本当です」ジョウの右横から声がした。ダブラスだ。

「嘘《うそ》ではありません」

「いや、嘘だと言っているんじゃない」意外な方向からの反応に、ジョウは少しあわてた。

「ちょっと疑問に思っただけだ」

「兄貴ぃ」べつの声が、ジョウを呼んだ。今度はリッキーである。

「すまない。だらしがなくって」

リッキーは弱々しく謝った。

「気にするな」ジョウは振り返り、言った。

「とりあえず、一山すぎた。ゆっくり休め。余裕は十分にある」

「ジョウ」

タロスの声が響いた。

「ちょっと事情が変わりそうです」他人事のようにつづけた。

「重力波に歪みがあります。ワープアウトの兆候と見ました。どうやら、俺たちを追ってきた船がいるみたいです」

「なんだと？」

ジョウの顔色が変わった。急いで、自分のシートに着いた。メインスクリーンに重力波ゲージのデータを入れた。

「ちっ」

舌打ちした。重力波の歪みは尋常ではない。通常空間の映像を並べた。その通常空間に、歪みが生じている。輝く星々の海の一角に揺らぎがある。虹色の淡い光が闇に重なり、星の輪郭がぼやけて、判然としない。

ワープアウトに伴う現象だ。ここに、宇宙船が出現する。

と思った、つぎの瞬間。

あらわれた。

巨大な宇宙船だった。全長は四百メートル。民間船ではない。明らかに軍艦である。

「連合宇宙軍」

タロスの声が少しざらついた。ネイビーブルーの船体を持つ船は、連合宇宙軍の艦船のみだ。それ以外に存在しない。

「連合宇宙軍の巡洋艦」

ジョウも言葉がない。唖然《あぜん》としている。

通信が入った。回線をあけろという信号が〈ミネルバ〉に届いた。ジョウはスイッチを押し、メインスクリーンに通信映像を入れた。

軍人の顔が映った。軍帽をかぶった、いかつい風貌の士官だ。目つきが異様に鋭い。

男は言った。

「海賊諸君。驚いたかね。わしは巡洋艦〈コルドバ〉の艦長、コワルスキーだ。諸君に告ぐ。いますぐ降伏しろ。諸君はもう逃げられない。ブラスターの照準が諸君の船をロックした。降伏命令に従わぬときは、警告抜きで発射する。船を破壊し、宇宙の塵《ちり》に変える。念のため、もう一度言っておこう。即座に降伏しろ」

# 3

「海賊ってなんだ？」

ジョウとタロスは互いに顔を見合わせた。何を言われているのか、わけがわからない。

「俺たちのことみたいですが」

タロスは首をかしげた。

「とにかく、事情を訊いてみよう」

ジョウはメインスクリーンに向き直った。

「〈コルドバ〉。こちらは〈ミネルバ〉だ。俺たちを呼びだしているのか？」

「ふざけるな。ほかに誰がいる？」

コワルスキーの胴間声《どうまごえ》が、即座に戻ってきた。

「だったら、誤解がある。俺たちはクラッシャーだ。海賊ではない」

「クラッシャーだと？」コワルスキーの表情が、大きく歪んだ。

「嘘もほどほどにしろ。クラッシャーがタラオ宇宙軍に追われていたというのか」

「それは……」

ジョウは口ごもった。すぐに言葉を返せない。

「そうれ見ろ」勝ち誇るかのように、コワルスキーは言った。

「でまかせは通用しない。見ればちんけな船だ。三下海賊のくせに〈アレナクイーン〉を狙って、あっさりと襲撃計画がばれた。おかげでタラオ宇宙軍の戦闘機に追撃され、ひいひい悲鳴をあげて逃げだしてきた。そんなところだろう」

「…………」

「ちょこまか飛びまわった末に、なんとかワープして戦闘機を振りきった。しかし、そうはいかない。〈アレナクイーン〉にはちゃんとこの〈コルドバ〉が護衛についていたのだ。タラオ宇宙軍の目はくらませても、連合宇宙軍の追跡をかわすことはできない」

「なんだと？」ジョウの顔がこわばった。

「〈アレナクイーン〉の護衛艦？」

「驚いたか」コワルスキーはせせら笑った。

「やはり、〈アレナクイーン〉にただならぬ関心を持っていたのだな」

「〈アレナクイーン〉はどうした?」ジョウの声が高くなった。

「護衛艦なしで航海にだしたのか?」

「黙れ!」コワルスキーの一喝《いっかつ》が飛んだ。

「そんなことは海賊風情に関係ない。それよりも、返事が先だ。降伏するか? それとも宇宙の塵と消えるか?」

「艦長、聞いてくれ!」ジョウは叫んだ。

「これには理由がある。いまから、それを話す」

「待ってください」

ジョウの背後から声がかかった。ダブラスだ。ダブラスがいつの間にか予備シートから離れ、ジョウの脇にきている。

「言わないでください」ダブラスは小声で言った。

「ベラサンテラ獣のことを銀河連合に知られたら、タラオはたいへんなことになってしまいます」

「むちゃだ」ジョウも小声で応じた。

「それだと降伏もできないことになる」

「…………」

　ダブラスは口をつぐみ、首うなだれた。

「このままだと、俺たちは皆殺しだ。〈ミネルバ〉ごと吹き飛ばされてしまう」

「それも困ります」

「だったら、どうしろというんだ？」

「逃げてください。先ほどのように」

　ダブラスは震える声で、きっぱりと言った。

「くっそお」ジョウは頭上を振り仰いだ。

「相手は連合宇宙軍の巡洋艦だぞ。しかも、すでに照準をロックされている。さっきのB級戦闘機とはわけが違うんだ。あんた、それをわかっているのか？」

「わかっています」ダブラスはうなずいた。

「ですが、なんとか逃げてください。お願いします」

「うーん」

　ジョウはうなった。いくら懇願《こんがん》されても、できることと、できないことがある。

　そこへ。

「何をしている？　きさまら、何か企んでいるのか？」

　やりとりを勝手に中断されたコワルスキーの声が、猛々《たけだけ》しく割って入ってきた。

「違う」ジョウは答えた。

「いま、こっちの意見をまとめていたところだ。降伏勧告を受け入れる。抵抗はしない」

「なっ、なんですと！」

ダブラスの顔色が青紫に転じた。ジョウに向かい、抗議をしようとするが、怒りのあまり、声がでない。口だけをぱくぱくさせている。ジョウは、右手でダブラスを制した。

「静かに。俺に考えがある」

早口で、囁いた。

「そうか」コワルスキーが言った。

「ようやく、おのれの立場を悟ったようだな。そのいさぎよさ、評価してやる」

「そいつはありがたい」ジョウは肩をすくめた。

「で、どうすればいい？」

「そのまま慣性航行をつづけろ。本艦のほうが相対速度を合わせてやる。絶対に何もするな。よけいなことをひとつでもしたら、無警告で撃つ。それと、通信回線はあけておけ。閉じたら、それも抵抗行為とみなし、攻撃する」

「了解」

コワルスキーの姿がメインスクリーンから消えた。画面が保留状態のそれになった。

通信回線はひらいたままだが、交信そのものはいったん途絶えた。

「どういうつもりなんです」交信途絶と同時に、ダブラスがジョウに食ってかかった。

「契約を破棄するつもりですか？」

「騒がしすぎるぜ」ダブラスに目もくれず、ジョウは言った。

「しばらく黙っていてくれ」

「え？」

ダブラスには、ジョウの言葉の意味が理解できない。

「いまは我慢のときだ」ジョウはつづけた。

「ものには機会というものがある。俺は、その一瞬を待っている」

「………」

ダブラスは口を閉じた。まだよく呑みこめていないが、ただ降伏したというのではなさそうである。それだけはわかった。ジョウは、何かやるつもりでいる。そのために、ひとまず降伏宣言をだした。

ジョウはメインスクリーンに船外の映像を入れた。〈コルドバ〉が映った。ゆっくりと近づいてくる。巨大な艦影が、さらに大きくなる。接舷して海兵隊を〈ミネルバ〉の船内に送りこみ、乗員を逮捕、拘留《こうりゅう》する。そういう腹づもりなのだろう。

ジョウは身じろぎひとつせず、迫りくる〈コルドバ〉を凝視した。

〈コルドバ〉が、〈ミネルバ〉に並んだ。全長四百メートルの巨体が、スクリーンいっぱいに広がった。まもなくベクトルが完全に同調し、接舷可能になる。彼我《ひが》の距離はわずかに数十メートル。おそらく三十メートルとはないだろう。この距離では大型の火器が使えない。いったんはロックしたブラスターの照準も、それを解除した。そのはずだ。

「行くぞ」低い声で、ジョウは言った。

「1B161。加速百二十パーセント」

短く指示を発した。その声を、タロスは聞き逃さなかった。

両の腕が動いた。タロスは操船レバーを握り、コンソールパネルのスイッチをつぎつぎと弾いた。

〈ミネルバ〉のメインエンジンが火を噴いた。予備駆動いっさいなしの起動だ。そして、いきなり全開運転に移った。

〈ミネルバ〉が咆哮《ほうこう》する。船体が悲鳴に似たきしみ音を響かせる。

加速開始。

〈ミネルバ〉は射出された砲弾のように、勢いよく飛びだした。

「ひいっ」

予想だにしなかった不意打ちをくらい、ダブラスが予備シートの上でひっくり返った。

だが、ジョウは一顧《いっこ》だにしない。それどころではない状況だ。この奇策、〈コルドバ〉

が気がつき、追撃態勢をととのえて攻撃に入るまでに、どれだけ距離を得られるかが勝負の決め手となる。

「加速百四十パーセント。ドンゴ、動力を完全解放！」

ジョウは、さらに指示を重ねた。

「俺らがやる」

リッキーの声があがった。どうやら、ダブラス同様、リッキーも動きまわれるほどに回復したらしい。

〈ミネルバ〉の加速が、一段と増した。〈ミネルバ〉は、〈コルドバ〉の進行方向に対して、ほぼ直角になる形で離脱をはかっている。Gが慣性中和機構の限界を突破した。この命懸けの機敏な動きに、質量の大きい〈コルドバ〉は追随《ついずい》することができない。〈コルドバ〉がもたもたと回頭する。艦内は大混乱に陥っているはずだ。しかし、通信回線を閉じてしまったため、巡洋艦内部の様子は見られない。

〈ミネルバ〉は、ひたすら逃げた。五十時間が経過しないとワープ不可という枷《かせ》を〈ミネルバ〉はかけられている。だから、通常航行でひたすら逃走するしか打つ手がない。もっとも、ワープできても、十光年が限度である。その程度の距離では、ワープトレーサーですぐにジャンプ先を突きとめられてしまう。

〈コルドバ〉の方向転換が終わった。メインエンジンに火が入り、追跡を開始した。

速い。

〈コルドバ〉の加速ははるかに〈ミネルバ〉のそれをしのぐ。すさまじく速い。前ぶれなしの遁走《とんそう》で稼いだ距離が、見る間に詰められていく。

「タロス。あいつの主砲はなんだ？」

ジョウが訊いた。

「五十センチブラスター」

タロスが答えた。

「かすっただけで、〈ミネルバ〉が消えるな」ジョウは言った。

「撃たれたら、それで終わる」

「まだ、ぎりぎり射程内ですぜ」

タロスが横目でジョウを見た。

「〈ファイター1〉で、でる」ジョウはシートから立ちあがった。

「加速を百パーセントに落とせ」

「何をするんです？」

「あいつが相手では、何をしても勝負にはならない。こっちの武器は全部、射程外だ。このままだと一方的にやられてしまう」

「てえことは」

「こっちから突っこむ」硬い声で、ジョウは言った。

「俺が〈ファイター1〉ででるのと同時に、百八十度反転だ。加速百二十で、あいつに突入してくれ」

「五十センチブラスターがきますな」タロスは他人事のように言った。

「よけるのが骨だ」

「俺が攪乱する。それで隙を奪うことができたら、ミサイルでもレーザーでもいい。とにかくあいつのメインエンジンをぶちぬいてくれ」

「エンジンだけですな」

「そうだ」ジョウはあごを引いた。

「それ以外は、狙えない」

連合宇宙軍相手に手加減をする理由はなかった。これは誤解から生じた、理不尽な喧嘩だ。しかし、だからといって、連合宇宙軍の巡洋艦に人的被害を与えることはできない。そんなことをしたら、十時間もしないうちにジョウと〈ミネルバ〉は銀河系全域で指名手配され、連合宇宙軍の大艦隊に包囲されることになる。だから、メインエンジンだけを狙う。むろん、限定した反撃でも、戦闘は戦闘だ。それは銀河連合に対する重大な敵対行為となる。が、ジョウには目算があった。巡洋艦が百メートルクラスの船にメインエンジンを破壊されたとなれば、これは大きな恥となる。しかも、性格が厳格であればあるほど、艦長が感じる恥辱は大きい。となれば、まず間違いなく、エンジンを修理し、もよりの基地に寄港するまでコワルスキーはこの件を報告しない。それだけ間があけば、なんとかなる。必死で逃げきり、この仕事も片づけることができる。そうなれば、あとはフォン・ドミネートが政治的決着してくれるはずだ。そして、ジョウたちは無罪放免となる。

「頼んだぞ」

ジョウの目が、タロスの目をまっすぐに見た。

「…………」

タロスは答えなかった。かわりに、にやりと笑った。ジョウはきびすを返し、格納庫へと向かった。操縦席をでるとき、ダブラスとリッキーが、また気絶していることに、ジョウは気がついた。

# 4

〈ファイター1〉は最大加速で〈ミネルバ〉から離れた。

一方、〈ミネルバ〉は船首の姿勢制御ノズルをフルに使って高速反転をおこなった。〈コルドバ〉に向かい、加速百パーセントで〈ミネルバ〉が突進していく。その脇から

〈ファイター1〉も〈コルドバ〉をめざす。

タロスはメインスクリーンに映る〈コルドバ〉を睨むように見つめていた。まだ射程距離内に入っていない。

光った。スクリーンの中の〈コルドバ〉の船体のそこかしこがまばゆく光った。攻撃だ。ブラスターが発射された。真紅の光球が、長い尾を引いて〈ミネルバ〉に襲いかかってくる。

タロスは操縦レバーを操り、火球をかわした。最初の一撃は簡単によけた。だが、二撃、三撃がつづいてくる。〈コルドバ〉の主砲は全部で六門。このうちの三門が、かわるがわる光球を発射する。

タロスは歯を食いしばり、目を血走らせて、〈ミネルバ〉を操船した。かすっただけで〈ミネルバ〉が消えると言ったジョウの言葉に嘘や誇張はない。それだけの威力が本当に五十センチブラスターにはある。

そのころ。

〈ファイター1〉は〈コルドバ〉に肉薄しようとしていた。射程内まで、あと少しだ。〈ファイター1〉は〈コルドバ〉の猛攻撃にさらされていない。レーダーには映っているはずだが、小型の搭載機ということで侮っているのだろう。無視されている。チャンスだ。この機会は生かさなくてはならない。

射程内に〈ファイター1〉が入る直前。

ジョウは後方視界スクリーンが白く輝くのを見た。背すじがひやりと冷えた。

火球が命中した。〈ミネルバ〉に。

直撃ではない。かわしきれない火球を〈ミネルバ〉はビームで撃ちぬいた。微塵に散ったエネルギーの塊のひとつが、二枚ある〈ミネルバ〉の垂直尾翼のひとつを擦過した。左舷垂直尾翼の先端だ。

炎があがった。尾翼の二分の一が融け崩れた。致命傷ではない。宇宙空間では航行への影響もほとんどない。しかし、目の前で自分の船が傷つけられるのを見たジョウは、頬をひきつらせた。

正面に向き直り、〈コルドバ〉を見据えて、ジョウは〈ファイター1〉をまっすぐに疾《はし》らせる。

射程内に突入した。

ジョウはミサイルとビーム砲のトリガーレバーをコンソールに起こした。二本のレバーのグリップを握り、ジョウはボタンを押す。

ミサイルとビームが、立てつづけに〈コルドバ〉に降りそそいだ。目標は主砲の砲塔だけだ。

爆発した。ビームが船体の装甲を灼き、火花を散らした。

だが、〈コルドバ〉に大きな損傷はない。予想されたことだ。〈ファイター1〉の火器で巡洋艦の砲塔をつぶせるとは思っていなかった。牽制《けんせい》だけが目的の攻撃である。このアタックで、五十センチブラスターの発射リズムに狂いがでれば、成果があったことになる。それだけで、十分に〈ミネルバ〉の援護となる。

〈コルドバ〉が、〈ファイター1〉を敵と認識した。小火器で撃ってきた。〈ファイター1〉は螺旋を描き、〈コルドバ〉の周囲を素早く移動した。と同時に、あらためてミサイルとビームの雨を、〈コルドバ〉に浴びせかけた。

〈ミネルバ〉に対する〈コルドバ〉の攻撃が、まばらになった。一部の五十センチブラスター砲塔が、〈ファイター1〉を追いはじめた。

「そうこなくっちゃ」

タロスが口もとを歪めて笑った。〈ミネルバ〉も射程内に入った。タロスは多弾頭ミサイルのトリガーボタンを絞った。

ミサイルが分裂する。何十という弾頭が、〈コルドバ〉に迫る。

爆発した。〈コルドバ〉には命中していない。その周囲、距離数百メートルの地点で、自爆した。〈コルドバ〉自体に被害は与えない。しかし、ショックは艦内に及ぶ。

五十センチブラスターの全砲門が、いっせいに沈黙した。ショックが火器管制システムに影響し、短い時間だったが、〈コルドバ〉が攻撃を忘れた。

「よっしゃあ！」

一声吼《ほ》えて、タロスは〈ミネルバ〉を〈コルドバ〉の艦尾へと進ませた。メインエンジンを狙い、レーザー砲を放つ。だが、敵も素人ではない。みごとな操艦で、この攻撃を受け流した。

〈ミネルバ〉が大きく旋回する。再度、ポジションを確保し直そうとする。

〈ファイター1〉がかわりに〈コルドバ〉の艦尾についた。小型火器の砲門が連射を開始した。〈ファイター1〉は絶妙の位置にきた。〈ミネルバ〉なら百パーセント、メインエンジンを撃ちぬける場所だ。が、〈ファイター1〉の火器では、巡洋艦の装甲を貫通できない。

ジョウはトリッキーな動きで〈コルドバ〉の注意を惹《ひ》き、いま一度、螺旋飛行で反対側に抜けようとした。

〈コルドバ〉が五十センチブラスターを撃った。その火球が〈ファイター1〉の横を通過した。まさか、この距離で狙ってくるとは思っていなかった。ジョウは意表を衝《つ》かれた。機内温度が急上昇する。コンソールで火花が散る。かすめてすらいないのに、このダメージだ。とんでもない武器である。〈ファイター1〉の出力が、ショックで低下した。ジョウは立て直しをはかったが、反応が鈍い。

と、そこへ。

〈ミネルバ〉がまわりこんできた。〈ファイター1〉がおとりになったため、再度の接近が可能になった。おそらくは、これが最後のチャンスだ。

「一か八かだぜ」

タロスは〈ミネルバ〉を急反転させた。非常識な操船である。へたをすると、船体がねじ切れる。それほどに強引な方向転換である。

タロスはミサイルを発射した。これも、牽制用だ。多弾頭が、〈コルドバ〉に命中する直前に自爆する。しかし、いい位置がとれない。メインエンジンが船体の死角に入っている。

捨て身の援護。これしかない。ジョウは決断した。〈ファイター1〉のダメージが大きい。ならば、打つ手はひとつだ。

ジョウは気密ヘルメットをかぶった。〈ファイター1〉を自動操縦に切り換え、乗員射出ボタンを押した。

甲高い爆発音が短く響く。ジョウは〈ファイター1〉のコクピットから弾きだされ、宇宙空間に飛びだした。

〈ファイター1〉が〈コルドバ〉の艦尾をめざして突き進む。見る間に、ジョウから離れていく。

〈コルドバ〉が小型のブラスターで〈ファイター1〉を撃った。

当たるな！

ジョウは念じた。あと少しだ。が、そうはうまくいかない。火球のひとつが、〈ファイター1〉に命中した。

〈ファイター1〉が燃える。紅蓮《ぐれん》の炎に包まれる。炎はぱっと広がり、ぱっと消えた。

〈ファイター1〉は融けた金属の塊と化した。原形を留めていない。だが、まだ飛行している。初速を保ったまま、〈コルドバ〉へとまっすぐに向かっている。

行け！

ジョウの念が通じた。いましがたまで〈ファイター1〉であった金属塊は、あらたなブラスターの攻撃をかいくぐって〈コルドバ〉のメインエンジンの一基に激突した。

エンジンが切り裂かれる。炎を噴出する。〈コルドバ〉があおられた。その反動を受け、予期せぬ旋回をした。半回転し、〈ミネルバ〉の真正面に艦尾を大きく突きだす。

タロスの眼前に、〈コルドバ〉のメインエンジンがきた。

いまだ。

ジョウとタロスの気合が一致した。

タロスがレーザー砲を撃つ。一条のビームが、〈コルドバ〉のメインエンジンの急所を鮮やかに射抜く。

〈コルドバ〉の加速が減じた。一気にパワーダウンして、慣性航行状態となった。

漂流していく。連合宇宙軍の巨艦が。

「悪いな、艦長」

ジョウはつぶやき、左手首の通信機をオンにした。信号が〈ミネルバ〉に届く。もう大丈夫だ。すぐに回収してくれる。

しばらくは宇宙遊泳を楽しもう。ジョウは、そう思った。

ジョウが〈ミネルバ〉に戻ると、船内は大騒ぎになっていた。

ドンゴは破損箇所の修理に飛びまわり、タロスは機器の調整に忙殺されている。息を吹き返したリッキーはベラサンテラ獣の安全確認。そして、ダブラスはヒステリー状態に陥っている。帰還したジョウの最初の仕事は、そのダブラスをなだめることであった。

三十数時間が、あっという間に過ぎた。

騒ぎが一段落つき、〈ミネルバ〉に静寂が帰ってきた。

四人は、リビングルームに集まった。ドンゴが飲物をセットした。知らない人が見たら、優雅な午後のお茶会という感じだ。しかし、実体はそういうのんきなものではない。深刻な対策会議である。

「修理のときにわかったんだが」とジョウが言った。やや歯切れが悪い。

「ミランデルに直行するのは不可能だ」

「どういうことですか？」

すぐに表情を変え、ダブラスが立ちあがった。

「要するに——」ジョウは肩をそびやかした。

「燃料が足りないんです」

「燃料はそちらの要求どおり、ネルルンで積みこみました。足りないはずはありません」

「何もなければね」

ジョウはため息をついた。

「あの燃料計算は、いっさい邪魔が入らず、あたかもピクニックのように航行できた場合のものです」横からタロスが言った。

「タラオの戦闘機に追われ、連合宇宙軍と戦争するってのは、計算にも契約にも入っていません」

タロスの目がすうっと細くなった。

その視線を浴びて、赤く上気していたダブラスの顔色が青黒くなった。額に血管が太く浮かびあがっている。

「まあまあ」ジョウがあわてて、割って入った。

「落ち着いてください。ダブラスさん。タラオのときは即座に応戦して撃退。連合宇宙軍には事情説明。こうすれば、燃料は計算どおりの消費量ですんだはずです。ところが、あんたは、そのどちらの方法も拒絶した。われわれクラッシャーは、クライアントの意向を重視します。その結果が燃料不足なんです。これで文句を言われたのでは、俺たちも立つ瀬がない」

「……………」

ダブラスは言葉を失った。たしかにジョウの言うとおりである。反論はできない。

「サラーンへ立ち寄りませんか?」昂奮していたダブラスの顔色がふだんの青白いものに戻りはじめたので、ジョウは提案をおこなった。

「こちらです」

テーブルにはめこまれたスクリーンに航宙図が映しだされた。その右上を、ジョウは指し示した。

「ここなら、あまり目立ちません。距離は十九光年。距離もほどほどというところです。ここで燃料を再補給します」

「なるほど」タロスが大仰にうなずいた。

「サラーンはいい。あそこは星間貿易の拠点だ。恐ろしい数の宇宙船が、夜昼かまわず離発着している。サラーンなら、〈ミネルバ〉の存在を気にするやつはひとりもいない。うん、ダブラスさん。間違いなくサラーンですよ」

わざとらしく言った。むろん、事前に打ち合わせずみのお芝居である。

「わかりました」渋面を維持して、ダブラスはいやそうに了承した。

「ミランデルにたどりつけないのでは、話になりません。ここは妥協します。ただし……」

ダブラスは条件をつけた。

「サラーンでの滞在時間は二時間を限度とします。二時間あれば、燃料の補給は可能です。それ以上の時間ロスは認めません」

「わかりました」ジョウは両手を左右に広げた。

「それだけで、なんとかやってみます」

そう言い、ジョウはリッキーの顔をちらりと見た。

「動力の検査は終わっているよ」即座に、リッキーは言った。

「しばらくは通常航行なんだろ」

「とにかく行けるところまでは通常航行で距離を稼ぐってことですな」

タロスがソファから腰をあげた。

「キャハ、オ茶ノオカワリハイカガデスカ?」

ドンゴがきた。ポットを高く掲げた。

# 5

「こちら〝はつかねずみ〟。〝ハムスター〟いるか？」

「こちら〝ハムスター〟。全員そろっている。どうした？　とつぜん」

ガルデンシュタット社本社ビルの一室。中心に超空間通信機を置いたテーブルを、またもや六人の男女が丸く囲んでいる。六人とも、やや落ち着かない風情だ。どうやら、急いで呼び集められ、みないま席に着いたばかりらしい。

「予定が変わった」〝はつかねずみ〟が言った。

「連合宇宙軍の馬鹿大佐が、〈ミネルバ〉を宇宙海賊と思いこみ、攻撃を仕掛けてきた」

「なんだと？」

一同の間に、どよめきの声があがった。

「〈ミネルバ〉はどうなったの？　ベラサンテラ獣に異常はでていない？」

女性のひとりが口早に訊いた。

「どちらも無事だ。反撃して巡洋艦のメインエンジンを停止させた。多少の被害はあったが、さすがは銀河系随一のクラッシャーだ。みごとに切りぬけおった」

「で、〝はつかねずみ〟、予定変更というのは、なんだ？」

「サラーンに立ち寄ることになった」

「サラーン」

六人の男女は、互いに顔を見合わせた。

「〈ミネルバ〉の燃料があぶなくなっている。派手なチェイスをやらかした、そのつけがでた」

「サラーンとは、いい星を選んだな。距離もほどほどだし、注目を浴びることもない」

「いろいろな意味で、サラーンは都合がいい」〝はつかねずみ〟は言葉をつづけた。

「部隊を派遣し、〈ミネルバ〉を奪え」

「なに？」

「〈ミネルバ〉を奪うんだ。クラッシャーから、もぎとれ」

「ベラサンテラ獣だけじゃないのか？」

「〈ミネルバ〉ごとのほうが簡単だ。すでに輸送用の設備が備わっている。それに、船を奪われたら、クラッシャーはあとを追うことができなくなる。一石二鳥だぞ」

「なるほど」

「しかし、連合宇宙軍と戦った船だ」べつの男が言った。

「指名手配されているかもしれない」

「たしかにそうだ。が、そんなことはどうにでもなる。いざとなったら、改造して船の外観を変えてしまうとか。なんなら、ガルデンシュタット社のカラーに塗り変えてしまったら、どうだ」

「アイデアとしては、悪くない」

「ああ」

「そうね」

六人が、いっせいにうなずいた。

「では、サラーンでの成功を期待している」

〝はつかねずみ〟は交信を断った。通信機から、耳障りな雑音が響いた。


〈ミネルバ〉はサラーンの衛星軌道に入っていた。

やまねこ座宙域に所属する恒星ウウの第三惑星。それがサラーンだ。星間貿易のメッカとして知られ、ある意味では銀河系でもっとも重要な惑星のひとつとなっている。もともとは何ひとつ資源らしい資源もない貧しい惑星にすぎなかったが、二十年ほど前にウウ共和国政府が思いきって貿易税を撤廃したのが功を奏した。なによりも惑星の位置がいい。その周囲百光年以内に、相当数の植民星が存在している。これほど植民星の密度の高い宙域は、銀河系広しといえども、けっして多くはない。

星間貿易の拠点として栄えたため、サラーンはふたつの顔を持つようになった。銀河系でもっとも美しい顔と、もっとも醜い顔だ。関税がかからず、わずかな手数料だけで貿易をおこなえるということから、つぎつぎと大企業がサラーンに支店を置いた。サラーンには五つの大陸があった。そのうちのひとつを大企業のために共和国政府は完全解放した。残り四つの大陸は開発を厳しく制限し、観光地としてその自然を保った。解放された大陸には、高層オフィスビルと高層ホテルが山のように建てられた。地下交通網もまんべんなく整備された。

美しい観光惑星にして星間貿易の要所。

通常は、これだけ資本が投下されれば、その惑星は大きく潤《うるお》う。国が栄え、国民も裕福になる。

しかし、サラーンはそうはならなかった。流入する資本と提携し、富を分配する余裕がなかったために、すべての利益を、進出してきた大企業に吸いあげられた。

巨大な都市の周辺に、みすぼらしいバラック群が生まれた。それがサラーン市民たちの住居だ。そして、そこには凶悪な犯罪が持ちこまれた。麻薬、殺人、誘拐。ありとあらゆる形で、貧しさと犯罪が手を結んだ。政府の政策は、企業と一緒に裏の世界の者たちも呼び寄せてしまった。

白い高層ビル群と、ただひたすらに美しい自然環境。黒いバラックの群れと、そこに巣食う犯罪シンジケート。

サラーンのふたつの顔を知らぬ者は、もはやどこにもいない。

〈ミネルバ〉が、地上へと降下した。

タカマ宇宙港に着陸した。外部資本に向け解放されたタカマ大陸の名を冠したその宇宙港は、サラーンに築かれた二十五か所の宇宙港のうちで、もっともランクが低い。タカマ宇宙港に隣接していた街が、再開発の余波を受けて、スラム都市となってしまったからだ。そのため、いまでは貨物便の専用宇宙港に格下げされている。それも個人経営か、インデペンデント系運輸会社のみが利用する貨物便宇宙港である。

衛星軌道上での入国審査のとき、ジョウは職業をクラッシャーであると申告した。その結果、この宇宙港へ着陸するように指示された。

ジョウは割りあてられた駐機場に〈ミネルバ〉を置いた。下船し、タロスとふたりで、宇宙港ビルに向かった。正式の入国手続きは面談でおこなわれる。このあたりの規定は、厳格に守られている。リッキーとダブラスは、燃料補給業務をチェックするため、〈ミネルバ〉に残った。

宇宙港ビルは不潔に汚れ、腐臭が漂っていた。ロビーも陰気で薄暗い。空気がどんよりとしている。

「ダブラスは二時間を滞在の限度にすると言っていたが、そいつは長すぎる」うなるようにタロスが言った。

「こんなとこ、二分といたくねえ」

さっさと手続きを終え、宇宙港ビルから飛びだした。二分どころか、四十分もその中にいた。おそらく燃料補給も終わっているはずである。ジョウとタロスは予備の部品を仕入れ、それを船内に運びこまなくてはいけない。

パーツショップを探した。宇宙港の敷地内には、その手の店が必ずある。

店を探してうろうろしていると、サイレンが鳴った。けたたましいサイレンだった。非常警報のようである。

「どうしたんだ？」

ジョウがいぶかしんでいると、宇宙港ビルからわらわらと宇宙港の職員が走りでてきた。ジョウはそのひとりを捕まえ、尋ねた。

「何があった？」

「宇宙船の無許可発進だ」職員は答えた。

「B49に駐機していた銀色の船だ。くそ野郎ども、降りてきたら、解体してやる」

職員はジョウの手を振りほどき、走り去った。あとに残されたジョウとタロスは、ゆっくり互いの目と目を合わせた。どちらも、声がでない。

ややあって、ふたりは同時に叫んだ。

「B49ってのは」

「〈ミネルバ〉だ!」

ふたりは体をひるがえした。駐機場をめざし、ダッシュした。

宇宙港ビル横の階段を下り、地下に降りた。狭い地下通路を抜け、再び階段を登って地上に戻る。そこが駐機場だ。Ｂ49は、その端のほうにある。

Ｂ49スポットに着いた。

ない。

そこに宇宙船がいない。〈ミネルバ〉の姿がない。

凝然として立ち尽くすふたりの目に、倒れている人影が映った。駐機スポットの隅だ。

そのまわりに、ジョウたちよりも先に駆けつけていた宇宙港職員が数人立っている。職員のひとりが人影を抱き起こした。

リッキーだ。額が赤い。血を流している。ぐったりとしていて、意識がない。

ジョウとタロスは、あわててリッキーのもとに駆け寄った。

「リッキー！」

声をかけた。その声に、リッキーは反応した。職員の腕の中で頭をわずかにあげ、目を薄くひらいた。

「兄貴ぃ」弱々しくつぶやく。

「すまねえ。兄貴ぃ」

がくりと首が落ちた。

話は三十分ほど前に遡《さかのぼ》る。

リッキーは〈ミネルバ〉の操縦室にいた。動力コントロールボックスのシートにすわり、メーターの数字をひとつひとつ確認していた。燃料補給は順調に進んでいる。この様子なら、あと数分で終わるはずだ。ダブラスに押しつけられた二時間の滞在制限は楽勝でクリヤーできる。そう思った。

背後で、ドアのひらく音がした。リッキーは首をめぐらし、振り返った。ダブラスが操縦室に入ってきた。

「ひどい宇宙港だ」

吐き捨てるように、ダブラスは言った。苦虫を嚙みつぶしたような表情をしている。

「設備は最低。環境は最悪」ダブラスは言を継いだ。

「本当に、こんな宇宙港しかあいていなかったというのか」

「嘘だよ」

リッキーがぶっきらぼうに言った。

「え？」

「嘘っぱちなんだよ」リッキーは繰り返した。

「観光客が使う宇宙港にクラッシャーがこられたんじゃ迷惑だと思っているんだ」

「なんということを！」ダブラスの頬が紅潮した。

「あまりにもけしからぬ扱いだ。タラオでは、けっしてそんなことはしない。クラッシャーは立派な職業。差別などとはとんでもない。タラオに帰ったら、抗議してやる。そんなやり方は、絶対にあらためられなくてはならな……」

電子音が響いた。コンソールパネルからだった。通信機の呼びだし音だ。船外から、誰かが〈ミネルバ〉を呼んでいる。

リッキーは通信機のスイッチをオンにした。通信スクリーンに、宇宙港職員の制帽をかぶった、若い男の顔が映った。

「失礼します」男は言った。

「宇宙港安全管理局の者です」

「はあ」

「いま確認しましたが、こちらの船体、応急修理のあとが著しいように思われます。この場合、規則でシステムのチェックをおこなうことになっています。船内に入れていただけないでしょうか」

「ええっ、それまずいなあ」リッキーは渋面をつくった。

「兄貴――いや、船長が宇宙港ビルに行っていて、いないんです。俺らじゃ、入れていいかどうか決められない」

「時間がありません」管理局局員は鋭く言った。

「このままだと発進許可がおりなくなります。すぐにすみますから、ちょっとだけ入れてください」

「うーん」

リッキーは迷った。ジョウの承認がない限り、他人を船内に入れる気はなかったが、発進許可がでなくなると言われては簡単に断ることができない。

短い逡巡《しゅんじゅん》の後、リッキーは答えた。

「わかりました。ハッチをあけます」

「五分ですみますよ」

にやりと笑い、局員はそう言った。

## 6

リッキーは乗船ハッチをあけた。

「操縦室まできてくれよ。手が放せないんだ」

通信機に向かい、言った。本来なら、船長の許可がない限り、操縦室に部外者を入れることはできない。だが、いまは燃料補給の真っ最中だ。コンソールデスクの前から動くことはできない。

管理局局員がきた。ダブラスが操縦室のドアまで行き、出迎えようとした。

「うあっ」

悲鳴のような声があがった。これにつづいて、どすんという重い音が響いた。リッキーは首をめぐらし、背後に目をやった。

男が三人、立っている。ドアの前だ。三人とも宇宙港の職員らしき制服を着用し、右手にレイガンを握っている。その銃口が狙っているのは、リッキーの頭部。

「てめえら」

リッキーの顔がひきつった。三人の男の足もとに、ダブラスが倒れている。両手で後頭部を押さえ、呻《うめ》き声を漏らしている。レイガンのグリップで殴られたらしい。

「おとなしくしろ」男のひとりが言った。

「この船は、われわれがもらう」

「なんだと!」

リッキーの目が高く吊りあがった。怒りで頬が紅潮する。男の声には聞き覚えがある。ついさっきまで、通信機でやりとりをしていた管理局局員の声だ。

リッキーは前に進んだ。床を蹴り、男に向かって飛びかかろうとした。男は船をもらうと言った。そのつもりなら、こんなところでレイガンを撃ったりはしない。とっさに、そう判断した。

男がレイガンを握り替えた。手の中でくるりと銃がまわった。突っこんでくるリッキーの頭上に、レイガンのグリップが勢いよく振りおろされる。

鈍い音がした。リッキーは顔面から床に叩きつけられた。バウンドし、ひっくり返る。そこへ男の爪先がきた。ブーツの先端がリッキーの腹部をえぐり、リッキーは横に飛んだ。額がシートの支柱に激突した。

「がっ」

リッキーが転がる。額が裂けた。鮮血が噴きだし、それがリッキーの目をふさぐ。意識が薄い。からだが動かない。全身が痺れている。

のたうち、ひくひくとあえいでいるリッキーの耳に、三人の男たちの声がけたたましく反響《こだま》した。音が激しくうねっている。

「よし。補給が終わった。すぐに発進させろ」

「こいつらは、どうします？」

「ダブラスは連れていく。ベラサンテラ獣の知識を持つやつが要《い》る。チビは船外に放りだせ」

リッキーは自分のからだが宙に浮くのを感じた。かかえられ、運ばれようとしているらしい。抵抗しようとしたが、手足はぴくりとも動かない。目も見えない。

乗船ハッチのひらく音がした。

「あばよ」

声をかけられた。

空気が流れる。全身が、ふわりと軽い。落下する感覚がある。

リッキーははっとなった。投げ捨てられた。いま空中を飛んでいる。

衝撃がきた。リッキーは地上に落ちた。目の奥で火花が散り、意識が闇に包まれた。


「しっかりしろ！」

耳もとで、誰かが怒鳴る。

うるさいなあ。リッキーはつぶやき、目をあけた。

焦点が合わない。視界がぼおっとしている。

最初に色を認識した。つぎに輪郭が生じた。

顔がある。目の前で、誰かがリッキーを見つめている。傷だらけの顔だ。そこかしこがいびつに歪んでいる。

タロスだ。

リッキーは、そう思った。でも、なぜタロスが？

「！」

我に返った。まずい。〈ミネルバ〉が――。

跳ね起きた。あせって、上体を持ちあげた。

激痛が全身を襲った。とくに頭が痛む。目がくらみ、吐き気がする。

反射的に頭をかかえた。その手が何かに触れた。プラスチックテープだ。一種の包帯である。顔から頭にかけて、それがぐるぐると巻かれている。

「暴れるな」

タロスが言った。背中を支えられた。ゆっくりとリッキーのからだを戻す。もう一度、横に倒す。

「かてえ頭だぜ」肩をすくめ、タロスは言を継いだ。

「骨にはひびひとつ入っていねえ」

「タロス」

リッキーの目から、涙がこぼれた。また視界がぼやける。タロスの顔が大きく崩れる。

「無事でよかった」

ジョウの声が聞こえた。タロスの横にいる。リッキーの身を案じている。

「すまない。タロス、兄貴。俺らのどじだ。不注意にも、へんなやつらを船内に入れちまった」

　リッキーはしゃくりあげるように泣いた。

「馬鹿野郎！」タロスが怒鳴った。

「泣くな。それでもクラッシャーか」

「だって……」

「とにかく、落ち着け」ジョウが言った。

「何があったのか、順を追って話してくれ。俺たちには、事情がはっきりわかっていない」

「ああ」

　リッキーはうなずき、深呼吸をした。たしかに泣いている場合ではない。やるべきことがある。

　呼吸をととのえ、リッキーは口をひらいた。

「宇宙港の人間が、ここにやってきたんだ」

　起きたことを語った。三人の管理局局員が〈ミネルバ〉への乗船を求めた。そして、ベラサンテラ獣ごと船を奪い、ダブラスを連れ去った。

「そいつらは、ダブラスの名前を知っていたんだな？」

　念押しするように、ジョウが訊いた。

「知っていた。ベラサンテラ獣を載せていることもわかっていた」

リッキーは答えた。

「反対派の連中ですな」タロスが言った。

「どこをどうしたのか、ここで、俺たちを待ち伏せていた」

「俺らがいけないんだよ」リッキーの声が高くなった。

「俺らさえ、あいつらを船内に入れなければ、こんなことにはならなかった」

「黙れ、リッキー」強い口調で、ジョウが言った。

「それは、もうすんだことだ。誰もおまえを責めていない。自分で自分を罰するのはやめろ」

「…………」

リッキーは目を伏せ、唇を噛んだ。また、涙がにじむ。

「タロス」ジョウは横に視線を向けた。

「連中は〈ミネルバ〉でどこへ行くと思う？」

低い声で訊いた。

「うーん」

タロスは腕組みして、しばし黙考した。うなりながら、天井を見る。煤《すす》けた、汚い天井だ。リッキーを介抱するため、頼みこんで、宇宙港ビルの一室を借りた。リッキーが寝ているのも、ベッドではなく、ソファである。この宇宙港に医務室などといった気の利いたものはない。

　ややあって、タロスは言った。

「ミランデルでしょう」

「理由は？」

「ベラサンテラ獣をタラオに持ち帰っても、益はありません。ろくにタナールもとれないまま、いずれ死ぬ。だったら、ミランデルに行ってガムルと交配させ、タナールの利権を握るのがいちばんです。その上で、貴重なベラサンテラ獣を一頭、どこかで行方不明にさせてしまった責任を大統領に対して問うって段取りになります」

「俺の予想と同じだ」

　ジョウはにやりと笑った。

「となれば、どうします？」

　今度は、タロスが訊いた。

「船をチャーターしてミランデルに行く」ジョウは間を置かずに、答えた。

「向こうはベラサンテラ獣を積んでいるから、到着までに、うんざりするほどの時間がかかる。相当のんびり行ったとしても、こっちが先にミランデルに着く。あとは、向こうでただひたすら待つだけだ。くるこないは五分五分だが、こんな無鉄砲なやり方でも、ここでぼんやりとうろついているよりもましなんじゃないかな」

「地上《おか》にあがったクラッシャーというのは、みじめなものですからねえ」

「方針が決まれば、ぐずぐずしてはいられない」

ジョウはきびすをめぐらした。

「チャーター船探しですかい？」

「そうだ」

「俺らも行く！」

リッキーが叫んだ。からだを起こそうとしている。痛みに、顔が歪む。

「むちゃは、やめろ」

タロスがあわてて、リッキーの上体を押さえた。しかし、リッキーはその手を振り払った。

「お願いだ」タロスの目を見つめ、リッキーは言う。

「俺らも連れていってくれ。こんなところにひとりで残されたくない。そんなの、俺ら、耐えられないよ」

必死で訴える。

「……………」

ジョウは考えこんだ。リッキーの言うことはもっともだ。が、怪我は軽傷ではない。

ちゃんとした治療が要る。やった手当ては素人の応急処置だ。そんな状態であちこち動かしたら、取り返しのつかないことになる恐れがある。

「連れていきましょう」タロスが静かに言った。

「こんな生意気な口がきけるんだ。連れていっても、どうってこたあないですよ」

その一言で決まった。やはり、ひとりきりにすることなど、できない。

タロスがリッキーをかかえ、背負った。リッキーはおとなしく、タロスの背中につかまった。

宇宙港ビルの外にでた。外はもう夜になっていた。

# 7

ジョウとタロスは、チャーターできそうな船を探して、宇宙港内を歩きまわった。サービスセンターに行き、端末を貸してもらえばすぐに調べられることだが、驚いたことに、この宇宙港のサービスセンターは終日営業をしていなかった。受付が閉じられている。

仕方がないので、駐機場の離着床をひとつずつ見てまわることにした。からだを休めることを兼ねて、朝まで待とうという選択肢はなかった。心に余裕がない。気が焦っている。じっとしていられない。それは不可能だ。

三人は、三時間あまり、宇宙港を徘徊《はいかい》した。が、それは結局、タカマ宇宙港が貨物船専用の宇宙港であることの再確認にしかならなかった。どの船も、船体の大小の差こそあれ、すべてが貨物用のコンテナ船である。しかも、その多くは太陽系内だけを航行する近海宇宙船か小型のシャトルである。ジョウたちが求めている多目的型外洋宇宙船は、一隻もなかった。

三人は、途方に暮れた。

「やはり、朝になってから、べつの宇宙港に行ったほうがよさそうですな」

タロスが言った。うんざりしている。

「このお高くとまった星で旅客用の宇宙港に行き、クラッシャーですが、船を一隻、チャーターさせてくださいって頼みこむのか？」ジョウが訊いた。自嘲するような口調である。

「俺は、タカマ宇宙港だから、借りる船を探す気になったんだぜ」

「…………」

タロスは口をつぐんだ。反論をする気力がない。リッキーはもとより、タロスの背中でぐったりとしている。肉体はもちろん、三人は精神的にも疲れ果てていた。

と。

とつぜん、ぐったりとしていたはずのリッキーが、大きな声をあげた。

「なんだ、あれ？」

背負っていたタロスがびっくりした。

「どうした？　いよいよ頭にきたか？」

「違うよ。あれだよ！」リッキーは腕を伸ばし、夜空を指し示している。

「あの赤く光っているの、宇宙船の安全灯じゃないかい？」

タロスとジョウは、リッキーの指差す先に目をやった。宇宙港の端だ。相当に遠い。しかし、そこにはたしかに明滅している赤い小さな光がある。

「あそこは駐機場じゃねえ」

タロスが言った。三人がいるのは、宇宙港ビルからもっとも離れた、駐機場の外れである。その先にあるのは宇宙港を囲む三重のパネルだ。左手には滑走路と、そこに至るバイパスがあり、右手には格納庫や整備タワーがびっしりと立ち並んでいる。リッキーが示した赤い光は、その整備タワーの向こう側にあった。

「離着床ひとつくらいのスペースはありそうだな」

ジョウが言った。

「しかし、あんなとこに離着床をつくっても意味はないでしょう」タロスが反論した。

「何をするにも、不便極まりない」

「とにかく、ここまできたんだ。無駄足でもいいから、たしかめに行ってみよう」ジョウは場違いな安全灯の存在に、興味を持った。

「もしかしたら、特別機専用の離着床かもしれない」

「専用ですか……」

タロスは乗り気にならない。が、いやいやながらも、ジョウの判断には従う。

離着床から滑走路へと移動し、ジョウとタロスは整備タワーの間にある細い迷路のような通路を抜けた。宇宙港の反対側にでた。

すると、そこには。

間違いなく離着床がある。リッキーの勘が的中した。明滅する赤い光は、夜空に聳《そび》え立つ二百メートルクラスの垂直型多目的外洋宇宙船の安全灯であった。希望どおりの宇宙船が、そこに停泊している。

「まいったな」

タロスは肩をすくめた。

「にしても、おかしな船だ」宇宙船を見上げて、ジョウが言った。

「離着床の位置といい、このあたりの雰囲気といい、何か臭《にお》う」

「近くへ行ってみようよ」タロスの背中で、リッキーが言った。

「誰かいるんじゃないの」

「そうだな」

意見が一致した。ジョウは宇宙船に向かい、歩きだそうとした。

そのとき。

「誰だ？」

鋭い声が暗闇の中で響いた。乱れた足音が、甲高く耳朶《じだ》を打つ。

ジョウは足を止めた。タロスも身構えた。

闇の奥から、人影があらわれた。全部で六人。男ばかりだ。素早く、ジョウとタロスを囲んだ。

「てめえら、何もんだ？　こそこそ、何をしている？」

包囲した男たちのひとりが、前に進みでてきて言った。巨漢だ。表情が猛々しい。よく見ると、他の五人も似たり寄ったりである。どれも屈強な大男で、凶悪そうな顔つきをしている。

「こそこそなんかしていない」ジョウが言った。

「この船をちょっと見にきただけだ」

「俺たちの船がどうかしたのか？」

べつの男が訊いた。声が怒気を含んでいる。

「チャーターできないかと思ったんだ」

ジョウは答えた。

「チャーターだとお？」巨漢がジョウの顔を覗きこむように見た。

「あっ、てめえら、宇宙船をかっぱらわれたどじなクラッシャーだな」

指を差し、言った。

「本当か？」

あとの五人も、集まってきた。

「おお、本当にクラッシャーだ」六人は、げらげらと笑いだした。

「船を盗まれたんで、借りなきゃいけなくなったんだ」

爆笑する。激しく嘲笑する。

「黙れ！」リッキーが怒鳴った。

「何がおかしい」

「リッキー、やめろ」ジョウが制した。

「相手にするな」

六人の男が間合いを詰めた。もうひとりひとりの顔がはっきりと見てとれる。薄汚れたスペースジャケット。いかつい髭面《ひげづら》。とげとげしい表情。酒くさい息。どれをとっても、まっとうな堅気といった感じではない。

「へっ、お守《も》りをされているガキがいるぜ」男のひとりが言った。

「こんな坊やに一人前のクラッシャー面をさせているから、船を奪われちまうんだ」

男は右手に酒瓶を握っていた。それをリッキーの眼前で振った。酒が飛ぶ。リッキーは、それを頭から浴びた。

「遠慮せず、飲みな」男はつづけた。

「それでちったあ大きくなれる」

「うるせえ！」

リッキーがタロスの背中から飛び降りた。拳を固め、男に殴りかかった。

「あっ、馬鹿」

ジョウが叫んだ。リッキーは重傷を負っている。喧嘩などできるからだではない。

「しゃあないな」タロスがうれしそうに言った。

「止めるより、やったほうが楽ですぜ」

にっと笑った。

「そうだな」

ジョウも賛成した。タロスの言うとおりである。

ジョウとタロスも、六人の中に躍りこんだ。

乱闘になった。派手な格闘がはじまった。

タロスが強い。サイボーグである。そもそも膂力《りょりょく》が違う。しかも、喧嘩馴れしている。

一対二のハンディなど、なんともない。

いきなりふたりの男の胸ぐらを、タロスはつかんだ。つかむのと同時に、相手を高く持ちあげた。そのまま無造作に投げ捨てる。ふたりの男は地面に叩きつけられ、ぐえと呻いて白目を剝いた。一方、リッキーは右に左にと動いて、男たちを攪乱している。そこへジョウが割って入り、混乱している相手を殴り倒す。蹴りも入れる。あっという間に四人がひっくり返った。わずか数秒の出来事だ。あっけない。残りはふたり。すぐに終わってしまう。

と思ったところへ、新手があらわれた。近くに仲間がいたのだろう。騒ぎを聞きつけてやってきたら、身内が叩きのめされている。まずいと直感し、加勢してきた。

「うれしいねえ」

タロスが喜んだ。久しぶりの喧嘩なのに、一瞬で片づいてしまう。それでは、あまりにも物足りない。新手の追加は大歓迎である。

十人ほどの男が、乱闘に加わった。タロスはこれをひとりで迎え撃った。腕を二振りすると、十人は五人になった。

「ぐあっ」

悲鳴があがった。リッキーの声だ。タロスはうしろを振り返った。その目に、頭を押さえて地面に倒れているリッキーの姿が映った。リッキーのすぐかたわらには、男がひ

と り立っている。手に何かを持っているようだ。武器らしい。銃に似た形状をしている。だが、そんな武器をタロスは見たことがない。

「きたねえ」

タロスは激怒した。素手でやっている喧嘩に得物を持ちだすのは、男の風上にも置けない。

タロスは男に向かって駆け寄った。男は武器の先端をタロスに向け、トリガーボタンを押した。

「うおおおお」

タロスが悶絶した。動きが止まり、全身が痙攣する。

「なに?」

ジョウは驚愕した。リッキーの悲鳴は、もちろんジョウも耳にしている。視線を移した。タロスが救援に向かう。そのタロスがとつぜん、苦悶の声を発した。のたうち、昏倒した。

なんらかの武器を相手が使った。だが、サイボーグのタロスにダメージを与える武器は多くない。宇宙軍の兵士ならいざ知らず、一介の船乗りがそんな武器を所持していることなどありえない。

何ものだ? こいつら。

ジョウは思った。思ったつぎの瞬間。

脳が爆発するようなショックがきた。星が燦《きらめ》き、渦を巻く。全身に激痛が走り、筋肉が勝手にうねる。

あの武器だ、あの謎の武器がジョウにも向けられた。

眼前が暗くなった。闇が広がり、視界をふさいだ。

引きこまれていく。奈落の底に。

そこでジョウの意識は途切れた。

何もわからなくなった。

# 第三章　アレナクイーン

## 1

規則正しい振動音が床を伝わり、響いてくる。それが何かをジョウは知っていた。耳慣れた音である。リッキーもタロスも当然、気がついていた。宇宙船の動力音だ。ジョウたちは航行中の宇宙船の船内にいる。

「どうせなら、もう少しましなところにぶちこんでほしかったぜ」

タロスが言った。むすっとした表情で、周囲を見まわす。

三人がいるのは、ひどく狭い船室の中だった。ひとり用の部屋である。三メートル四方といったところだろうか。床や壁と一体成形でつくられたベッドとデスクがあり、それにクッション付きのプラスチックスツールがひとつくっついている。ほかには、何もない。デスク前の壁にはめこまれている通信用のスクリーンと端末のパネルが、その部屋にある唯一の電子機器だ。

「せめてルームサービスだけでもしてくれないかな」

ジョウが言った。ジョウは床の上にすわりこんでいる。リッキーはベッドの上だ。タロスはスツールに腰かけている。

ジョウは立ちあがり、通信スクリーンの前に進んだ。端末のキーをいくつか弾いてみる。

反応がない。電源が切られているのだろう。スクリーンはブラックアウトしたままだ。動作しない。

「冷たいねえ」

ジョウは肩をすくめ、首を横に振った。

「これって、あの宇宙船かい？」

リッキーが訊いた。タカマ宇宙港で見た、謎の宇宙船のことである。三人は、その宇宙船の乗員に襲われて意識を失い、目が覚めたら、この狭い船室の中に閉じこめられていた。外傷や後遺症は、とくにこれといってない。

「たぶん、そうだろう」タロスが答えた。

「俺たちを乗せて、宇宙港から飛びたったんだ」

「何ものかな、あいつら」独り言のように、ジョウがつぶやいた。

「あんな武器、見るのもはじめてだ」

「おそらく音波か電磁波で、脳に直接、ダメージを与える装置かなんかでしょう」タロスが言った。

「俺も見たことがないので、はっきりとはわかりませんが」

「なんにせよ、ただ者じゃないな」

「ずばり、なんだと思う？」

リッキーが訊いた。

「宇宙海賊」

ジョウとタロスが同時に答えた。

「そのとおり」

あらぬ方向から、声が響いた。通信スクリーンの端末からだった。

三人はいっせいに首をめぐらした。見ると、いつの間にかスクリーンに映像が入っている。

男の顔だ。顔の下半分が真っ黒なひげで完全に覆われている。軍帽に似た赤い帽子をかぶり、額から鼻を抜け左頰に達するすさまじい傷痕《きずあと》がある。

にやにや笑いながら、男は言った。

「初対面の挨拶をしておこう、クラッシャージョウ。噂には聞いていたが、これほどの若造とは思っていなかった」

「あんたは？」

「さっき、おまえたちが推察したとおりだ、宇宙海賊だよ。俺はフォーマルハウト一帯を預かっている。名はドメニコ。もっとも、仲間うちでは綽名《あだな》の〝生傷男《ザ・ブルーザー》〟のほうが有名だ。あんたも、そっちで呼んでくれ」

「ドメニコ・ザ・ブルーザー」

「そうだ。似合っているだろう」

〝生傷男〟は右手で顔の傷痕をつるりと撫で、声をあげて呵呵《かか》と笑った。

「で、ブルーザー」ジョウがあらためて、口をひらいた。

「どうして、俺たちを殺さず、船に乗せた」

「腕っぷしよ」間を置かず、ブルーザーは言った。

「おまえらの腕っぷしが気に入った。俺の手下どもをあっという間に十人ものしちまったそうだな」

「十二人だ」

タロスが訂正した。

「へっ、一ダースか。いいねえ。実にいい。クラッシャーにしておくのはもったいねえ。絶対に宇宙海賊になったほうがいい」

「宇宙海賊？」

「俺の手下になれってことさ」

「俺たちがか」

「ああ」ブルーザーは大きくうなずいた。

「おまえたちの腕なら、すぐに一隻まかせてやる」

「ふざけるな！」リッキーが叫んだ。顔が怒りで紅潮している。

「クラッシャーにしておくのがもったいないとは、どういう意味だ？」

「えらく元気のいいチビがいるな」ブルーザーは目を丸くしてみせた。

「しかし、はりきるときは状況を見ろ。俺が尋ねているのはジョウだ。おまえじゃねえ。おまえの返事はあさってにでも置いておくんだな」

ブルーザーは、視線をジョウに戻した。睨《ね》めつけるような視線である。

「ジョウ」低い声で、ブルーザーは言った。

「おまえの返事を聞かせろ」

「リッキーと同じ……と言ったらどうする？」

「断るのか。だったら殺す。──と返したいところだが、いまはやめておく。俺は宇宙のように心が広いんだ。とりあえず、考えが変わるまで、そこで暮らしてもらうことにする。俺は気に入った獲物は絶対に逃さない主義なんだ」

「主義としては悪くない」ジョウは右手を軽く振った。

「しかし、無駄骨だと思う」

「そいつは、どうかな？」ブルーザーはわずかに目を細めた。

「俺たちは、これから、一仕事やってのける。それを見れば、海賊がどれほど割りのいい仕事かがわかるはずだ。返事はその仕事を見てもらってからにしよう」

「仕事？」ジョウの眉がぴくりと跳ねた。

「どこかを襲うのか」

「船だよ」ブルーザーはさらりと言った。

「豪華船をちょいと片づけるんだ。なんでもどこぞの親善使節が、とんでもない量の宝石を持って、ある客船に乗ったらしい」

「〈アレナクイーン〉！」

「ほお」ブルーザーのひげが、ざわりと波打った。

「知っているのか？」

　意外そうな表情をつくった。

「ははーん」

　が、すぐに納得した。

「そうか。てめえらも、その船を狙っていたんだ。なあるほど」

「そんなこと、誰がする！」

リッキーが怒鳴った。ブルーザーは、余裕の態度で、その罵声《ばせい》を受け流した。

「そうムキになるな」楽しそうに、口もとを歪める。

「たしかに、俺たちはいまから、その〈アレナクイーン〉をやる。いい勘だ。ほれぼれするぞ、クラッシャー。〈アレナクイーン〉は、いつもなら連合宇宙軍のでっかい巡洋艦がくっついていて、手も足もだせない船なんだが、なぜか、今回に限って、まぬけなことにその邪魔くさい巡洋艦がどこかに消えちまった。うれしいねえ。護衛のいない豪華客船なんて、足を折ったウサギも同然だ。指先のひとひねりで息の根を止められる」

「………………」

ジョウは唇を嚙んだ。ブルーザーの話はかれの心を打ちのめす。〈アレナクイーン〉は〈ミネルバ〉にとってのおとりだ。そのためにアルフィンを乗せた。提案したのは、ジョウである。そして、護衛の巡洋艦〈コルドバ〉を航行不能に追いこんだのもジョウだ。ブルーザーが〈アレナクイーン〉の襲撃に成功したとしたら、それはすべてジョウの責任となる。しかも、ジョウは〈アレナクイーン〉を襲う側の船に乗っている。こんな皮肉な話はない。あまりにも忌《い》まわしい事態である。

「とまあ、そんな段取りだ」ブルーザーの長広舌《ちょうこうぜつ》が終わった。

「あとは一戦が終わってからにしよう。いい返事を目いっぱい期待しているぜ。じゃあな」

ブルーザーの映像が消えた。スクリーンがブラックアウトした。

室内が静かになる。

しんとして、声ひとつあがらない。気の滅入るような沈黙がつづく。

ジョウがまた床の上にすわりこんだ。へたりこむような動きだった。

そのまま、二時間ほどが経過した。

ふいにスクリーンが明るくなった。男の顔が画面に入った。ブルーザーではない。もっと下っぱらしい男だ。男は「これからワープする」と告げた。しかし、暗澹《あんたん》としてふさぎこんでいるジョウたち三人は顔をあげようともしない。男は一方的にしゃべり、通信を切った。

ややあって。

海賊船がワープインした。とくにこれといって変化はないが、雰囲気でそれがわかる。不快な感覚が三人の気分を、いっそう悪くする。

と、その不快な感覚がだしぬけに失せた。ワープアウトした。海賊船が目的地に着いた。これから〈アレナクイーン〉を襲う。

「ちくしょう」ジョウがおもむろに立ちあがった。

「ここをでるぞ」

宣言するように言った。

「うん」

「ああ」

リッキーとタロスが強くあごを引いた。

「やつらはクラッシャーのことを熟知している」ジョウは上着のボタンをひとつ、むしりとった。

「武器は根こそぎ奪われ、アートフラッシュも中和された」

握ったボタンを、ジョウは床に叩きつけた。ボタンはふたつに割れて転がった。発火しない。炎があがらない。

「船室は継ぎ目がなく、ドアはエアロック並みの密閉型。素手で、ここから脱出するのは不可能だ」

「奥の手があるだろ」

タロスを指差し、リッキーが言った。

「このドアが相手ではだめだ」タロスはゆっくりとかぶりを振った。

「音で何をしたのかがばれて、俺の左腕を持っていかれてしまう。それでおしまいだ」

サイボーグのタロスは左腕がロボット義手になっている。その腕の中には機銃が仕込まれている。

「ちえっ」

リッキーは舌打ちし、肩を落とした。

「そうがっかりするな。リッキー」ジョウが言った。

「まだ打つ手がある」

「本当かい。兄貴？」

リッキーはおもてをあげた。その目が輝いた。

「簡単な手だ」ジョウは言を継いだ。

「海賊と一緒に、〈アレナクイーン〉を襲う」

「なんだってえ」

リッキーは目を剝いた。ついでに口も大きくあけた。

ジョウを見て、つぎにタロスを見る。

タロスは天を仰ぎ、両手を大きく横に広げていた。

## 2

ジョウはドアの前に移動した。

拳《こぶし》を固め、ドアを殴《なぐ》った。激しく打った。五発目に、反応があった。見張りの男が音を聞きつけ、飛んできたのだろう。通信スクリーンの端末から、声が響く。

「うるせえ！　何をしやがる」

「話があるんだ。ドメニコ・ザ・ブルーザーに」ジョウは大声で言った。

「すぐ、ここへ連れてこい」

「船長に話？」

「そうだ」

「用件を言え。でないと取り次げない」

「やかましい」ジョウは語気を荒げた。

「がたがたぬかしているひまがあったら、さっさとブルーザーを呼べ。でないと、あとで後悔するぞ」

ジョウは口調に凄みを利かせた。その威力は、絶大だった。

「待ってろ！」

見張りがどこかに消えた。艦橋に連絡できる端末のもとに走ったらしい。

十数秒後、ブルーザーの映像が、通信スクリーンに入った。前ぶれもなく、いきなり顔が画面に浮かびあがった。

「なんだってんだ」ブルーザーは言う。

「まさか、さっさと気が変わったとかほざくんじゃねえんだろうな」

「そのまさかだ」

「けっ」

　ブルーザーは笑った。派手に爆笑した。ジョウは、ブルーザーの反応を無視して、言葉をつづけた。

「〈アレナクイーン〉は、もともと俺たちの獲物だったんだ」

「もういい、もういい」

　ブルーザーの笑い声が、さらにけたたましくなった。こうなると、もう笑っているというよりも痙攣《けいれん》に近い。ブルーザーは苦しんでいる。からだをふたつに折り曲げ、のたうちまわっている。

　数分後。

　ようやく笑いの発作が鎮《しず》まった。

「冗談がきついぜ」涙を手の甲で拭った。

「クラッシャーがいくら金のためになんでもやるといっても、海賊とは違うってことは俺だって先刻承知している。笑わしちゃいけねえな、ジョウ。おまえの血筋を考えても、それが嘘だってことはすぐにわかる」

「信じないのか？」

「当たり前だ」

ブルーザーは真顔に戻った。

「じゃあ、仲間にすると言っていたのは、でまかせだったんだな」

「…………」

ブルーザーの眉根に深いしわが寄った。鋭い指摘だ。クラッシャーのことを知っているのなら、あんな提案は、たしかにしない。

「ブルーザー」ジョウは言った。

「嘘をつくなら、もう少しましな嘘をつくぜ」

「おっとお」ブルーザーは眼前で手を左右に振った。

「あやうく真に受けるところだったが、そうはいかねえ。とっぴな嘘ほど信じやすいという話もある。残念ながら、まだ半信半疑だ」

さすがに海賊船の船長である。簡単にはひっかからない。

「ちっ」ジョウは舌打ちした。

「だったら、勝手にしろ。俺はまた気が変わりかけてきた」

突き放すように言った。

「弱ったな」その様子を見て、ブルーザーも迷った。

「本当だったら、ちょいとくやしい。だが、だまされたら、俺の面子《めんつ》は丸つぶれだ」

「俺たちを〈アレナクイーン〉の襲撃メンバーに加えろ。それではっきりする」

「馬鹿言え」ブルーザーの眉が大きく上下した。

「そいつは、もっとまずい」

「丸腰で、何ができる？」

「俺の手下を十二人、のした」

「…………」

うんざりして、ジョウは口をつぐんだ。ブルーザーののりが悪い。こうしている間にも、海賊船は刻一刻と〈アレナクイーン〉に近づいていく。このあたりでやりとりに決着をつけないと、襲撃に間に合わなくなる。

どう攻めようか。

ジョウは思考をめぐらした。

「どうだろう」ブルーザーが言った。

「この場であわてて決めちまう必要は、どこにもない。〈アレナクイーン〉の仕事が終わったら、俺たちはアジトに戻る。話は、そこでまとめようじゃねえか。なみいる仲間の前で、俺がクラッシャージョウの海賊転向を発表する。こいつは、すごいことになるぜ。おまえの株は天井知らずだ。あがりっぱなしになる」

「そして、ブルーザーは男を下げるってわけか」

「なんだと？」

ブルーザーの顔がこわばった。

「満座の前で、俺がこう言うからだ。ドメニコ・ザ・ブルーザーは丸腰の俺を恐れて、航海中ずうっと監禁していた、と」

「！」

ブルーザーの目が高く吊りあがった。頬がぴくぴくと跳ねる。唇が脈打つように震える。

「よおし、わかった！」短い沈黙の後、ブルーザーは叫んだ。

「俺も〝生傷男〟だ。クラッシャーの小僧っ子ひとりにぶるっていたと言われちゃあ、立つ瀬がねえ。上等だ。戦闘に参加してもらおう。存分に暴れさせてやる」

しめた。

とジョウは内心でほくそ笑んだ。ようやくのってくれた。が、まだ安心するのは早かった。ブルーザーは言を継いだ。

「ただし、条件がふたつある。ひとつは、丸腰で加わるということだ」

「かまわない」

「もうひとつは、見張りだ」

「見張り？」

「おまえらひとりひとりにマンツーマンで見張りをつける。へんな気配をかけらでも見せたら、その場で射殺だ。警告もしねえ。即座に撃つ。当然、戦闘に加わるのも、一騒動が終わってからだ。最初からというわけにはいかない」

「全部、オッケイだ」ジョウは平然と答えた。

「このくそ狭い箱の中からだしてくれるのなら、何も言うことはない」

「よっしゃ」ブルーザーは両の手をぽんと打ち鳴らした。

「これで、決まりだ。すぐに迎えをそっちにやる。とりあえず、艦橋にきてもらおう」

合意に達した。映像が消えた。

ブルーザーの言葉どおり、迎えは本当にすぐにきた。下っぱの海賊だ。ジョウ、タロス、リッキーの三人は、案内されて宇宙船の先端部分にある艦橋に入った。

「よお」

艦長席に着いていたブルーザーが、三人に気がついた。わざわざ立ちあがり、三人のもとに歩み寄った。背が高い。骨太のがっしりとした体格で、少し太りぎみの印象を与えるが、黒いスペーススーツの下にあるのは、贅肉《ぜいにく》ではない。明らかに、鍛えあげられた強靱《きょうじん》な筋肉である。

「よくきたな、兄弟」ジョウに向かって手を差しのべながら、ブルーザーは言った。

「さっそくいいものを見せてやる」

ブルーザーは、三人を艦長席のコンソールの前に招いた。真正面に、巨大なメインスクリーンが広がっている。

「あれが俺たちの獲物だ」

あごをしゃくった。中央に白く優美な〈アレナクイーン〉の姿がある。もう、ここまで追いつめていた。すでに襲撃の態勢は完全にととのっているといっていい。

「ぞくぞくするぜ」

ブルーザーは口もとを醜く歪め、舌なめずりをした。

「…………」

ジョウは、無言でスクリーンを凝視していた。


宴《うたげ》は最高潮に達していた。

豪華なシャンデリアの明りの下、人びとは笑いさざめき、杯《さかずき》を酌《く》み交わしている。ダンスに興じている者、若い女性をくどいている者、アトラクションのショーに見入っている者。フロアにいるのは、およそ百人。その人びとの間を、今夜の主賓であるアルフィンは、あたかも花畑に舞う銀色の蝶のような可憐《かれん》さで、右へ左へと流れるように移動していた。虹のように燦く薄衣の裾《すそ》を大きくひるがえし、豊かな金髪を華やかに波打たせて軽やかなステップを踏むアルフィンは、誰の目にも清楚な美の化身としか映らない。見る者の魂が、根底から揺さぶられる。

いま〈アレナクイーン〉のグランドサルーンでひらかれているこの催しは、特別な夜会《パーティ》ではない。夜ごとおこなわれている恒例のディナーパーティのひとつだ。低い加速と、最少の回数に制限されたワープで、のったりと惑星間を航行する豪華船のファーストクラスでは、この手のパーティは一日も欠かすことができない。毎日替わる主催者の多くは引退した大富豪夫妻だ。政治家やプロスポーツ選手、大学教授などがつとめることもある。また、ときには船主の代理として、〈アレナクイーン〉の船長が主催するパーティもある。

アルフィンは、乗船以来、常にこれらのパーティの中心にいた。要するに、ひっぱりだこである。パーティの三度に一度は主賓として招かれた。大国タラオの親善使節。それもとびきりの美少女とあれば、これは当然のことだ。そして、出自がそうさせたのであろうか。アルフィンはみごとにこの環境に適応していた。あれほど着るのをいやがっていたドレスも、いまでは心地よいと感じるほどになっている。そう。アルフィンは再びクラッシャーからピザンの王女へと戻った。彼女に接した人々は、誰もがタラオの使節の洗練された物腰と高い教養に感嘆し、野暮で不粋な経済大国としか見ていなかったタラオの文化を見直すようになった。

とんだ副産物ね。ジョウの作戦の。

その評判を知ったとき、アルフィンは苦笑した。

音楽がひときわ大きく盛りあがった。録音や電子演奏ではない。本物のフルオーケストラが、この船には乗り組んでいる。パーティはいよいよたけなわだ。グランドサルーンは、さらににぎわいを増していく。

しかし。

〈アレナクイーン〉の艦橋は、そうではなかった。

そこには、重苦しい緊張が立ちこめていた。

混乱と当惑は十分ほど前からはじまった。船籍不明の宇宙船が、とつぜんワープしてきた。すぐに通信が届いた。

「動力を停止せよ」

高圧的な命令だった。正体は問うまでもない。宇宙海賊だ。他にこんなまねをする船はいない。

船長は苦慮していた。

選択肢は三つ。ひとつは応戦。ひとつは即座にワープしての逃走。最後の一つが無条件降伏。

応戦は、しても意味がなかった。〈アレナクイーン〉が搭載している火器は四門の低出力レーザー砲のみである。浮遊宇宙塵塊の処理などに用いるものだ。これで協力に武装した宇宙海賊と互角に戦うことはできない。

逃走は、さらに危険であった。ワープ直前に損傷を受けたら、永久にワープ空間から出られなくなってしまう。万が一うまくワープできたとしても、海賊がワープトレーサーを持っていたら、それまでだ。必ず追いつかれる。

「〈コルドバ〉さえいてくれたら」

オースチン船長は、呻くようにつぶやいた。

〈アレナクイーン〉の護衛艦となった〈コルドバ〉は、タラオ星域をでたところで、海賊船を追うと言い、姿を消した。それ以降、音沙汰がない。サウンダンで合流できるとコワルスキー艦長は言っていたが、そこにもあらわれなかった。

「船長」

誰かがオースチンを呼んだ。航海長だった。いつの間にか閉じていた目を、オースチンはあけた。

「返事が遅いと言ってきています。どうしましょう？」

航海長は訊いた。答えるまでもない。結論はひとつだ、無理な抵抗をして、乗客を危険にさらすわけにはいかない。

「機関停止」

絞りだすような声で、オースチンは言った。

「はっ」

航海長は敬礼した。

〈アレナクイーン〉の動力が止まった。慣性航行状態に入った。

海賊船が急速接近してくる。

〈アレナクイーン〉の横に並び、速度を同調させた。

船長は、コンソールの前に立った。乗客に伝えなければならない。

〈アレナクイーン〉の危機を。

## 3

ドメニコ・ザ・ブルーザーは上機嫌だった。〈アレナクイーン〉の船長があっさりと降伏を表明したからだ。

「どうだ、ジョウ。護衛艦がいないと、これほどにぶざまだ。楽すぎて、拍子抜けする」

ブルーザーは哄笑した。高らかに笑った。

「…………」

ジョウは答えない。おし黙っている。

「ガルド！」

ブルーザーが怒鳴った。部下を呼んだ。

「〈アレナクイーン〉の現況を報告しろ。動力は完全に停止したのか？」

「はっ」

操縦席に着いていたガルドはシートを蹴って立ちあがり、ブルーザーの前に飛んできた。転がるような勢いだ。同じ艦橋内とはいえ、コンソールパネルには通話スクリーンがあるのだから、いちいち移動することはないのだが、ブルーザーは、それを許さない。必ず、自分の前で口頭報告させる。どうやら、そういうもったいぶったやり方が好きな男らしい。

「〈アレナクイーン〉は加速を停止しております。本船は、これよりチューブを伸ばし、接舷いたします」

直立し、ガルドは報告した。その言に満足し、ブルーザーは大きくうなずいて、通話スクリーンのスイッチを入れた。エアロック前で待機している突撃部隊を呼びだす。突撃部隊は、先鋒《せんぽう》として捕獲船舶に突入し、その内部を制圧する役割を担っている。

スクリーンに、いかにも気の荒そうな顔の男が映った。突撃隊長のイタールだ。

「準備はできてるか？」

画面に映るイタールに向かい、ブルーザーは訊いた。

「完了しています。いつでも大丈夫です」

イタールは答えた。

「よし。接舷したら、すぐに突っこめ。船会社のガードマンが抵抗するかもしれんが、そういうのがいたら、気にせず殺せ。ただし、乗客だけには手をだすな。ミスったやつは処刑する。それと、今度の狙いはタラオ政府が持ちこんだという貴金属だ。それ以外のものはどうでもいい。よけいなものにかまけて時間を浪費したら、それについても処断する。覚えておけ」

「はっ」

ブルーザーは通信を切った。そのさまを横で観察していたジョウが感心したように言った。

「驚いたぜ。海賊ってのは、思ったよりも紳士的なんだな」

「けっ、あたぼうよ」ブルーザーはにやりと笑った。

「と、言いたいところだが、現状はもっとシビアだ。何も同情やら遠慮やらをして乗客に手だしをしないってわけじゃない。非戦闘員を殺《や》っちまうと、連合宇宙軍がしゃかりきになる。そいつを嫌っているだけだ。組織全体が、そういうのを避けたがっているんだな。従わないと、海賊仲間から糾弾《きゅうだん》される。そいつは願い下げだ。だから、掟《おきて》は守る。おまけに、そういうことを若いやつにいちいち教えこまないといけねえ。海賊船の船長ってのも、これでなかなかしんどいんだぜ」

「なるほど」

「おっと、はじまった」

ブルーザーが視線をメインスクリーンに戻した。海賊船の船腹が映っている。そこのハッチがひらき、チューブが〈アレナクイーン〉に向かって伸びていく。

チューブの先端が〈アレナクイーン〉の非常用ハッチのひとつにかぶさった。チューブの内側で、固定作業がおこなわれる。固定されたら、ハッチが破られる。

「ひらきました」

音声が短く流れた。ドッキングが完了した。いま、海賊の突撃部隊が、〈アレナクイーン〉へとなだれこんでいる。

ブルーザーが艦長席のシートから腰をあげた。いよいよ船長の出番である。

「ちょっくら行ってくるぜ」ジョウに向かい、ブルーザーは言った。

「口だけじゃあ、あの馬鹿どもはまともに動かねえ。現場指揮ってやつが要《い》る。おまえたちは、俺が帰ってくるまで、ここにいろ。一歩も動くな。動くと、あいつらのレイガンがビームを吐く」

ブルーザーは右手を横に振った。ジョウは背後を見た。いつの間にか、三人の海賊がレイガンを構えて、ジョウたちを包囲している。マンツーマンでの監視というのは、嘘《うそ》ではなかった。

ブルーザーは艦橋から消えた。艦長席近辺にいる海賊は、監視役の三人だけとなった。絶好のチャンスだ。

ジョウはタロスにさりげなく目くばせした。タロスは、その合図をリッキーに伝えた。

リッキーが唇をとがらせた。口笛を吹きはじめた。音階はでたらめだ。曲になっていない。

リッキーの監視を担当している海賊が、レイガンの銃口でリッキーの頭を軽く小突いた。リッキーは憮然《ぶぜん》として、海賊を見た。

「なにすんだよ」

「静かにしろ。口笛を吹くな」

海賊は言った。

「いいじゃないか」リッキーは反論した。

「ブルーザーは動くなと言ったけど、口笛はだめだなんて言ってない」

「言ってなくても、だめだ」

「納得できねえ！」

口論になった。リッキーと海賊は互いに睨み合い、歯を剝きだして罵《のの》り合っている。

あとふたりの海賊の関心も、その言い争いへと移った。ジョウとタロスから目を離した。

タロスが動いた。右手で左手の手首をつかんだ。艦橋にいる海賊は、この三人を除くと、すべてが操船を担当する艦橋クルーである。メインとサブの操縦士、航宙士、機関士、通信士。計五人だ。五人とも自席に着いて仕事に専念している。何か起きても、素早く反応することができない。

タロスは左手首をひねり、外した。左腕には機銃が仕込まれている。その銃身があらわになった。

けたたましい射撃音が響いた。タロスが後方に飛びすさり、機銃を発射した。海賊の三人を撃ち倒す。ジョウ、リッキーもろともだ。クラッシャーが防弾耐熱のクラッシュジャケットを着ているからできる捨て身の攻撃である。

五人が、いっせいに跳ね飛んだ。床に落ち、転がった。

ときならぬ機銃音に、艦橋クルーが腰を浮かせた。振り返り、腰のホルスターに手を伸ばした。

タロスが前に進んだ。速い。一気に間合いを詰めた。機銃を連射する。

レイガンを手にした艦橋クルー五人が、鮮血を撒《ま》き散らして、昏倒した。海賊相手に容赦《ようしゃ》をする必要はない。いかなる場合でも、正当防衛となる。

「いてててて」

ジョウとリッキーが床から立ちあがった。ジョウが腹を、リッキーが背中を押さえている。防弾効果はあっても、クラッシュジャケットは被弾のショックまでは軽減してくれない。それどころか、当たりどころが悪いと、骨が折れる。

「我慢しな」

タロスはにべもない。一戦を終え、左手をもとに戻した。

「このあと、どうするんだい？」

リッキーがジョウに訊いた。

「〈アレナクイーン〉に行く」ジョウは即座に答えた。

「あの船は俺のせいで襲われているんだ」

三人は海賊たちのレイガンを拾い集め、艦橋から飛びだした。通路を駆けぬけ、〈アレナクイーン〉へと向かった。


海賊が突入を開始する直前。

〈アレナクイーン〉のグランドサルーンは大混乱に陥っていた。

船長がやってきて、非常事態を宣言した。その波紋は、船長の予想よりも大きかった。錯乱《さくらん》し、悲鳴をあげて逃げまどう者、その場にしゃがみこんで泣きだしてしまう者、茫然として立ちすくむ者、反応はさまざまだ。しかし、宇宙船の中では、何をしようが逃げ場はない。どこにも行くことができない。

アルフィンは、人波を掻きわけ、するすると前に進んで、グランドサルーンの外へとでた。エレベータに乗り、最上階にあるVIPルームへと向かう。

扉をあけるのももどかしく、室内に駆けこんだ。

ドレスを脱ぎ捨てる。一気に下着姿になる。アクセサリーをすべて外し、ドレッサーから赤いクラッシュジャケットとクラッシュパックを取りだす。

クラッシュジャケットを着た。クラッシュパックをあけた。クラッシュパックは、硬質プラスチック製のトランクだ。中には、クラッシャー専用の武器、爆弾などがぎっしりと納められている。アルフィンは無反動ライフル銃と小型バズーカ砲、そして手榴弾を五発だけだして、パックの蓋《ふた》を閉じた。ショルダーベルトに腕を通し、背負う。これで、準備完了だ。アルフィンはレディからクラッシャーへと変身した。

バズーカ砲を肩にかけ、ライフルを手にして、VIPルームから廊下にでると、そこには武装した三人の男が立っていた。タラオ陸軍の特別機動隊員である。〈アレナクイーン〉搭乗のときから、ずうっと彼女につき従ってきた。アルフィンはかれらを指揮権付きで大統領から預かってきた。

「海賊の侵入地点は？」

アルフィンが訊いた。

「階層J。第十二隔壁横の非常ハッチです」

機動隊員のひとりが素早く答えた。

「戦闘状況は？」

アルフィンはたたみかける。

「ガードマンが侵入地点で応戦しています。船長は無条件降伏を決めたのですが、かれらは船会社と契約しているので、それができません。生きているかぎり、戦わなくてはいけないのです。しかし、陥ちるのは時間の問題でしょう。永《なが》くもちこたえることは不可能です。すぐに撃破されます」

「船尾方面は無事なの？」

「破られたハッチはひとつだけです。まだ、海賊はそこまできていません」

「では、あたしは動力ジェネレータの管制室に行きます。あそこにこもれば、敵は大型火器での攻撃が不可能になります。強攻すれば、〈アレナクイーン〉が吹き飛んでしまうはずですから」

「了解しました」

「あなたは、グランドサルーンに行ってください」アルフィンは機動隊員のひとりを指差した。

「武装を捨て、一般人の服装に着替えて乗客の中に混じり、かれらを船首のほうに誘導するのです。そのとき、あたしがガードマンとともに、船尾に向かったという噂を流すことを忘れないように。海賊の狙いは、あたしとあたしが持っているはずの貴金属だけ。

あたしとかれらを切り離せば、一般乗客に被害が及ぶことはなくなるはずです」

「はっ」

「それから、あなた」アルフィンはべつのひとりに視線を移した。

「あなたは、タラオから持ってきた通信機で、連合宇宙軍と連絡をとってください。あの通信機の送信出力は尋常ではありません。海賊の張る通信バリヤーも、あれなら突破できます」

「わかりました」

機動隊員は強くうなずいた。

「すぐに行って。早く」

アルフィンはふたりをうながした。機動隊員ふたりは、きびすを返し、アルフィンの前から走り去った。

ひとり、機動隊員がその場に残った。かれに向き直り、アルフィンは言った。

「あなたは、あたしと一緒に動力ジェネレータよ」

言って、アルフィンはにっこりと微笑んだ。

「喜んでお供します」

機動隊員も、笑顔でその言葉に応えた。

体をひるがえし、ふたりは船尾へと向かった。

# 4

　ジョウ、リッキー、タロスは、行手に立ちふさがる海賊たちを撃ち倒しながら、〈アレナクイーン〉とチューブで接続されているハッチを捜した。しかし、なにぶんにもはじめての船の上に、海賊船ということで船内配置が特殊なものになっているため、ハッチを見つけることができない。

　必死で走りまわり、ようやく目的のハッチにたどりついた。艦橋をでてから、すでに二十分以上が経過している。ハッチの周辺には誰もいない。突撃部隊の隊員も、ブルーザーも、姿がない。

　三人はハッチをくぐり、チューブの奥を覗きこんだ。

　やけに静かである。しんとしている。突入時の戦闘は、もう終わってしまったのだろうか。

　三人は、チューブを抜け、〈アレナクイーン〉に入った。

「どこへ行きます？」

　タロスが訊いた。

「艦橋かなあ？」

リッキーが言った。

「おまえらが海賊に襲われたとしたら、どこに立てこもって戦う？」

ジョウが逆に尋ねた。

「動力ジェネレータの管制室ですな」ためらうことなく、タロスが答えた。

「あそこなら、大型火器が使えない。へたなところにビームが命中したら、〈アレナクイーン〉がまるごと吹き飛んでしまう」

「そうだ」ジョウはうなずいた。

「動力ジェネレータだ。アルフィンはそこにいる。まずアルフィンの救出が先だ。それから、海賊たちを始末する」

通路の壁に、端末が埋めこまれていた。ジョウはそこにアクセスし、〈アレナクイーン〉の船内情報をチェックした。動力ジェネレータの位置がわかった。船尾だ。三基あるメインエンジンの中央に置かれている。

三人は、動力ジェネレータに向かった。途中で、何人もの突撃部隊の隊員にでくわした。そのすべてを三人は片づけた。ついでに、その武器も奪った。

「海賊たちの流れも、動力ジェネレータに向かっているね」

リッキーが言った。

「ジョウの勘が的中していたってことさ」タロスが応じた。

「アルフィンが、あいつらを自分のもとに集めているんだ」

やがて、激しい戦闘音が聞こえてきた。

銃撃の音。爆発の音。ビームが金属を灼《や》く音。きな臭い匂いも、鼻をつく。

「やってるな」

ジョウがうれしそうに言った。つづいている激戦の気配は、アルフィンがまだ無事でいることの証しである。

三人はレイガンを乱射しながら、通路を駆けぬけ、海賊たちの真っただ中に躍りこんだ。不意を衝《つ》かれ、海賊たちは包囲網を崩して逃げまどう。

動力ジェネレータの管制室に、ジョウが飛びこんだ。タロスとリッキーは、管制室の入口に残った。そこで海賊たちを掃討する。

「アルフィン！」

管制室に入るなり、ジョウは叫んだ。自分がきたことを知らせなくてはならない。でないと、アルフィンに撃たれてしまう恐れがある。

が。

返事がない。

「アルフィン！」

もう一度、呼んだ。

「ジョウ！」

ややあって、声が返ってきた。管制室の奥のほうからだ。この管制室は広い、奥のほうには動力ジェネレータの一部も存在している。ジョウは奥へと進んだ。

「ジョウ！」

アルフィンがあらわれた。動力ジェネレータのパイプが大きくうねっている。そのパイプの蔭からだ。ライフルを手にしている。

アルフィンはジョウに向かって駆け寄った。

ひしとジョウに抱きついた。安堵《あんど》で気がゆるんだのだろう。アルフィンの顔は涙で濡れている。

「どうして、ここへ？　ベラサンテラ獣は？」

泣きながら、ジョウに問う。

「その話は、あとにしよう」ジョウはアルフィンから離れ、言った。

「まず海賊を撃退する。クラッシュパックはあるか？」

「あそこよ」

アルフィンは首をめぐらし、自分がでてきたパイプのうしろを示した。クラッシュパックと、誰かの足が見える。何ものかが、そこに倒れているらしい。

「誰だ？」

ジョウが訊いた。

「タラオ陸軍の人」唇を噛み、アルフィンは言った。

「あたしを警護していたんだけど、ついさっき撃たれてしまった。あと少しジョウがくるのが遅かったら、あたしもああなっていたわ」

「………」

ジョウの表情がこわばった。自身の立てた強引な作戦のために、多くの人の血が流れはじめている。

「ジョウ。アルフィン！」

リッキーとタロスがきた。

「ここを囲んでいた連中は、根こそぎ片づけた」タロスが言う。

「このあとは、どうします？」

「ブルーザーはいたか？」

「いや、いません」

タロスはかぶりを振った。

「だったら、艦橋に行く」ジョウは言った。

「ブルーザーはこの襲撃の指揮をとっている。となれば、やつがいるのは、そこしかない。艦橋に行って、この件の決着をつける」

アルフィンのクラッシュパックを背負い、ジョウは先に立って通路に戻った。その背後に、アルフィン、タロス、リッキーがつづいた。

艦橋は階層の最上階にあった。アルフィンの船室であるＶＩＰルームも、その階層にあった。アルフィンに言われ、途中でＶＩＰルームに立ち寄った。中を覗くと、こなごなに破壊された通信機の残骸《ざんがい》と、ひとりの機動隊員の屍体《したい》が床に転がっている。アルフィンは声もない。

通路に引き返し、再び艦橋へと向かった。

艦橋近辺は、意外なほどに静まりかえっていた。どうやら、完全に制圧されてしまったらしい。ジョウたちは全身を感覚器官にして歩を運ぶ。が、あたりに気配はまったくない。〈アレナクイーン〉の乗員、乗客はもとより、海賊の姿もどこにもない。

「動力ジェネレータを包囲していたのが、ほとんど全部だったのかな？」

自問するように、リッキーがつぶやいた。

「まさか、あんな人数じゃなかったはずよ」

アルフィンが言った。

「俺たちが海賊船から脱出したことは、もうブルーザーに報告されているはずだ」ジョウが言った。

「だとしたら、何もする必要はない。静かに艦橋で俺たちがくるのを待っているだけだ。

銃口を扉に向けて」

「このまま行ったら、蜂《はち》の巣ですな」

タロスが、例によって他人事のように言った。

「どうすんだよ？」

リッキーが唇をとがらせる。

「こいつを使おう」

ジョウはクラッシュパックを背中からおろし、その蓋《ふた》をあけた。中から、粘着テープの束を取りだした。これを両肘と両膝に巻いておけば、垂直の壁も楽に登ることができる。

ジョウは段取りを説明した。アルフィンとリッキーがふんふんとうなずきながら、それを聞いた。途中で、ふたりの口の端に笑みが浮かんだ。

四人が艦橋に到着した。眼前に無骨な扉がある。その向こう側が艦橋だ。

「うまくやれよ」

ジョウは小さく言い、扉の正面に立った。横にタロスがいる。なぜか、あとふたりの姿がない。

ジョウは右手を伸ばし、扉の操作パネルに指先で触れた。通常はそこで指定されたキーを打ちこまないと、扉はひらかない。だが、いまは違った。ジョウが軽くタッチしただけで、扉が横にスライドした。

　扉がひらく。艦橋の様子が目に映る。

　笑い声があがった。扉がひらききるのと同時だった。聞き覚えのある、けたたましい笑い声だ。

　ブルーザーがいた。艦橋の中央だ。船長席がある。そのシートを扉のほうに向け、ブルーザーはそこにどっかとすわりこんでいた。シートのまわりには屈強な海賊たちがずらりと並んでいる。その数はおよそ二十人といったところか。全員が銃を構え、トリガーボタンに指をかけている。

「てめえが裏切ることは予想していたぜ」ブルーザーが大声で言った。

「情をかけてやったのに、こういうまねをする。ふざけた野郎どもだ」

「…………」

「なぶり殺しにしてやる」

「そいつは、どうかな」

　ジョウはにやりと笑った。

「なに？」

　ブルーザーの顔色が変わった。逆上し、腰を浮かせかけた。

　そのとき、ブルーザーは何かがおかしいのに気がついた。そうだ。ひとり足りない。

こいつらは三人いたはずだ。しかし、いま目の前にいるのはふたりきり。

とつぜん。

あけ放たれたままになっていた扉の上から、銃口が出現した。四挺《ちょう》のレイガンの銃口だ。にゅっと突きだされ、ビームが鋭く疾《はし》った。ジョウとタロスが、床に転がる。ふたりのいた空間を、光条が横切っていく。

悲鳴がほとばしった。海賊たちの悲鳴だった。レイガンのビームがかれらの肉体を灼き裂いた。一瞬の出来事である。かわすひまなどない。

床の上で、ジョウとタロスが上体を起こした。ふたりもレイガンを発射した。海賊めがけ、撃ちまくる。

ブルーザーはシートを回転させた。バックレストが、光線を弾いた。身を投げだすようにして、ブルーザーは攻撃から逃れた。床を這《は》い、位置を移す。

リッキーとアルフィンが粘着テープを引きはがし、エネルギーパックの切れた四挺のレイガンを投げ捨て、壁から飛び降りた。そのまま艦橋内に突入する。艦橋の中では、ジョウとタロスが立ちあがり、海賊たちと殴り合いを演じていた。銃撃戦は、もう終わっている。艦橋の中での火器の使用は極めて危険だ。誤ってコンソールを灼いたら、何が起きるかわからない。最悪、動力機関が暴走し、エンジンが爆発する場合もある。レイガンは敵の動きを止めるためだけに使う。動きを止めたあとは、素手で戦う。それがジョウの決めた段取りだった。

「ぐおおおお！」

タロスの咆哮《ほうこう》が艦橋に響き渡った。タロスは大暴れだ。手あたり次第に拳を揮《ふる》っている。その周囲は、大乱戦状態といっていい。

「！」

ジョウがブルーザーの姿を目にした。視野の端にひっかかった。床を這い、ブルーザーは艦橋から脱出しようとしている。

「逃がさん！」

ジョウは叫んだ。叫んで、ブルーザーに飛びかかろうとした。

倒れた。つんのめるように前に落ちた。足を誰かがつかんでいる。見ると、若い男がジョウの膝下に両手でしがみついている。海賊のひとりだ。その男がブルーザーを逃がすため、ジョウの足を大きくすくった。

動けない。ジョウはブルーザーを追うことができない。

ブルーザーが逃げた。艦橋から飛びだした。

その姿が見えなくなった。

## 5

「くそっ！」

ジョウは海賊の腕から片足を引き抜いた。そのかかとで相手の顔面を蹴りあげる。

「ぐあっ」

海賊が悲鳴をあげ、力を失った。ジョウはもう一本の足も振りほどき、立った。海賊のからだをかかえあげ、床に叩きつける。

追わなければならない。ブルーザーを。あいつを捕まえて身柄を宇宙軍に引き渡し、ついでに、その船を借りる。でないと、ジョウは〈ミネルバ〉を取り戻せない。

ジョウは身をたわめ、ダッシュした。

その瞬間。

べつの海賊が、ジョウの腰にタックルをかけた。虚を衝かれ、ジョウは宙に浮いて、大きく飛んだ。

ジョウの飛んだ先に、船長席のコンソールデスクがあった。ジョウは海賊のひとりとともに、その上へと落ちた。デスクのパネルに背中から激突した。

電撃が散る。スイッチがつぎつぎと入る。警報が鳴る。

突きあげるような振動がきた。〈アレナクイーン〉の巨体がうねった。ぶるぶると震え、激しく揺れる。低い機械音がジョウの耳朶《じだ》を打つ。

何が起きた？

ジョウは首をめぐらした。その目が〈アレナクイーン〉のメインスクリーンを捉えた。スクリーンには宇宙空間が映しだされていた。先ほどまで、漆黒の闇で埋まっていた。が、いまは違う。いま、メインスクリーンは強い光を放っている。七色の光だ。渦《うず》を巻く色彩の乱舞。

ワープボウ。

この虹色の光が意味することは、ただひとつ。

〈アレナクイーン〉がワープした。

ジョウは船長席のコンソールデスクを見た。

押されている。緊急時専用のワープ始動スイッチが。スイッチを覆っていたプラスチックのケースが割れ、赤いボタンが、パネルの奥に深く沈みこんでいる。

不快な感覚が生じた。ワープに伴う肉体の変調だ。予期せぬワープに、からだの反応が間に合わない。

最初にアルフィンが倒れた。つぎにリッキーも気を失い、床に転がった。タロスに殴られ、呻《うめ》いていた海賊たちも、ワープ酔いの直撃を受けた。艦橋にいた〈アレナクイーン〉の船員たちも同様である。豪華客船のクルーは、こういう突発的なワープに慣れていない。

かろうじて、ジョウとタロスだけが意識を保った。ジョウは歯を食いしばって、時空の急変に耐えた。

長い。

ワープがいつまでもつづく。いっかな終わらない。実際は、たかだか数十秒の出来事だったが、ジョウにとって、それは無限にも等しい長時間だ。片膝をつき、コンソールデスクの突起部をつかんで、ジョウはからだを支える。

ふと、海賊たちに破られたハッチのことが脳裏に浮かんだ。〈アレナクイーン〉の横腹には穴があけられている。海賊船が連結チューブを切り、〈アレナクイーン〉から離脱したら、あの穴はそのままになる。穴のあいた部分は、そこに面した通路が隔壁で自動的に封鎖される。しかし、なんらかの事故で隔壁が閉じなかったら、〈アレナクイーン〉はワープ空間に閉じこめられてしまう。永久に通常空間に戻ることができなくなる。ワープ空間内での質量変化は絶対のタブーなのだ。

浮遊感覚があった。

肉体がふわりと浮くように感じる。

これは。

ワープアウトだ。

不快感が、唐突に去った。〈アレナクイーン〉がワープ空間を脱した。ジョウの心配は杞憂《きゆう》にすぎなかった。隔壁は、間違いなく閉じられていた。

ジョウはおもてをあげた。スクリーンからワープボウが消えた。いま、そこには深い闇が広がっている。無数の星々が小さく燦く、通常空間の宇宙だ。

「大丈夫か、タロス？」

ジョウは首をめぐらした。二メートルほど離れた場所に、タロスはいた。まっすぐに立ち、ななめ横を凝視している。

ジョウはタロスの視線を追った。タロスが何かを見ている。そこに何かあるらしい。

タロスの視線の先には、サブスクリーンがあった。べつの角度から船外を捉えた映像が、そこに入っている。〈アレナクイーン〉の右舷に埋めこまれたカメラの映像だ。

「！」

ジョウの背すじが冷えた。全身の毛が音を立てて逆立った。

サブスクリーンに、宇宙船が映っている。

赤い宇宙船。スクリーンのあらかたを、その輪郭が占めている。恐ろしく近い。すぐそばだ。おそらく数百メートルとは離れていない。しかも、その姿が、急速に大きくなっている。〈アレナクイーン〉に近づいてきている。

ニアミス。

タロスが動いた。ジョウも体をひるがえした。タロスは主操縦席のレバーに腕を伸ばす。ジョウは船長席のコンソールデスクに飛びつく。

間に合わない。

右舷の姿勢制御ノズルが作動した。ほんの少しだけ噴射し、〈アレナクイーン〉が回頭した。

衝撃がきた。

ミサイルが至近距離で爆発したときのような衝撃だった。鈍い音が船内に響く。床が激しく波打ち、コンソールデスクで火花が散る。

艦橋にいた、すべての者が跳ね飛んだ。ジョウとタロスは反射的に身構え、レバーやフックを握っていたが、それでも宙に舞い、壁に叩きつけられた。幸いなことに、豪華客船である〈アレナクイーン〉は、壁と天井にやわらかな衝撃吸収材が張られている。そのため、大きなダメージはない。船員もアルフィンもリッキーも、無事だ。

衝撃が鎮まった。ジョウは立ちあがった。ほぼ同時に、タロスも身を起こした。

メインスクリーンにサブスクリーンの映像を移した。華やかな色が画面全体を彩《いろど》った。

小型の外洋宇宙船だ。水平型で、船体が真っ赤に塗装されている。

その塗装の一部が、激突したことにより剝がれていた。赤い色の下に銀色の外鈑《がいはん》が見える。どうやら、これがこの宇宙船本来の塗色らしい。赤いペイントは偽装用だ。もとの船体にむりやり塗り重ねられた。

百メートル級の水平型外洋宇宙船。色は銀。

「こいつは……」圧《お》し殺した声で、ジョウが言った。

「こいつは〈ミネルバ〉だ」


広大無辺の宇宙。その空間にあっては、微小な宇宙船同士が偶然、出会う確率は限りなくゼロに近いように思われる。

だが、実際はそうではない。

これが、意外なほどに遭遇する。理由は簡単だ。まず、人類の居住する惑星が限られているということがある。宇宙船の大多数は、その惑星間を航行するだけのために使われている。宇宙全域にまんべんなく宇宙船が散らばっているということはない。宇宙船の高密度宙域がおおむね定まっているのだ。また、外洋には航路というものがある。宇宙空間には宇宙船航行の妨げになるものが予想以上に多い。宇宙塵流、遊星、ブラックホール、宇宙気流など、さまざまな障害物が、そこかしこに存在している。これらは通常航行の際に接近しても極めて剣呑《けんのん》な代物だ。が、もっとも危険なのは、ワープアウトの瞬間である。そのとき、これらの障害物にでくわしたら、間違いなく、その宇宙船は遭難する。

そこで、こういった障害物をよけたり、排除したりして、宇宙船が安全に航行できる航路がつくられてきた。航路を開発したのは、いうまでもなくクラッシャーたちである。いまでは、航路を利用する限り、障害物による宇宙船の遭難はほとんどない。それほどに安全になった。

もっとも、航路といっても、なんらかの標識が宇宙空間にあるわけではない。ワープ機関に付属しているオートパイロットが特定空間内の質量密度や重力波などを測定し、それらの位置を特定している。オートパイロットは、ワープ転移地点をワープ空間内から走査して、船を航路もしくはそれに準ずるところに導く装置だ。オートパイロットが作動している限り、宇宙船は、宇宙空間の好き勝手なところを航行したりはしないようになっている。必ず航路を通るようにできている。

そういうわけで、宇宙空間において、二隻の宇宙船が偶然に出会う確率は思ったよりも高い。

しかし。

だからといって、このシステムが宇宙船同士のニアミスを引き起こす原因にはならない。そういう事態も、オートパイロットが適切に回避させる。ワープ空間内での走査で、ワープアウト地点に宇宙船とおぼしき質量を感知したら、オートパイロットが、ワープアウトのタイミングを変更する。あるいは、ワープアウト地点をわずかにずらす。したがって、ニアミスが発生する条件はひとつきりしかない。二隻以上の宇宙船が同時に同地点にワープしてきたときだけだ。ただし、これは操縦士が自身の判断で避けることができる。近接質量計を見てさえいれば、ワープアウト直後の操船で、確実にニアミスをかわすことが可能なのだ。

〈アレナクイーン〉は、操縦者を失っていた。そのワープ自体も、正しく管制されていなかった。

ありえないことではないが、ひじょうに稀有《けう》なはずの、外洋における宇宙船同士の衝突は、こうやって起きた。

幸運なことに、衝突の被害は軽微ですんだ。タロスがおこなった、直前の回頭が功を奏した。接触はしたが、外鈑が裂けたり、エンジンが爆発したりする最悪の結果は免れた。

二隻の船は加速を停止し、宇宙空間を定速度で漂っている。

「〈ミネルバ〉、応答しろ」

ジョウは通信機のスイッチを入れた。〈ミネルバ〉を呼んだ。

「…………」

応答はない。向こうの通信機が壊れているのだろうか。あるいは、乗員がショックで気絶したか、生命を失ったか、そのいずれかの状況にあることも考えられる。

「タロス、操船を頼む」

ジョウは言った。このままにはしておけない。〈アレナクイーン〉と〈ミネルバ〉は相対速度も進行方向も大きく異なっている。放置しておいたら、どんどん離れて行ってしまう。

「まかしてください」

タロスが操縦席に着いた。レバーを握り、操船作業に入った。

ジョウは、船長席から離れた。

意識をなくしている乗員たちやアルフィン、リッキーの介抱をする必要がある。

まず、何人かの意識を回復させた。艦橋に備えられている救急キットから冷却スプレーを取りだし、それを顔面に吹きつけると、ほとんどの者が、すぐに覚醒した。アルフィンもリッキーも、数秒で意識を戻した。

動けるようになったクルー全員で手分けをし、海賊たちを武装解除して一室に監禁する。さらに、船室をひとつひとつまわって、乗客たちの様子も見る。怪我人《けがにん》がいれば、治療を施す。

さまざまな手を打った。

やるべきことがひたすらに多い。

数時間が、瞬時に経過した。

# 6

ひととおりの作業を終え、ジョウはオースチン船長とともに、艦橋に戻ってきた。

艦橋にはアルフィンとリッキーがいた。このふたりもようやく身動きできるようになったらしい。タロスの横につき、負傷した操船クルーに代わってコンソールデスクに向かい、船内のシステムチェックをおこなっている。

ジョウはメインスクリーンを見た。操船が完了し、〈アレナクイーン〉が〈ミネルバ〉と速度を同調させて併走している。

「ジョウ」タロスが振り向いた。

「〈ミネルバ〉とつながりました。交信できますぜ」

「本当か？」

ジョウは急ぎ、主操縦席に駆け寄った。コンソールデスクの前に立った。

「〈ミネルバ〉、聞こえるか？」

通信パネルに向かい、声をかけた。

「キャハ！」金属的な電子音が返ってきた。

「コチラ〈みねるば〉。キャハ！」

「ドンゴ！」

ジョウの声が弾んだ。応答したのは、ロボットのドンゴだ。〈ミネルバ〉を強奪した連中ではない。

「無事なんだな、ドンゴ？」

ジョウは訊いた。

「キャハ、トリアエズ問題ナシ」

「さっき呼んだときは、どうして応じなかった？」

「キャハハ、敵対者ノ監禁ト船体ノ点検、事故ノ処理ヲオコナッテイマシタ」

「そうか」

ジョウは納得した。どうやら、〈アレナクイーン〉との衝突が、いい方向に働いたようである。強奪した連中は、そのショックで気絶、あるいは負傷し、ドンゴによって捕獲された。そういうことだ。そのあとで、ドンゴは被害状況を調べていた。ジョウが最初に呼びかけたのは、その点検の真っ最中だったらしい。

「ダブラスはどうなっている？」

タロスが訊いた。

「キャハ、だぶらす氏ノ生体ニ異常ハ認メラレマセン」ドンゴは答えた。

「カレハイマ、睡眠状態ニ入ッテイマス」

「わかった」ジョウがうなずいた。

「全部、了解だ。俺たちはすぐにそちらに移乗する。準備をしてくれ」

「キャハハ、コチラモ了解」

ジョウは通信パネルのスイッチを切った。

「ドッキングをしたい」ジョウはタロスに向き直った。

「できそうか？」

「無理ですね」タロスは即座にかぶりを振った。

「この状況で接続チューブを伸ばすのは危険です。宇宙服を着て、非常ハッチから入るのがいちばんです」

「そうだな」

ジョウはうなずいた。

さっそく用意をしようと、きびすをめぐらした。

と。

目の前にオースチン船長がいる。怪訝《けげん》そうな表情で、ジョウを見つめている。

「クラッシャージョウですね」船長は言った。

「私にはこの一件に関し、本社と連合宇宙軍に対して報告義務があります。そのため、事情聴取をお願いしたいのですが、いかがでしょう」

「………」

ジョウは返答に詰まった。事情聴取はまずい。へたをすると、〈アレナクイーン〉をおとりとしてこっそり利用したことから、海賊との関わり、ベラサンテラ獣輸送のことまで話さなくてはいけなくなる。

「申し訳ありません。船長」

一瞬の間を置いてから、ジョウは口をひらいた。

「そのご希望、ぜひ応じたいのですが、惜しいことに時間がありません」いかにも残念そうに、ジョウは言った。

「あの船が危険な状態に陥っています。すぐにシステムをチェックし、場合によってはすぐに移動させないと、〈アレナクイーン〉にあらたな被害が及ぶ恐れがあります。すみませんが、その事情聴取は後日ということにしてください。よろしくお願いします」

「しかし、それは……」

「ジョウ、だめだ。急がないと、エンジンがやばい」

タロスが言った。大声で、叫ぶように言う。

「ほんとだ。動力がおかしい」

リッキーも同調した。

「このままじゃ爆発しちゃう」

アルフィンはもう艦橋の外に向かって走りはじめている。

「では、行きます。船長、よい航海を」

ジョウは手を振り、オースチンの脇をすりぬけた。船長は呆気《あっけ》にとられ、その場に立ち尽くしている。

ジョウとタロスが眼前から消えた。そこで、船長ははっと我に返り、あわてて上体をひねった。

「待ってください。クラッシャージョウ。勝手に行かれては、困ります。それに、そのアルフィンって方はなんなのです？ タラオの使節じゃないんですか？ ちょっとジョウ！」

追いすがる船長の絶叫を無視して、ジョウたちは〈アレナクイーン〉の艦橋から逃げるように飛びだした。

足ばやに通路を抜け、手近なエアロックに入る。ヘルメットをつけ、ハンドロケットを拝借して、船外にでた。四人、ひとかたまりだ。

軽くハンドロケットを噴射させた。一飛びで〈ミネルバ〉に着いた。非常ハッチをひらき、中にもぐりこんだ。さすがはクラッシャー。こういうときのチームワークは抜群である。

操縦室に直行した。

ドアをあけると、ドンゴが四人を待っていた。四人は、すぐにそれぞれの席に着いた。被害状況を調べた。予想した以上に〈ミネルバ〉の傷は浅かった。接触した外鈑も、歪んだだけで、ひびや裂け目は生じていない。偽装のために取りつけられていた金属シェルが衝撃の多くを吸収してくれたらしい。いわゆる怪我の功名である。あとでわかったが、〈ミネルバ〉を奪った三人の男のうちのひとりは頭蓋骨骨折で絶命していた。衝突時のショックは、けっして小さくなかったということである。

タロスがメインエンジンに点火した。ジョウが加速七十パーセントを指示した。かなりの急加速である。とにかく、急いで〈アレナクイーン〉から離れなくてはいけない。ぐずぐずしていたら、逃げられなくなる。連合宇宙軍がやってくる可能性も高い。

動力の点検も省き、ジョウは〈ミネルバ〉をただひたすら連続加速させた。本当ならワープしてしまいたいが、ベラサンテラ獣を載《の》せているかぎり、それはできない。〈ミネルバ〉はいまさっきワープアウトしてきたばかりである。

十時間後。

ようやく、四人は一息ついた。これだけ距離をあければ、もう追ってこられる心配はほとんどない。〈ミネルバ〉の加速も五十パーセント台に落とした。

焦燥感が消え、気が休まると、頭をもたげてくるのは、強い好奇心である。

「ねえ、いったい何がどうなってるの？」

口火を切ったのは、アルフィンだった。彼女だけ、これまでの経過をまったく知らない。

さっそくジョウが説明をはじめた。身振り手振りを交えての熱弁である。アルフィンは喜び、きゃっきゃと手を打ってはしゃいだ。

つぎにアルフィンが〈アレナクイーン〉での生活を語りはじめた。が、これは初日の様子を話したところで、残り三人の羨望《せんぼう》からくる猛反発を受け、打ち切りとなった。日常の優雅さに差がありすぎる。

かわりに、ドンゴが呼ばれた。〈ミネルバ〉が強奪された後の経過を尋ねた。

ドンゴは以下のように述べた。

リッキーが船外に放りだされた直後、宇宙港安全管理局の局員に化けた三人は、ダブラスを電磁手錠で拘束《こうそく》した上で、ドンゴに命令を下した。

「俺たちの指示に従って行動しろ。さもなくば、ダブラスを殺す」

この命令に逆らえるようには、ドンゴのシステムプログラムはできていない。ドンゴは指示を受け入れ、三人に協力した。〈ミネルバ〉に偽装用シェルを装着したのも、ドンゴだった。

タカマ宇宙港から飛び立った〈ミネルバ〉は、いったんウウの第七惑星、ミミールに着陸した。偽装作業も、そこでおこなわれた。ドンゴは、その作業の手配をしたのが、星間商社として知られているガルデンシュタット社の駐在員であることを三人のやりとりで知った。

偽装を完了し、船体を赤く塗り直した〈ミネルバ〉は、ミミールを発ち、通常航行で公海をめざした。そして、ベラサンテラ獣に影響がでないと思われる時間を費やした後に、十光年のワープに入った。

それが、〈アレナクイーン〉との衝突を引き起こしたワープである。

「おもしろいな」ドンゴの話を聞き終え、つぶやくようにタロスが言った。

「ガルデンシュタット社は、裏で密輪をやっていると噂されている星間商社だ」

「なるほど」ジョウの瞳が鋭く炯《ひか》った。

「辻褄《つじつま》は合うってわけか」

「反対派が手を握りそうな企業ね」

アルフィンが言った。

「大統領の側近にも反対派がいるって言ってたな」ジョウはアルフィンに視線を移した。

「ダブラスの話も聞こう。そろそろ目が覚めるはずだ。第四船室に行って、ダブラスを連れてきてくれ」

「はあい」

アルフィンが席を立った。

すぐにダブラスを連れて、戻ってきた。ダブラスは、相変わらず態度がおどおどとしている。ずうっと監禁されていて、久しぶりに自由の身になったというのに、少しもうれしそうな表情を見せていない。むすっとしている。

「どうなっています？」

ジョウの前に立ち、消え入りそうな声でダブラスは訊いた。

「大きな問題は、とくにありません」ジョウは口調をできるかぎり明るくし、答えた。

「少しだけ時間をロスしましたが、それも取り戻す目処《めど》がつきました。大丈夫です」

「では、ミランデルに行くことができるんですね」

わずかに、ダブラスの口もとがゆるんだ。

「ええ」ジョウはあごを引いた。

「反対派がこれ以上、手だししてこなければ」

「反対派！　やつらが、まだ何か企んでいるんですか？」

「わかりません。ただ、気になる存在があります」

「気になる存在？」

「ダブラスさんは、ガルデンシュタット社という会社をご存じでしょうか？」

「ガルデンシュタット社」ダブラスのからだがびくんと震えた。目が丸く見ひらかれる。

「知っています。タルカサールに本社がある星間商社です」

「やはり」

ジョウは腕を組んだ。

「ガルデンシュタット社がどうかしたんですか？」

「反対派は、ガルデンシュタット社と手を組んでいるようです」

「まさか！」ジョウの言に、ダブラスは驚愕《きょうがく》した。

「ガルデンシュタットといえば、名の通った大企業です。そんなことをするとは、とても思えない」

「表向きは、たしかにトップクラスの企業です」ジョウは言った。

「しかし、一歩裏へまわれば、星間商社とは仮の姿。実は密輸組織の一員なのです」

「………」

ダブラスは絶句した。もう声がでない。

「例の三人から、ダブラスさんは何か聞きだしていませんか？」

ジョウは、あらためて尋ねた。

「い、いや」ダブラスは、丸くなったままの目を、くるくると動かした。

「残念ですが、何も聞いていません。あいつらは、わたしの前では一言も口をきかないようにしていました」

「そうですか」ジョウはシートから立ちあがった。

「でしたら、これ以上の追求はやめておきましょう」

そして、静かに言葉をつづけた。

「いまから偽装シェルをすべてはがし、ミランデルに向かいます」

# 7

偽装シェルの除去は思ったよりもむずかしい作業になった。ドンゴがいい仕事をしていたからである。さすがはロボット。命じた相手に関わりなく、すべての任務に全力を尽くす。

結局、〈ミネルバ〉本来の外観を取り戻すまでに、数十時間を要した。ちょうど、ベラサンテラ獣のためのワープ休止時間と同じくらいである。

作業完了と同時に、〈ミネルバ〉は加速を開始した。ミランデルへの、長い退屈な旅の再開である。

ワープインして、ワープアウト。しばらく通常航行して、またワープイン。ワープアウト。またもや通常航行。ワープイン……。

ワープと通常航行が何度も繰り返された。数か月の静かな日々が過ぎていった。事件らしい事件は、何もない。隠密行動なので、外部との接触は断っている。ニュースなどの情報は受けているが、連絡や交信はいっさいおこなっていない。

そして。

その日がやってきた。

あと一度のワープで、惑星ミランデルのあるドミンバ星域に到達できる日が。

「三十分です」

タロスが言った。ワープインまでの時間だ。あと三十分で、最後のワープに入ることになる。ジョウ、タロス、アルフィン、リッキー、ダブラスの五人は、それぞれの席に着いて、その一瞬を待っている。

「ベラサンテラ獣は元気いっぱいだし、監禁した例のふたりもおとなしくしている」リッキーが言った。

「考えてみれば、楽な仕事だったなあ」

もう、すべてが終わってしまったような口調である。

「けっ」タロスが鼻先で笑った。

「よく言うぜ。サラーンじゃ、ぴいぴい泣き声をあげていたくせに」

「てめえ！」リッキーが真っ赤になってシートから腰を浮かせた。

「ほざいたな。ミランデルに着いたら、その口、二度とひらけないようにしてやる」

「おもしれえ。いつでもこい」

タロスが応じた。ワープ準備のため、うしろを振り向いたりしないが、ここぞとばかりに言葉を返す。思えば、口喧嘩《くちげんか》も久しぶりだ。楽しくてしようがない。

タロスは待った。リッキーの罵声《ばせい》を。

だが。それが耳に届かない。舌戦が途切れた。

どうした？

タロスがそう思ったときだった。くぐもった鈍い音と、ぎゃっという小さな悲鳴が聞こえた。

悲鳴は、リッキーのそれだ。

何かが起きた。

「リッキー！」

タロスは首をめぐらした。ただならぬ気配が、操縦室内にみなぎった。ジョウも、ダブラスもアルフィンも背後に目をやった。

人の姿があった。男がふたり。操縦室の扉の前に立ち、レイガンを構えている。

〈ミネルバ〉を奪った、ふたりの男だ。監禁しておいたはずだが、なぜか、ここにいる。脱走された。

リッキーは、コンソールデスクに突っ伏していた。両手で頭を押さえている。うしろから殴られたらしい。肩が小さく痙攣している。

男のひとりが鋭く言った。痩せていて、背がひょろりと高い。宇宙港の職員に扮《ふん》して〈ミネルバ〉に入りこむとき、リッキーと言葉を交わしたボス格の男である。

「そのまま動くな！」

四人は、男の言に従った。両の手を上にあげ、静止する。

「ゆっくりとからだをまわせ」男はつづけた。

「船の進行方向を向くんだ。俺たちに背中を見せろ」

言われたとおりにした。ジョウもタロスも、素直にきびすを返す。アルフィンもダブラスも、逆らおうとはしない。

「操縦士」男がタロスを呼んだ。

「エンジン停止。慣性航行に入れ」

「ワープインのシークエンスに入っている」タロスは答えた。

「中断するには動力システムを操作しなくてはならない。機関士の作業が要《い》る」

「このチビか」

男はリッキーの髪を鷲摑《わしづか》みにし、その上体をコンソールデスクから引き起こした。リッキーの口から、小さな呻き声が漏れた。意識が混濁している。男の手荒な扱いに、反応すらできない。

「俺がやってやる」

男は言い、リッキーをシートのバックレストに叩きつけてデスクに手を伸ばした。勝手にスイッチをいじる。キーを叩き、オフにする。

低く響いていた動力のノイズが、大きく変化した。じょじょに静まっていく。

タロスは頃合いを見計らっていた。圧倒的な優位に立ち、ふたりの男は少し気を抜いている。だから、自分でスイッチに触れたりする。

「エンジンを停めるぜ」

タロスはそう言い、コンソールデスクのボタンをひとつ、思いきり押した。

補助動力の起動スイッチだ。と同時に、タロスは船首の姿勢制御ノズルを全開にした。

〈ミネルバ〉が、急旋回する。船尾を軸にして、すさまじい勢いで回転する。

非常用の補助動力だが、姿勢制御ノズルを全開にできるくらいのパワーは十分にある。

瞬間的だったが、Gが慣性中和機構の限界を突破した。強烈な力が、シートやデスクでからだを支えていなかったふたりの男を横方向に跳ね飛ばした。

宙を舞い、ふたりの男が壁に激突する。

床に落ちた。全身をしたたかに打った。

「くそ野郎！」

補助動力を切るひまもあらばこそ、タロスが体をひるがえした。

タロスは激昂《げっこう》していた。タカマ宇宙港で負った傷がようやく癒《い》えたリッキーを、ふたりはまたもや殴打《おうだ》した。もはや許すことなどできない。

タロスはひとりの胸ぐらを左手でぐいとつかみ、そのからだを目よりも高くさしあげた。拳を固め、男のあごに右ストレートを叩きこむ。骨の砕ける鈍い音が響いた。

「やめろ。タロス！」

ジョウがあわててタロスの腕を押さえた。放置しておけない。このままだと、タロスはこの男を間違いなく殴り殺す。

「放せ、ジョウ」タロスは叫んだ。

「こいつらは屑《くず》だ。情をかけても無駄だ」

「違うな」鋭い声が、凜《りん》と言った。

「情をかけてもらわないと、俺が困る」

「…………」

タロスの動きが止まった。ジョウも言葉を失った。操縦室内がにわかに静まりかえる。

声の主を捜した。リッキーを介抱しようとして、そのもとに駆け寄っていたアルフィンも、おもてをあげ、首をめぐらした。

声を発したのは。

ダブラスだ。

ダブラスは右手にレイガンを構えて、すっくと立っていた。もう、先ほどまでのおど

おどとした態度は、どこにもない。うって変わった険しい表情。眼光が強く、全身に猛《たけ》猛《だけ》しい威圧感を漂わせている。

「そいつが死んだら、段取りに狂いがでてしまう」ダブラスは言を継いだ。

「タロス、そいつから離れろ」

「ちっ」

タロスは右手の拳をひらいた。男は血へどを吐き、床にくずおれた。

「なるほどな」ジョウが言った。

「反対派の黒幕ってのは、あんたのことだったのか」

「そういうことだ」ダブラスはうなずいた。

「大統領にもっとも信頼されていた男が、最大の敵だったというわけさ」

「政権の座を狙っているというのも……」

「本当だよ」ダブラスはあっさりと認めた。

「ベラサンテラ獣はタラオのすべてだった。それをなんの展望もなく、フォン・ドミネートは絶滅寸前にまで追いこんだ。もはや、やつにタラオをまかせておくことはできない」

「きれいごとだな」タロスが言った。

「あんたはタナールの利権を独り占めしたいだけだ。そのためだけに大統領を裏切った。

そうじゃないのか？」

「なんとでも言え」ダブラスは軽く肩をすくめた。「意外かもしれんが、俺はおまえたちが気に入っていた。度胸もあるし、腕も申し分ない。しかも高い判断力を有している。おかげで、ずいぶんとてこずった。俺が〈ミネルバ〉に乗りこんでいなかったら、おまえたちはこの任務を完璧に成しとげていたことだろう。無能で頭の悪いフォン・ドミネートだったが、おまえたちを選んだことだけは賞賛に値する」

「ひとつ訊きたい」

ジョウが言った。

「なんだ？」

「ドンゴから〈ミネルバ〉が奪われたあとの話を聞いた。おまえは完全に捕虜として扱われていたという。なぜだ？」

「そんなことか」ダブラスはにやりと笑った。

「簡単なことだ。当たり前のことを実践しただけ。敵をあざむくには、まず味方から。すべてが終わるまでは油断をしない。〈ミネルバ〉を奪った連中は、さっき、俺が監禁を解いてレイガンを渡すまで、俺の正体を知らなかった。かれらはガルデンシュタット社の直属要員で、俺とはなんのつながりもない。受けた命令は、〈ミネルバ〉を奪い、ミランデルに向かえ。ただしダブラスひとりは傷つけることなく連行しろ。そういう内容だった」

「……………」

「さて」ダブラスは横目でコンソールデスクを見た。

「そろそろワープインの時間だな」

ゆっくりと、ダブラスは前に進んだ。床に転がっている男のひとりの脇に移動した。

「ユリウス、起きろ。目を覚ませ」

ダブラスは男に声をかけた。タロスに殴られなかったほうの男だ。ユリウスはぎくしゃくと動き、上体を起こした。首を振り、もそもそと立ちあがる。タロスにあごを割られた男——ギルバンは、まったく反応しない。微動だにせず、倒れ伏している。

「こいつらに電磁手錠をかけろ。急げ」

ダブラスはユリウスに命じた。ユリウスはポケットから電磁手錠を取りだし、ジョウたちの手首と足首にそれをかけてまわった。四人は操縦室の壁ぎわに追いやられ、横倒しにされた。四肢を拘束されているから、起きあがることはできない。

つぎにダブラスは、ギルバンの手当てをユリウスにさせた。痛み止めをスプレーし、樹脂ペーストであごを固定して、気つけのガスを嗅《か》がせる。

ギルバンの意識が回復した。あごを動かせないため、口をきくことはできないが、操船のサポートくらいはできそうである。

　ダブラスはユリウスを主操縦席に着かせ、ギルバンを空間表示立体スクリーンのシートにすわらせた。自分は動力コントロールボックスに入る。

「百二十秒後にワープインだ」ダブラスは言った。

「ワープアウトしたら、加速六十パーセントで、一気にミランデルへと向かう。着いたら、ベラサンテラ獣とガムルの交配作業だ。ただし、タラオが用意したガムルではない。ガルデンシュタット社のガムルと交わらせる」

　ダブラスは動力のスイッチをオンにした。船体がかすかに揺れた。機器のうなる低い音が操縦室に反響する。

　メインスクリーンに航路を示す立体模式図が映しだされた。恒星がロックされている。ドミンバだ。その第四惑星がミランデルである。ワープ距離は八・七四二光年。

　カウントが進んだ。

　時間がきた。

「ワープイン」

　ユリウスがキーを打った。レバーを操作した。

　メインスクリーンの映像が変わった。虹色の色彩が大きく広がった。

　華やかな色がしばし乱舞する。

電子音が鳴った。ワープ終了を知らせる音だ。

ワープアウトした。虹色の光が消え、スクリーンの中の色が漆黒へと戻っていく。

闇の中央にひときわ明るく輝く星があった。円盤状に映っている。ドミンバだ。

〈ミネルバ〉は通常航行に入った。予定どおり、第四惑星をめざす。

およそ十五時間後。

惑星が映像として捉えられるようになった。

ダブラスは映像を拡大した。銀色の金属的な光を放っている惑星だった。

「なに？」

その姿を見たダブラスの表情がひどく曇った。

すぐに恒星のスペクトル分析をおこなった。

「違う！」その数値を目にして、ダブラスは顔色を変えた。

「違うぞ。この星はドミンバではない。惑星も別物だ。ミランデルとは完全に異なっている！」

あえぐように、叫んだ。

# 第四章　ニフルヘイム

## 1

誰もが茫然としていた。何が起きたのか、まったくわからない。ワープは成功していた。ジャンプ目標座標も、間違いなくドミンバのそれになっていた。

「きさまら！」顔を紅潮させ、ダブラスが背後を振り返った。

「何をした？」

ジョウたちに向かって、問う。

「なんのことだ？」

ジョウはきょとんとなった。ダブラスの言葉の意味が理解できない。

「これだ」ダブラスはメインスクリーンに映る銀色の惑星を示した。

「この星のことだ。ミランデルは海洋惑星だ。青い星で、質量も、もっと大きい。きさまら、何か企んだな。言え！　何をした？」

ダブラスは、ジョウの前に歩み寄った。倒れているジョウの腹部を爪先で蹴りあげた。ジョウは呻き、苦痛に身をよじった。

「俺たちは何もしていない」

タロスが言った。ダブラスの理不尽な態度に、目が怒りで激しく燃えている。

「じゃあ、これはなんだ。どういうことだ？」

「本当に……」ジョウが体を起こした。

「本当に、ミランデルじゃないのか？」

かすれた声で訊いた。

「違う！」ダブラスは吐き捨てるように言った。

「ミランデルにくるのは、はじめてだ。しかし、事前に調べはつけてきた。これはまったくべつの惑星だ。いや、まったくべつの星系だ」

「誓ってもいい」タロスが口をひらいた。

「さっきも言ったように、俺たちは何もしていない。ただ……」

「ただ、なんだ？」

「もしかしたら、ワープ機関のナビゲートシステムに異常が起きていたのかもしれない」

「なんだと？」

「〈アレナクイーン〉との衝突だ。あのショックで狂いが生じた可能性が考えられる」

「馬鹿を言え」ダブラスはせせら笑った。

「そんな戯言《ざれごと》、誰が信じる。ナビゲートシステムの故障など起きていなかった。そもそも、ここに至るまで〈ミネルバ〉は何度も点検をおこない、ワープを繰り返してきた。それなのに、最後の最後にきて、いきなり装置がおかしくなったとほざくのか」

「ダブラス、勘違いしているぜ」タロスは静かに言葉を返した。

「ワープ機関は微妙な装置だ。システム全体がブラックボックスになっている。いくらクラッシャーでも、簡単に調整などはできない。密閉されたケースをあけたりもしない。俺たちが触ったのはワープ機関の周辺機器だけだ。装置自体の点検は、一度もしていない」

「う」

ダブラスは絶句した。

「それと故障だが」タロスは言を継いだ。

「たしかに大きな異常が発生すれば、セキュリティシステムが警告をだしてくる。警報が鳴ったり、ランプがついたりする。だが、ワープ一回ごとに微小な狂いが存在していたとしたらどうなる。あの事故の衝撃がこういうレベルの不具合を引き起こすことは十分に考えられる。そのときは、セキュリティシステムも沈黙する。何も文句を言わない」

「…………」

ダブラスの額に、汗がにじんだ。たしかにそうだ。冷静になって考察してみれば、タロスの言うことはもっともである。ダブラスの正体を知らなかったかれらには、そんな小細工する機会も必要も皆無だった。

「ジャンプの距離やワープアウトの位置の小さなずれが積もりつもって、何光年にもなった。そして最後のワープになったとき、俺たちは、その範囲内にある恒星をドミンバだと思いこんだ。ナビゲートシステムは、これまでのジャンプデータをもとにして、それがドミンバであるという情報を〈ミネルバ〉のメインコンピュータに流している。そう言われたんじゃあ、メインコンピュータも疑いっこない。恒星はドミンバとしてロックされ、俺たちはそこにワープしてきた」

「納得できる推論だな」ダブラスはうなずいた。

「で、ナビゲートシステムの修理と再調整はできるのか？」

「むずかしい」タロスは首をひねった。

「だが、やるしかないだろう。何があっても、やらなくちゃならん」

「ならば、すぐにやれ」ダブラスはあごをしゃくった。

「やらないと、即座に殺す」

「ダブラス」タロスはダブラスの目に視線を移した。その双眸《そうぼう》をまっすぐに見据えた。「そんなに肩に力を入れるな。〈ミネルバ〉は俺たちの家だ。脅されなくったって、やるときはやる。このくそいまいましい電磁手錠をさっさと外してくれたらな」

「ちっ」

　ダブラスは決まり悪そうに舌打ちし、怯えるように視線をそらした。

　十分後。

　修理がはじまった。まずデータをすべて調べて、どれほど狂いがあったのかを確認しなくてはいけない。それをおこなわないと、現在位置も特定できない。修正幅も正確にだせない。

　ジョウとタロスが、操縦室をでてワープ機関区に向かった。リッキーとアルフィンは、操縦室に留めおかれた。要するに、人質である。しかも、ダブラスが作業の確認と見張りのために、わざわざくっついてきた。

　階層をひとつ下り、狭い通路を抜け、ぶ厚い隔壁をひらいて、三人はワープ機関区の中へと進んだ。

　ワープ機関は直径三メートルの金属球である。球体は、特殊合金でつくられた真空のケースだ。ワープ機関本体ではない。装置は、その金属球の中に厳重に納められている。

いったん完成したら、もう二度と、この球体があけられることはない。壊れたときは、ケースごと交換する。

タロスが金属球の前で身をかがめ、台座にはめこまれているパネルの蓋をあけた。そこにスイッチキーと端末の接続ピンがずらりと並んでいる。接続ピンに、携帯端末のケーブルを挿《さ》しこんだ。データを直接吸いだし、チェックをおこなう。

「何をするんだ？」

ダブラスが訊いた。

「厄介な作業さ」タロスは答えた。

「これまでのワープデータをひとつひとつチャートのデータと手で照合していくんだ。メインコンピュータにはまかせられない。メインコンピュータ自身の蓄積データに、狂った数値の影響が反映している。判定不可能だ」

「時間はどれくらいかかる？」

「ずれの大きさによるな。うまくいったとして、ざっと四時間。狂いがひどかったら、その倍はかかる」

「急いでやれ」

「ああ」

タロスは検査に取りかかった。ジョウがスイッチキーの操作にまわった。データを読み、それをジョウに伝える。ジョウはスイッチキーを押して、ナビゲートシステムの動作を制御する。ダブラスは、少し距離を置き、そのさまを見つめている。右手をポケットに突っこんでいるのは、そこにレイガンを入れているからだ。

最初のデータのチェックだけで二時間を費やした。ずれは、予想したほど大きくはない。が、明らかに狂っている。推測は的中していた。

「これだと、最終的な差はドミンバに対して八光年くらいじゃないかな」つぶやくように、タロスは言った。

「ワープ一回分くらいだ。それほど深刻な状況ではない」

タロスはつぎのデータの解析に取りかかろうとした。

そのときだった。

電子音が鳴った。左手首の通信機だ。操縦室の誰かが、タロスを呼んでいる。タロスは作業を中断し、通信機をオンにした。

「ダブラスさん！」

うわずった声が、通信機から流れた。ユリウスの声である。

「どうした？」

ダブラスがタロスに身を寄せ、大声で訊いた。ユリウスの声音には、ただならぬ気配がある。

「船がきます」ユリウスは言った。

「あの第四惑星からです。いきなり発進してきました。一隻や二隻ではありません。何十隻という宇宙船です。猛加速で、こっちに向かってきています」

「宇宙船？」

「正体は不明です。こっちへの誰何《すいか》はありません。とにかくまっすぐ突っこんでくるという感じです。どうしましょう？」

「タロス」ダブラスはおもてをあげた。

「ここに通信スクリーンはあるか？」

「そこだ」タロスは右手の壁を指差した。

「そこにパネルがはめこまれている」

「操縦室の映像をこちらに転送できるか？」

「やってみよう」

タロスが端末を操作した。右手の壁の一角がスクリーンになり、そこに操縦室から転送されてきた映像が大きく入った。

「うおっ」

ダブラスが吼《ほ》えた。表情が恐怖にひきつる。ユリウスの言葉に嘘はなかった。すさまじい数の外洋宇宙船が、〈ミネルバ〉めがけてなだれるように航行してくる。間違いない。この宇宙船の群れは、なんらかの目的を持って〈ミネルバ〉に接近しつつある。

「こいつは……」

ジョウが立ちあがった。ジョウの顔も、ひどくこわばっている。目がスクリーンに釘づけだ。

「知っているのか？」

ダブラスが訊いた。

スクリーンに映る宇宙船は、どれもが妙に角張った紡錘形をしていた。船体には、十門を超えるビーム砲の砲塔が、そこかしこから突きだしている。

ジョウは、この宇宙船を見たことがあった。いや。見たどころか、乗船したことすらある。

この船は。

「海賊船だ」

ジョウは言った。

「！」

ダブラスが蒼白になった。

「宇宙海賊の艦隊が、あの星からあらわれた」独り言のようにジョウはつづける。

「ということは、あの星が海賊の基地になっている」

みなまで聞かなかった。ダブラスは体を返し、タロスの通信機に顔を寄せた。

「ユリウス！」

「は、はい」

震える声でユリウスが答える。

「逃げろ」ダブラスは叫んだ。

「最大加速だ。動力を全開にしろ。すぐにやれ」

「ダブラスさん？」

「急げ。あれは宇宙海賊だ！」

「げっ」

ユリウスは息を呑んだ。

通信が切れた。ダブラスはその場にへなへなとすわりこむ。タロスとジョウを交互に見た。

「どうしよう」うわ言のようにダブラスは言った。

「どうしたら、いい？」

「わからない」ジョウは肩をそびやかした。

「〈ミネルバ〉のいまのボスはダブラス、あんただ。俺じゃない」

「ふざけるな！」ダブラスは激昂した。勝手な話だが、人間、いざ支配者になると、どんなときでも反抗されるのが我慢できない。「〈ミネルバ〉が攻撃されたら、きさまもおしまいだ。なんとかし絶対に助からない。なんとかしろ！」

「そいつは、おかしいぜ」タロスが言った。

「俺たちは、おまえの支配下にある限り、海賊にやられようがやられまいがおしまいな
んだ。なんとかしたかったら、おまえがそうすればいい」

「く――」

ダブラスは立ちあがった。顔はゆであがったかのように真っ赤になっている。

「わかった。やってやる！」

一声怒鳴り、ワープ機関区から飛びだしていった。

あとに残されたジョウとタロスは、呆気《あっけ》にとられて、ぽかんと口をあけている。

「おい」と、ややあって、ジョウが言った。

「あいつ、俺たちを置いてっちまったぜ」

「宇宙海賊と聞いて、思考力をなくしちまったみたいですな」

タロスが苦笑した。

そこへ。

衝撃がきた。船体が突きあげられるように、激しく揺れた。

ふたりのからだが跳ね飛んだ。

## 2

「撃ってきやがった」

ジョウは一回転して立ちあがり、言った。もうのんきに構えてはいられない。

「上だ。タロス。行くぞ」

「そうしましょう。修理はあとまわしだ」

タロスはケーブルを抜き、パネルの蓋をもとに戻した。

ふたりそろって、ダッシュする。ワープ機関区から飛びだした。

一方。

ダブラスは操縦室に駆けこんでいた。入ると、そこはてんやわんやの真っ最中であった。混乱しきっている。

「何をしている！」

ダブラスは怒鳴った。ユリウスが振り向いた。

「このロボットが命令に従わないんです」

困ったように答えた。ロボットとは、ドンゴのことである。〈ミネルバ〉が奪われ、ドンゴをいいように利用されたことから、ジョウはドンゴのプログラムを改変していた。いまのドンゴは、ジョウたち四人以外の命令を受けつけない。

「そんなロボットに頼るな」ダブラスは言った。

「動力には、わしが入る。とにかく急げ。逃げるのが先だ」

ダブラスは、動力コントロールボックスのシートに着こうとした。ユリウスとギルバンもそれぞれの席に進んだ。

そのときである。海賊による第一撃が〈ミネルバ〉の船体を擦過《さつか》したのは。

熱線砲の火球にあおられ、〈ミネルバ〉の船体が鳴轟《めいごう》した。ダブラス、ユリウス、ギルバンがシートに腰を置こうとして膝を折りかけた、その刹那《せつな》である。

三人は宙を飛んだ。バランスを悪くしていたところへの強振動である。こらえようがない。すさまじい勢いで、三人は、狭い操縦室の壁に激突した。鈍い音が響き、鮮血が散った。

三人が床に落ちた。すぐにドンゴが動きだした。操縦室に邪魔者が生じた。すみやかに排除されなくてはならない。

倒れて動かなくなった三人のからだを、ドンゴはコンソールデスクとシートの隙間からずるずると引きずりだした。ユリウスとギルバンは頸椎《けいつい》と頭蓋骨《ずがいこつ》を折り、即死している。ダブラスは死んでいない。全身打撲で、失神している。ドンゴは三人のからだを床に並べた。

ドンゴがダブラスたちの後始末を終えるのと同時に。

ジョウとタロスが操縦室へと飛びこんできた。

操縦室の状況を一目見て、ジョウもタロスも何が起きたのかを理解した。

リッキーとアルフィンは？

あわてて、ふたりの姿を探した。

ふたりは、操縦室の隅に固定されていた。捕虜を完全に拘束するため、ユリウスとギルバンは、リッキーとアルフィンの電磁手錠をパネルの把手《とって》などにひっかけていた。それがふたりにとって幸いした。ショックで舞いあがり、床や壁に叩きつけられるのを防いだ。皮肉な話である。

ジョウはリッキーとアルフィンをいましめから解放し、かわりにダブラスを電磁手錠で固定した。ドンゴはユリウスとギルバンの遺体を別室へと運んだ。

タロスが主操縦席に着き、ジョウが副操縦席にすわる。リッキーとアルフィンも、それぞれのシートに入った。

レバーを握るなり、タロスは攻撃に対する回避行動を開始した。多勢に無勢である。

ここはもう逃げるしかない。

ジョウは、先ほどの攻撃で蒙《こうむ》った損傷の程度を確認した。左舷側面が焦げている。直撃ではなかったので、大きな傷はない。

「ちょっとやばいぞ」

タロスに向かい、ジョウは言った。逃げるタイミングを失している。初動がかなり遅れた。海賊艦隊との距離が予想以上に少ない。

「まったくですな」

他人事のような口調で、タロスは同意した。

「とにかくぶっ飛んでみよう」ジョウはつづけた。

「加速百二十パーセントだ。むりやりかっ飛ばせ！」

〈ミネルバ〉のメインエンジンがうなった。悲鳴にも似た、すさまじい咆哮《ほうこう》を発した。


海賊船の反応は、少し鈍かった。

海賊は〈ミネルバ〉が初弾の一撃で完全に機能を停止するだろうと思っていた。すぐに逃げださず、連合宇宙軍への救難信号も打たなかったからだ。

ところが、しばしの間を置いて、いきなり回避行動に移り、そのあとで百二十パーセントという通常ではまったく考えられない高加速で逃走をはじめた。

瞬時、何がどうなったのかを理解できない。追撃のための再加速を忘れてしまった。

しかし、それもほんの束の間だった。状況にはっと気がついた海賊船の船長たちは、操縦士に加速を命じ、猛然と追跡を再開した。いまターゲットとしている船は、単なる獲物ではない。あの船の乗員たちは、この星域のこの惑星が、宇宙海賊のアジトであることを知ってしまった。逃がせば、必ず連合宇宙軍に通報する。そうなったら、海賊たちは危機を迎える。連合宇宙軍の大艦隊に急襲されたら、いくら数があっても、海賊船では歯が立たない。なんとしてでも、あの船に追いつき、それを仕留める必要があった。

ジョウは、メインスクリーンを睨んでいた。いま、その画面には、空間表示立体スクリーンのレーダー映像が表示されている。すでに加速に関しては、彼我《ひが》の差がほとんどなくなった。さすがは連合宇宙軍を相手にして死闘を繰り広げてきた宇宙海賊である。非常識な加速で強引に逃げきるという手が通じる相手ではない。

「一戦、交えないとだめですな」

タロスが言った。

「だが、まともには戦えない」

ジョウの表情が、常になく険しい。いましがた、海賊船の数をかぞえた。全部で三十八隻に及んだ。しかも、すべてが二百メートルクラス以上の船だ。宇宙船としては、明らかに〈ミネルバ〉よりも格上である。

「これまでで最悪の事態じゃないかな」

「俺の人生で、最悪ですよ」

タロスはにやりと笑った。

「加速を百パーセントに落として、3D288方向に反転。回転半径八千キロで弧《こ》を描いて十二秒ごとにミサイル発射」

ジョウは言った。派手な内容のわりには、声に力がない。とりあえずの対策である。真剣な戦闘の指示ではない。

「やらないよりはましってやつですな」

タロスもなげやりに答え、スイッチキーを指先で弾いた。トリガーレバーがコンソールデスクに起きあがった。

〈ミネルバ〉が反転する。きっかり十二秒ごとに多弾頭ミサイルが発射される。

ミサイルが、海賊艦隊に突入した。弾頭が五つに分かれ、海賊船に向かう。

海賊艦隊が散開した。大きく広がり、ビーム砲を斉射した。つぎつぎと送りこまれてくる〈ミネルバ〉のミサイル。それをビーム砲がことごとく切り裂いていく。

火球が生じた。一隻が弾頭に直撃された。が、命中したのはこの一隻だけだ。他の船は、〈ミネルバ〉の攻撃をすべてかわした。

海賊艦隊が〈ミネルバ〉を追いつめる。ミサイルは時間稼ぎにすらならなかった。かえって、海賊たちの攻撃意欲を増進させた。

海賊船の熱線砲が吼《ほ》えた。三十七隻の船が、いっせいに〈ミネルバ〉を狙った。

火球の群れが、〈ミネルバ〉めがけて押し寄せてくる。

最初に蒸発したのは、左舷の垂直尾翼だった。〈コルドバ〉に破壊されたところを、航海中に修理したものだ。

「くそったれ」

ジョウは激怒し、悪態をついた。が、まだ悪態をつく余裕があるうちはよかった。すぐにジョウは声ひとつあげられない状態に陥った。

〈ミネルバ〉が穴だらけになる。船体が灼け、外鈑が融け崩れる。

「兄貴、だめだ！」リッキーが弱音を吐いた。

「予備を投入しても、出力がどんどん下がっていく」

三十七隻の海賊船による総攻撃は、熾烈《しれつ》の極みといってよかった。ここまで撃たれると、逆にすがすがしい。動力と駆動機関がまともに動いているのが不思議なくらいである。多少の不調は、あって当然だ。

「加速、落ちてます」タロスも言った。

「メインエンジン、オーバーヒート。このままだと爆発しますぜ」

「これまでか」

ジョウがつぶやいた。〈ミネルバ〉はもう限界にきている。船体がひっきりなしに振動し、きしみ音を響かせる。ときおり届く強いショックは、熱線砲の火球が当たったときの衝撃だ。

「針路に第九惑星がきてる」

アルフィンが言った。映像をメインスクリーンにも入れた。赤茶けた色の円盤が、画面に大きく広がった。

「なるほど」タロスがうなずいた。

「そういう意味の反転でしたか」

レバーを操った。〈ミネルバ〉のノーズを完全に第九惑星へと向けた。第九惑星が行手に出現したのは、偶然ではない。そうなるように、ジョウが計算した。

見る間に第九惑星が近づいてくる。

血のように赤い惑星だ。直径はおよそ二万二千キロ。改造はおこなわれていない。太陽から遠く、大気もほとんどない。

「衛星軌道にのります」

タロスが言った。

「待て」それをジョウが制した。

「着陸するのは第九惑星じゃない。あっちだ」

スクリーンの右端を指で示した。

そこに映っているのは。

小さな岩塊だ。第九惑星の衛星のひとつである。直径は四千キロそこそこ。数分前に、第九惑星の蔭から姿をあらわした。

ジョウは映像を切り換えた。空間表示立体スクリーンの模式図に戻した。後方に海賊艦隊が迫ってきている。

「第九惑星に着陸するよう見せかけながら、衛星をめざす」ジョウは言った。

「ぎりぎりのところで、急速転針だ。通じるかどうかはわからないが、電磁波攪乱《かくらん》と煙幕も使う」

「了解。二十一秒後に針路を変えます」

タロスが応じた。

「リッキー、動力はどうなっている?」

ジョウはうしろを振り返った。

「出力八十パーセントで安定」リッキーは即座に答えた。

「でも、システムのダメージが大きい。いまの好調は、もって二十分」

「それだけあれば、十分だ」

ジョウは正面に向き直った。

と同時に、煙幕を射出した。〈ミネルバ〉が無数のナノマシンによって、黒く覆われていく。

フロントウィンドウが闇に塗りつぶされ、ついでメインスクリーンも、光を完全に失った。

〈ミネルバ〉は無視界航行のまま針路を変更した。第九惑星の衛星へと船首を向けた。

「衛星周回軌道進入まで二百五十秒」

タロスが言った。根拠のある数字ではない。タロスの勘である。事前にチェックしたデータと、〈ミネルバ〉の動きを頭の中でシミュレートして、タロスはこの数字を導きだした。

「五十秒前になったら煙幕を解放する」ジョウが言った。

「解放直後に電磁波撹乱」

攻撃が絶えた。海賊は〈ミネルバ〉を見失った。おそらくそうだ。それ以外に理由がない。

瞬時に、二百秒が経過した。

ジョウは煙幕を解放した。フロントウィンドウに視界が甦った。メインスクリーンにも映像が入った。フロントウィンドウには衛星表面に穿《うが》たれている巨大なクレーターの火口が広がり、メインスクリーンには星々の燦《きらめ》く漆黒の宇宙空間がある。

ジョウはメインスクリーンの映像を手早く切り換えた。第九惑星が映った。その表面の一角に、海賊艦隊らしい光点の群れが見える。

成功した。海賊たちへのめくらましに。

〈ミネルバ〉は衛星の周回軌道へと進んだ。

# 3

周回軌道から着陸軌道に移った。

その衛星は、ジョウたちは知らなかったが、海賊によってキヌルと名づけられていた。キヌルには大気がまったくない。なだらかだが、風化することがないため、高々とそそり立っている無数のクレーターで、衛星表面は隈《くま》なく覆われている。生命あるものは皆無だ。ひとつとしてない。岩と静寂だけが存在する死の世界。それがキヌルである。

「身をひそめるにはもってこいのところだな」

スクリーンを見ながらジョウが言った。

「どこへ着陸します？」

タロスが訊いた。

「クレーターの奥だ」ジョウは地表をスキャニングしている。

「できるかぎり長く伸びている影の中を選ぼう」

「了解」

タロスはひときわ高く聳《そび》え立っているクレーターを見つけた。スキャニングデータも、それがキヌルの最高峰であることを示している。

火口の上に〈ミネルバ〉が到達した。急速降下に入った。ほとんど垂直に高度を下げていく。燃料消費に影響がでるが、周回を重ねてのんびりと着陸する余裕は、いまのジョウたちにない。

クレーターの内側にもぐりこんだ。高度がどんどん低くなる。

地表に至った。クレーターの底は、十分に平らだ。

〈ミネルバ〉が着陸した。

エンジンを停止させた。船体が冷えるのを待たねばならない。その前に海賊艦隊がやってきたら、熱源探知で簡単に発見されてしまう。

「さて」タロスがジョウを見た。

「何をします?」

「うーん」ジョウはうなった。

「打つ手がない」

肩をすくめた。何もできない。八方ふさがりである。動力はオーバーヒート。ワープ機関は修理の途中。船体は穴だらけで、そこらじゅうに海賊船がひしめいている。

とりあえず、四人そろってリビングルームに移動した。ダブラスを監視させるため、ドンゴだけは操縦室に残した。

「段取りを整理しよう」全員がソファに腰を沈めたところで、ジョウが口をひらいた。

「ワープが可能になるまで、あと四十時間ほどかかる。それまでに何をどうするのか、決めておきたい」

「オーバーヒートは、ほっとくだけで直るよ」リッキーが言った。

「船体の破損も、大気圏内でむちゃな飛行をしたらあぶないけど、隔壁はみんなうまく閉じてくれたから、宇宙空間を航行している限りは、そんなに問題にならない」

「気懸りなのはワープ機関ね」アルフィンが言った。

「修理できなかったんでしょ」

「まあな」タロスが顔をしかめた。

「あいつがまともになってくれないと、四十時間が過ぎてベラサンテラ獣のワープがオッケイになっても、〈ミネルバ〉のほうがだめってことになりかねない」

「狂ったまま、ワープするのは無理かい？」

リッキーが訊いた。

「無理とは限らねえ」タロスは首を横に振った。

「しかし、一か八かの賭けになる。勝率は五分五分かな。しくじったら、どこへ跳ぶか、わからないってことだ。へたをすると、ワープ空間に跳びっぱなしということもある」

「ちょっと、それいやよね」

アルフィンがため息をついた。

「まとめると、こうだな」ジョウが言った。

「なによりも、まずワープ機関を修理する。そして、そのあいだに海賊たちが諦《あきら》めるのを待つ」

「諦めるわきゃ、ねえよ」リッキーの肩が、がっくりと落ちた。

「得体の知れない船にアジトを見られちまったんだぜ。捕まえるまで捜索を続行する。絶対だ。間違いない」

「こんちくしょうだな」タロスが立ちあがった。

「うだうだ言っていても、暗くなるばかりだ。俺はワープ機関の修理を再開する。できることは、それしかない」

ソファをまたぎ、ドアに向かおうとした。

そのときだった。

船内に警報が流れた。それにつづいて、ドンゴのけたたましい声が、甲高く響いた。

「キャハハ、接近シテクル宇宙船アリ。一隻ノミナルモ、コノ衛星ニ着陸スル模様。着陸地点ハ、本船ニ対シテ二百三十八度、距離約四十二きろノ位置ト推測サレル。キャハハ」

四人はあわてて、操縦室に戻った。

メインスクリーンに、宇宙船の映像が入っていた。明らかに海賊船である。形状で、はっきりとそれがわかる。しかし、ここに〈ミネルバ〉が着陸したことを確信して飛来したわけではない。どうやら海賊は第九惑星の衛星すべてをしらみつぶしに探しているらしい。ドンゴが発見したのは、そのうちのキヌルにきた一隻だ。むろん、キヌルの他の場所に降りた船もいるに違いない。このままだと、〈ミネルバ〉が発見されるのは時間の問題である。

「どうする？」

リッキーが訊いた。不安そうな表情を浮かべている。

「せめてワープ機関を修理する時間だけでもほしい」タロスが言った。

「最低で三時間、いや二時間でもいい」

だが、ワープ機関が直っても、すぐにワープはできない。ベラサンテラ獣が格納庫にいる。この厄介な積荷を放棄できれば、活路がひらかれないこともない。とはいえ、かれらがクラッシャーである以上、それは絶対に選択できない道である。

「ガレオンででてみよう」

とつぜんジョウが言った。他の三人が、驚いて互いの顔を見合わせた。

「いま要るのは時間だ」ジョウは言葉をつづけた。

「だから、俺がガレオンででて、海賊の気をそらせ、時間稼ぎをする。うまくあいつらを誘導できたら、二時間や三時間くらいならなんとかなるだろう。おまえたちは、そのあいだに修理をしろ。修理が終わったら迎えにきてくれ。この衛星から脱出する」

「脱出して、そのあとはどうするの?」

アルフィンが訊いた。素朴かつ、鋭い質問である。ジョウは両手を横に広げた。

「そのときに考えるさ」

「あらららら」

ジョウ以外の三人が、倒れた。

「むちゃだよ。それ」

リッキーが言う。たしかに作戦としては、恐ろしく荒っぽい。だが、この状況でできることは、ほかにない。それはジョウの言うとおりである。

しばらく意見を交わした。

結局、ジョウとアルフィンがガレオンに乗り、船外にでることになった。タロスとリッキーとドンゴが修理のため、〈ミネルバ〉に残る。

ガレオンが動きだした。

車体長六・一メートル、全幅二・九八メートルの地上装甲車だ。キャタピラ駆動で、出力六千馬力の核融合タービンエンジンを搭載している。最高速度は不整地走行で時速百五十キロ以上、整地走行では二百数十キロに及ぶ。乗車定員は二名。貨物積載量は二十五トン。レーザー砲二門、電磁砲一門、小型の熱線砲一門、ミサイルランチャー二基という武装は、へたな戦車を軽く陵駕《りょうが》している。

〈ミネルバ〉の下部ハッチがひらいた。カバーの先端が接地し、斜路になった。ガレオンはそこを下って、地上へと降りる。

とりあえず、そそり立つクレーターの外縁に沿ってのびている、自然によって形成された隘路《あいろ》を七十キロほどの低速で進んだ。外縁の高度はざっと三千メートル。急峻《きゅうしゅん》で、ガレオンといえども、とても登ることはできない。崖が切れ落ちている場所を探し、そこを抜ける。それがクレーターの外部にでる唯一の方法だ。あては、もちろんある。着陸時にクレーターの地形を走査し、適している箇所を見つけて記録しておいた。

五分ほど行くと、天然の隘路が途切れ、ガレ場になった。崖の切れ目の入口にきた。ガレオンは進行方向を変え、急坂を登りはじめた。傾斜角は四十三度、ガレオンの性能でも、登坂限界ぎりぎりの斜面だ。乗っているものには、ほとんど垂直の壁に感じられる。

ガレ場を登りつめた。斜度が二十度ほどになった。速度をあげる。これなら百キロくらいはだせる。

登りが終わった。短い平地があらわれ、すぐに下り勾配になった。速度を絞る。また急坂になっていく。今度も四十度前後だ。下りは奈落に落ちていくような気がして、登りよりもはるかに怖い。アルフィンが何度も悲鳴をあげた。

それでも、なんとか斜面を下りきった。ほぼ完全な平地に至った。間違いなく、クレーターの外にガレオンはいる。衛星の表面は、固くて凹凸の少ない不整地である。速度を百七十キロまでアップした。

海賊船がいた。十六分後に発見した。二百メートルクラスの垂直型である。クレーターの蔭などではなく、堂々と平地のど真ん中に着陸している。

ジョウは巨大な岩塊を見つけ、その背後にガレオンを停めた。海賊船との距離は一キロ強である。

通信傍受を開始した。ガレオンの上面の一部が左右に割れ、そこからアンテナが飛びだす。海賊船が用いているのは、指向性の強いレーザー通信だ。この角度だと、反射波を拾うしかない。

「こちらスカラベワン……で……発見し……」

通信が入った。条件が悪いので、途切れ途切れだ。

「……は……いま……キヌルの……スリーが……」

「デリンジ……答せよ……ワンとスカラ……は……方面に……」

ほとんど意味がとれない。それでもジョウは我慢してそれを聴きつづけた。十分も聴いていれば、断片的な言葉であっても、なんらかの情報が伝わってくるようになる。

海賊船の名は〈デリンジャー〉といった。スカラべと呼ばれる装甲車輌を三台だして、衛星上の探索にあたらせている。〈デリンジャー〉以外にも〈クロコダイル〉という海賊船が、この衛星、キヌルに着陸した。ほかにもう一隻、飛来しているようだが、その船はキヌルの裏側に降りたらしく、交信はおこなっていない。

「どうして超空間通信《ハイパーウェーブ》を使わないのかしら？」

アルフィンが言った。

「出動した宇宙船が多すぎたんだろう」ジョウが答えた。

「この近距離で、いっせいにハイパーウェーブを使うと、必ず混線する。それで指向性の強いレーザー通信に切り換えたんだ」

「それって、好都合よね。ハイパーウェーブじゃなきゃ、衛星外にいる宇宙船を呼ぶのはむずかしいんでしょ」

「そうだ」ジョウはうなずいた。

「俺たちが攻撃をしかけても、すぐに応援がくる可能性は低い。駆けつけてくるのは〈クロコダイル〉だけだ」

「じゃあ、うんとかきまわしてあげるのが礼儀ね」

アルフィンは軽くウインクした。元王女様にしては、血の気が多い。

ジョウは攻撃プログラムをオンにした。

操縦レバーの横に、トリガーレバーが起きあがった。

「照準をセット」アルフィンが言った。

「目標、デリンジャーの着陸脚《ランディングギヤ》」

ジョウがトリガーレバーのグリップを握った。

# 4

武器は電磁砲を選んだ。ガレオンの主砲である。照準がロックされた。ジョウはトリガーボタンを押した。

太い半透明の砲身が光った。先端から、緑色の光線が螺旋《らせん》を描いて飛ぶ。完全な奇襲だ。岩塊の蔭から砲塔だけを突きだし、一・一二キロ先の標的めがけて、ビームが疾《はし》った。

火花が散る。炎がほとばしる。光線は〈デリンジャー〉のランディングギアを直撃した。

〈デリンジャー〉の船体は三脚のランディングギヤで支えられていた。ガレオンの電磁砲はそのうちの一脚を根もとから灼き、蒸発させた。

〈デリンジャー〉が傾く。まるでスローモーションフィルムを見ているかのようにゆっくりとななめになる。その動きが、とつぜん速くなった。四十五度を過ぎたところだった。一気に傾斜角が大きくなり、脚部が宙に浮いた。と同時に、〈デリンジャー〉はどうと倒れた。船体が、地表に激突した。

爆発する。燃料チューブにエネルギーが逆流した。

火球が生じた。炎が渦を巻く。その直径はおよそ五百メートル。

衝撃波がガレオンを襲った。岩塊が揺れる。闇に包まれていた周囲が、まるで昼間のように明るくなる。

光は瞬時に消えた。衝撃波が静まり、あたりはまた闇の世界に戻った。

ノイズがガレオンの車内に甲高く響いた。違う。ノイズではない。傍受しているレーザー通信だ。海賊たちがにわかに騒がしくなった。

ジョウは耳をそばだてた。スカラベの乗員が大声でわめいている。それに、べつのスカラベの乗員が答える。こちらも大声だ。さらに、そこへ〈クロコダイル〉のクルーの声も重なった。

「スカラベがくるわ」アルフィンが言った。

「みんな引き返すことにしたみたい」

「こいつは〈クロコダイル〉だな」ジョウはレーダースクリーンを見つめている。

「高度二千メートルの上空に光点が入った。離陸して、上昇をつづけている」

「六十二度方向に向かって」アルフィンが交信記録を分析し、スカラベの相対位置を割りだした。

「そっちに行けば、スカラベの気を惹《ひ》きながら、〈ミネルバ〉から遠ざかることができる」

「了解」

ジョウがレバーを操作した。アンテナを収納し、ガレオンが動きはじめた。エンジンを全開にする。とにかくひたすら逃げなくてはいけない。スカラベや〈クロコダイル〉を徹底的に振りまわし、混乱させる。それがいまのガレオンの使命だ。

十分ほど疾駆《しっく》した。

「右手後方から一輛！」

アルフィンが叫んだ。ジョウはメインスクリーンの映像を後方視界スクリーンのそれと入れ替えた。大型の装甲車とおぼしき影が、画面に入った。通信傍受で、これがスカラベ2だということはわかっている。

ジョウは映像を拡大した。高感度映像なので、少し輪郭がざらついている。車体側面にミサイルランチャーがせりだしているのが、おぼろげに見てとれる。

巨岩がガレオンの行手に転がっていた。ジョウはわずかに針路を変え、岩と岩との間を抜けるコースを選んだ。

スクリーンのひとつが強く光った。上方視界スクリーンだ。がんがんというけたたましい音が、車内に反響した。スカラベ2がミサイルを発射した。それが巨岩の一部に命中し、炸裂した。岩が割れ、崩れ落ちてくる。

ジョウは巨岩の裏側へとガレオンをまわりこませた。弧《こ》を描き、ガレオンは向きを変える。その動きは、スカラベ2の死角に入っている。

飛びだした。巨岩の背後から、いきなりガレオンが出現した。真正面に、スカラベ2がいる。

電磁砲を撃ち、ミサイルを射出した。レーザー砲も、熱線砲も使った。

スカラベ2が炎上した。

閃光が燦《きらめ》く。スカラベ2のミサイルが誘爆した。車体が吹き飛ぶ。微塵に砕ける。

「〈クロコダイル〉、接近」アルフィンが言った。

「高度六百メートル。急速降下中」

どうやらスカラベ2が、やられる前にガレオンの位置を仲間に知らせたらしい。この様子なら、すぐにスカラベ1、スカラベ3も駆けつけてくるはずだ。

上方視界スクリーンに光点が映った。〈クロコダイル〉である。レーダーで形状を確認する。二百五十メートルクラスの外洋宇宙船だ。やはり垂直型で、〈デリンジャー〉よりも、ひとまわりほど大きい。砲塔が旋回し、照準をロックしようとしている。

ジョウは右手にガレオンを走らせた。数キロ先に、鋭く切り立った崖がある。〈ミネルバ〉から持ってきたデータによると、全長数百キロに及ぶ長大な崖だ。その数百キロの間に、裂け目が無数に存在している。上空からの攻撃に対して逃げるとすれば、その裂け目を利用するのがセオリーだ。

全速力で、ガレオンは崖に向かった。〈クロコダイル〉が迫ってくる。宇宙船と地上装甲車では、速度に差がありすぎる。わずか数キロが遠い。

「くる！」

アルフィンが叫んだ。熱源反応がすさまじい。ブラスターだ。〈クロコダイル〉はブラスターでガレオンを狙った。

火球が大地をえぐった。ガレオンの前方だ。ジョウはガレオンをジグザグに走らせる。キャタピラがきしみ、エンジンが悲鳴をあげる。

炎の中を突きぬけた。ようやく崖が近づいてきている。あと数百メートルだ。宇宙を背景にして、黒い影が視界を覆っている。

第二弾がきた。火球がガレオンをかすめるように飛び、左後方に落下した。地表がえぐられ、赤熱した岩石がガレオンの上に降りそそぐ。

さらにもう一弾。そして、つぎの一弾。

ガレオンが跳ねるように揺れた。狙いがだんだん正確になってきている。〈クロコダイル〉はいよいよ間合いを詰めてきた。もう一発きたら、かわしきれない。それは確実にガレオンを貫く。

崖に達した。裂け目が見えた。V字型の隘路《あいろ》だ。ひどく狭い。ガレオン一輛がぎりぎりでもぐりこめる。

ジョウは急旋回させ、滑りこむようにその裂け目にガレオンを入れた。ほぼ同時に、それまでガレオンがいた場所が火球で燃えあがった。衝撃波がガレオンの車体を打つ。ボディを岩壁でこすりながら、ガレオンは進んだ。

「追ってくる！」

アルフィンが言った。信じられない。いくらV字型の裂け目で、上部が大きくひらいていても、この中に二百五十メートル級の宇宙船が突入してくることなど、考えられない。

だが。

アルフィンの言葉は事実だった。〈クロコダイル〉の船長は、ガレオンの追撃に気をとられ、状況を見誤った。崖を回避するのが遅れ、裂け目に突っこむように、前進してしまった。

〈クロコダイル〉の船腹が崖の角に弾かれた。〈クロコダイル〉は躍りあがるように向きを変えた。

そのまま空中で半回転する。

船尾から地上に落下した。着陸ではない。失速しての墜落である。

大爆発が起こった。

崖の裂け目に炎と破片が吹きこんできた。

ついている。

ジョウは、そう思った。〈クロコダイル〉の爆発は、ガレオンの行動を楽にしてくれる。

しかし、それは誤りだった。幸運は、不運につながっていた。

紅蓮《ぐれん》の炎がガレオンを灼いた。無数の破片がエンジンを貫通する。

ガレオンは、巻きこまれた。〈クロコダイル〉の爆発に。

ガレオンの速度が落ちた。あっという間にエンジンが停止し、急制動がかかった。

ガレオンが止まる。その場に立ち往生となる。動力は無事だ。武器も使用できる。が、身動きがかなわない。方向を変えることもできない。

そこへ。

「スカラベ1とスカラベ3をキャッチ」

アルフィンが言った。悪いときには、悪いことが重なる。海賊の装甲車輌が、ガレオンを捕捉した。崖の裂け目の中にいることを察知した。二輛とも、まっすぐにガレオンのもとへと向かってきている。

「くっそぉ」

ジョウはコンソールデスクを殴った。動けないのでは射的場の的も同然である。反撃も、角度や距離が制限される。

それでも、一応、すべての武器をいつでも発射できるようにした。スカラベの位置によっては、接近してくるところをすかさず撃ちぬくことも可能だ。

が。

さすがに海賊。素人ではなかった。ガレオンに対して遮蔽物《しゃへいぶつ》となる岩塊の蔭を利用して近づいてくる。それも二輛がほぼ同時に移動し、的を絞らせない。距離が詰まる。一キロを切る。ジョウは撃てない。直接、命中させるのは不可能だ。

ミサイルの照準を、ジョウはセットした。目標を変えた。スカラベを標的とはしない。狙うのは、あれだ。

トリガーボタンを押した。五基のミサイルを発射した。ミサイルは弧を描いて飛び、崖の上部に命中した。

崖が崩れる。岩雪崩《いわなだれ》を起こす。巨大な岩の塊が地表に向かって落下する。途中で大きく跳ね、岩は迫りくる二輌のスカラベの頭上へと降りそそぐ。

「やったか？」

ジョウは、スクリーンを凝視した。アルフィンはレーダー画面を見つめている。

まずレーダー画面に光点が復活した。ふたつの明るい光点。動いている。進行方向にも、速度にも、変化はない。つづいてメインスクリーンにも、その姿が映った。ビーム兵器の砲身が見える。その先端が、はっきりとガレオンに向けられている。

「ちくしょう」

悪態をつき、ジョウは手あたり次第にトリガーボタンを押した。こうなったら、もう武器や作戦を選んでなどいられない。撃たなければ、撃たれる。撃たれたら、ガレオンはおしまいだ。逃げる手段はない。

やけくそともいえるジョウの集中攻撃は、それなりに効果をあげた。ミサイル、電磁砲、レーザー砲、熱線砲。ガレオンの搭載するすべての武器が轟然と吼えた。二輌のスカラベのそこかしこに、それらが被弾する。前面装甲が吹き飛んだ。ビーム砲も一門、蒸発させた。アンテナも破壊した。

しかし、そのどれもが致命傷ではない。

反撃がきた。二輌のスカラベがガレオンめがけて、一斉射撃を開始した。

勝負は一瞬でついた。身動きできないガレオンはあっという間に車体をずたずたに切り裂かれた。

「だめだ。こりゃ」

ジョウとアルフィンは手早くヘルメットを装着した。車体下面の脱出ハッチをひらく。クラッシュパックを背負い、ハッチから車外に飛びだす。

ガレオンから脱出するのと同時に、ふたりは全力で走った。近くに岩の塊があった。そのうしろにまわりこんだ。

ガレオンが爆発した。エンジンと燃料チューブを撃ちぬかれ、ばらばらになって吹き飛んだ。

ジョウは岩の蔭から様子をうかがった。ヘルメットのシールドを高感度モードに切り換える。

一輛の装甲車輛が視界に入った。転がる巨石を乗り越え、前進をつづけている。スカラベ3だ。その少し後方に、もう一輛がいる。スカラベ1だろう。だが、そちらはまったく動いていない。どうやら、ジョウのやけくそ攻撃で、駆動系のどこかを破損したらしい。けっこう無謀な行為だったが、やらないよりはましだったようである。

スカラベ1の上部ハッチがひらいた。そこから人影があらわれた。ジョウは人数をかぞえた。一、二、三、四人。周囲を見まわしながら、地上に降りる。もちろん武装していて、手には大型のレーザーライフルらしきものを構えている。

スカラベ3が、ガレオンの残骸の前に到達した。

## 5

四人の海賊は散開し、前進を開始した。スカラベ3はガレオンの残骸にサーチライトを浴びせかけている。

ジョウとアルフィンはクラッシュパックからバズーカ砲を取りだし、構えた。

四人が、横に大きく広がって、ジョウたちのほうに迫ってくる。

「撃っちゃうの?」

バズーカ砲の照準をセットしながら、アルフィンが、訊いた。ヘルメットに備わっている通信機を通じて、ジョウの耳に言葉が届く。

「やるのなら、四人一緒じゃないと、だめだ」ジョウは答えた。

「でないと逆襲され、こちらが追いつめられてしまう。四人一緒でさえあれば、殺す必要はない。岩の下敷きにでもして動きを止めるだけで、危機は回避できる」

「それって、むずかしいわね」

アルフィンは照準装置を上下左右に振った。まわりは巨岩だらけだ。岩雪崩を起こすための目標には事欠かない。しかし、四人いちどきとなると、工夫が要る。

「右手ななめ上だ。俺は左側の岩を撃つ。撃ったら、すぐに走って逃げろ。スカラベがくる。四人のつぎは装甲車輛を相手にしなくてはならない」

「オッケイ」ジョウの指示に、アルフィンはうなずいた。

「みんな片づけちゃいましょ」

ふたりは狙いをつけた。うろうろと歩きまわる四人の海賊たちが、岩と岩の隙間を抜けるために、ふたりずつ固まりはじめた。

タイミングをはかる。ジョウとアルフィンは、呼吸を合わせる。

いまだ。

トリガーボタンを押した。

バズーカ砲が轟然と火を噴いた。ロケット弾が射出され、岩塊に突っこんでいく。

爆発した。巨岩が裂けた。砕かれた岩が、四人の海賊の頭上に落ちる。あわてて逃げようとするが、左右の岩塊に邪魔されて、かわすことができない。

岩に打たれた。四人が、もんどりうつように倒れた。その上に、大小の岩がのしかかる。

「ダッシュ！」

ジョウが叫んだ。バズーカ砲を撃った直後に、スカラベ3が反応していた。車体の向きを変えようとしている。

アルフィンがきびすを返し、走りだした。そのうしろにジョウがつづく。

「あっちの岩蔭だ！」

ジョウは左前方を指差した。岩が密集しているところだ。人ひとりがようやく入りこめるほどの間隔をおいて、高さ数十メートルクラスの巨岩が、びっしりと立ち並んでいる。そこならば、スカラベも簡単に入りこめない。

アルフィンが岩の隘路に飛びこんだ。ジョウもあとを追おうとする。

ミサイルが爆発した。スカラベ3が撃った。ジョウのすぐ横で、巨岩が微塵に砕けた。

ジョウのからだが宙に浮いた。岩の破片がヘルメットにあたる。

ジョウは地表に背中から落ちた。回転し、上体を起こそうとする。その目の前にサーチライトが光った。スカラベ3だ。けっこう離れていたはずなのに、もうすぐそこにまできている。ビーム砲の砲塔が旋回した。砲口がジョウの胸に狙いを定めた。

「ジョウ！」

アルフィンが戻ってきた。スカラベ3めがけ、バズーカ砲を撃った。砲塔でロケット弾が炸裂した。が、装甲プレートには傷ひとつつかない。

「ちっ」

ジョウは舌打ちした。これまでだ。この状況では、逃げ場がどこにもない。

と思ったとき。

いきなり眼前で火球が広がった。

衝撃波と高熱がジョウを打ち倒す。ジョウはまた地表に転がった。仰向けにひっくり返った。

スカラベ3が炎上する。爆発し、装甲が融け崩れる。

な、なんだ？

とまどうジョウの耳に、きんきんとした大声が響いた。

「兄貴！　大丈夫かい？」

「リッキー！」

ジョウは倒れたまま、漆黒の宇宙空間に目をやった。星空の一角が黒くつぶれていた。三角形のシルエットが、そこにあった。

〈ファイター2〉。〈ミネルバ〉の搭載艇だ。

ガレオンは、二十秒ごとに〈ミネルバ〉に向けてビーコンを自動送信していた。自身の位置を知らせるためである。海賊に傍聴されたらまずいことになるが、ナノ秒単位の短い送信である。これを察知する機材を海賊は持っていない、とジョウは確信していた。

タロスがワープ機関の調整を終えたとき、ビーコンはまだ発信されていた。が、その四分後に受信不可能となった。ビーコンが途絶え、キャッチできなくなった。

ガレオンが破壊された。

タロスは、そう判断した。すでに、ひととおりの修理は完了している。あとは検査だけだ。もうリッキーの手助けは要らない。

タロスは、ジョウの支援に向かえとリッキーに命じた。リッキーは〈ファイター2〉に搭乗し、〈ミネルバ〉から飛びだした。ビーコンの最終発信地点へと向かった。そして、熱源探査で、ジョウとアルフィンを見つけた。ふたりは、海賊の装甲車輛に追いつめられていた。

ジョウがあぶない。リッキーは〈ファイター2〉を急降下させ、ミサイルを発射し、レーザー砲を撃った。

「助かったぜ。リッキー」

ジョウが言った。

リッキーはジョウとアルフィンを〈ファイター2〉に収容した。平地を探して着陸し、ふたりを迎え入れた。とはいえ、〈ファイター2〉はふたり乗りの機体である。そこに三人がむりやり入ったから、コクピットは異様に狭苦しい。その中で、リッキーがひたすらはしゃぐ。

「いやあ、これはもうやばいってんで、とにかくミサイルを発射したんだ。照準なんて、まともに合わせちゃいない。それでも命中しちゃうんだから、俺《おい》らって天才」

「リッキー、自慢のしすぎ」アルフィンがクレームをつけた。

「それ言うの、もう六回目よ」

「いーじゃないか」リッキーは反論した。

「俺らにこんなおいしい役がめぐってくるなんて、年に一度もないんだぜ。目いっぱい自慢させてくれよ。ねえ、兄貴」

「まあな」

ジョウは苦笑した。リッキーの言は、もっともである。多少は大目に見てもいい。だが、その一方でやるべきことを忘れられたのでは、困ってしまう。

「リッキーに一理ある」ジョウは言った。

「しかし、自慢の前にやっておくことがある。報告なしでいきなり帰還したら、タロスが怒るぞ」

「けっ」リッキーは鼻を鳴らした。

「ほっときゃいいんだよ。あんなやつ。でも、心配しすぎて禿《は》げちまったら、かわいそうだから、一言くらいは連絡しておいてやろう」

毒づきながら、通信機のスイッチを入れた。キヌルにはまだ海賊たちがいるはずだから、音声だけの低出力通信にした。

「〈ミネルバ〉、聞こえるかい？」マイクに向かってコールする。

「こちら〈ファイター2〉。あほタロス、返事しろ」

リッキーは応答を待った。

「…………」

何も返ってこない。

「タロス、こら。返事しねえか。タロス！」

声が荒くなる。

「…………」

やはり、反応はない。リッキーはジョウを見た。ジョウは小さくうなずいた。リッキーは通信スクリーンもオンにした。

ノイズが画面全体を覆った。何も映らない。これは、間違いなく電波妨害だ。〈ミネルバ〉は通信管制下に入っている。

ということは。

ジョウが腕を伸ばし、コンソールデスクのキーを叩いた。地表の増感映像をスクリーンに入れる。もうかなり飛んだ。〈ミネルバ〉は近い。その船影を捕捉できるはずだ。

地平線が映った。クレーターの外縁部が見えた。

「あっ」

三人が同時に声をあげた。

悲鳴にも似た叫び声である。

クレーターの上空に船影がある。

一隻ではない。何十隻という宇宙船の船影だ。その中に〈ミネルバ〉のそれはない。

海賊船の群れ。

通信が入った。しわがれた太い声が、居丈高《いたけだか》に言った。

「降りろ。でないと撃墜する」

〈ファイター2〉は、二百メートル級の海賊船に左右をはさまれるようにして降下し、〈ミネルバ〉の格納庫へと戻った。

機外にでて、操縦室に向かう。通路を全速力で駆けぬけた。

操縦席に飛びこんだ。タロスが主操縦席にすわり、腕を組んでいた。三人を見て、わずかに肩をすくめた。

「見つかったのは、いつだ？」

ジョウが訊いた。

「十分ほど前ですな」タロスは答えた。

「一気に集まってきました。応戦するとか、そういう余裕は皆無でした」

「俺たちのところにくる途中で、〈クロコダイル〉が発見したんだろう。それで仲間に連絡したんだ」

「くっそう。あとちょっとだったのに」

リッキーが言った。

電子音が鳴った。通信の呼びだし音だ。

「どうします？」タロスがジョウに視線を向けた。

「でますか？」

「交渉してやろう」ジョウは言った。

「こうなったら駆け引きしかない」

タロスが通信機をオンにした。スクリーンに相手の顔が大きく映った。

「！」

ジョウが息を呑んだ。いや、ジョウだけではない。タロスもリッキーも硬直し、言葉を失った。

「おまえか？」

叫ぶように、ジョウが言った。

スクリーンの中の相手が、笑いだした。けたたましい哄笑だった。

「こっ、これは奇遇だぜ」爆笑しながら、相手は言う。

「まさか、ここにきて、てめえと会えるとは思っていなかった」

腹をかかえて、のたうつ。

顔の半分を覆う黒いひげ。額から左頬に達する深い傷痕。軍帽に似た赤い帽子を目深にかぶっている。

ドメニコ・ザ・ブルーザーだ。

「まいったな」ジョウも苦笑いするしかない。

「俺も、またその生傷を目にするとは予想だにしていなかったぜ」

「これも宇宙をしろしめす神々のおぼしめしってやつだよ。クラッシャージョウ」

「なんとでも言え」ジョウはなげやりに応じた。

「俺だとわかって、どうする？　集中攻撃で叩きつぶすか？」

「乗ってるのがおまえじゃなかったら、とっくにそうしている」ブルーザーは心底楽しそうに言った。

「だが、相手がおまえとなると、話はべつだ。ここでガスにしちまったりはしない。俺っちの星にきてもらう」

「第四惑星だな」

「四？　いや、違う、あれじゃねえ。第五惑星のニフルヘイムが俺たち海賊の根城になっている。そこへ連れていって、おまえたちを海賊裁判にかける」

「裁判ねえ」

「ああ、おもしろそうだろ」

ブルーザーはまた大声で笑った。

「…………」

ジョウは少しもおもしろくない。

「とりあえず、武装解除して待っていろ」ブルーザーは言葉をつづけた。

「すぐに操船要員をそっちに送る。拒否はできない」

「俺たちが操縦したほうがたしかだぜ」

「そうはいかん」ブルーザーは首を横に振った。

「この前みたいなことは願い下げだ。全部、こちらで仕切らせてもらう。じゃあな」

ブルーザーが手を振り、通信が消えた。スクリーンがブラックアウトした。

「八つ裂きにする気かな」タロスが言った。

「海賊がふつうの死刑を執行するとは、思えない」

「あたし、マストに吊すっての、聞いたことがあるわ」

アルフィンが言った。

「ああ、やだやだ」リッキーが嘆いた。

「こんなこと、真面目に話題にしている」

海賊の操船要員がきた。全部で九人だった。ジョウたちはレイガンもビームライフルも取りあげられ、それぞれの船室に監禁された。

〈ミネルバ〉が離陸する。キヌルを離れ、ニフルヘイムに向かう。

六十二隻の海賊船に、〈ミネルバ〉は包囲されていた。

## 6

ニフルヘイムは青い海と緑の植物に恵まれた美しい惑星だった。知らない目にはとても海賊のアジトとは思えない。観光開発企業に見せたら、喜んで大富豪向きの保養地に仕立てあげることだろう。

〈ミネルバ〉はニフルヘイムのケルク宇宙港に着陸した。小ぶりな大陸の湾岸に建設された宇宙港である。ニフルヘイムの衛星軌道まで同行していた六十二隻の海賊船のほとんどは軌道上から第四惑星に向けて離脱していき、〈ミネルバ〉とともにケルク宇宙港に降りたのは、ドメニコ・ザ・ブルーザーが乗る三百メートル級の宇宙船、〈アケロン〉だけであった。

ジョウたちは〈ミネルバ〉から下船し、大型のエアカーに乗せられた。もちろん、気絶していたダブラスも一緒である。ダブラスは、海賊船のドクターによる治療を受け、ニフルヘイムへの着陸直前に意識を取り戻していた。我に返り、大きく変貌していた状況を知ったダブラスは、混乱して一騒動を起こした。

大型エアカーが海岸沿いのハイウェイを疾駆する。ドライバーのほかに、監視役の海賊が三人、同乗した。しかし、ジョウたちに行動上での制限は加えなかった。電磁手錠もかけない。そのかわり、手にしたレイガンでジョウひとりを狙っている。誰かが何かをしたら、チームリーダーを射殺する。そういう意味だ。これでは、タロスもリッキーもおとなしくするほかはない。

窓外に流れる景色を、ジョウはじっくりと堪能した。驚いたことに、海賊のアジトは、立派な都市であった。それもリゾート地のそれのように設計されている。三階建て以下の瀟洒《しょうしゃ》な建物が、広い庭を隔てて、よく手入れされた緑地の中に点在している。

「目を疑うぜ」つぶやくように、ジョウは言った。

「海賊ってのは、こんなに優雅な連中だったのか」

ジョウの想像にあったのは、暗い、重武装された要塞のイメージである。が、この町にそういうところはひとつもない。

「海賊といったって、しょせんは人間でさあ」タロスが言った。

「それなりの暮らしをしたい。家に戻ってきたときは、のんびりと自分の時間を過ごしたい。そういうことですな。それにこういう町なら、万が一、連合宇宙軍に踏みこまれても、まさか海賊のアジトそのものとは思われない。いろいろと考えているんでしょう」

　ハイウェイから、エアカーが降りた。まっすぐな道路に入った。その正面に、堂々たる白亜の建物が聳え立っている。宮殿や議事堂のような意匠だ。蒼空の下、陽光を浴びて、純白の外壁が燦然《さんぜん》と輝いている。

　エアカーがロータリーをまわり、その建物の玄関で停止した。

　ドアがひらく。監視役の海賊にうながされ、ジョウたちは車外にでた。建物の中から、ブルーザーがあらわれた。ジョウたちの前に立った。

「裁判所かい？　こいつは」

　ジョウが訊いた。

「違う」ブルーザーはかぶりを振った。

「海賊評議会の議事堂だ」

「議事堂？　何をやるんだ。俺たちの歓迎パーティか？」

「おめえらの運命を決めるのさ」ブルーザーは答えた。

「評議員がクラッシャージョウとそのチームメンバーをどう始末するか、その決定を下す」

「なんだ」ジョウは肩をそびやかした。

「だったら、裁判じゃないか」

「ちっちっちっ」ブルーザーは舌を鳴らした。「裁判と評議会は、まるで別物だ。中へ入んな。じっくりと説明してやる」

ブルーザーがあごをしゃくった。きびすを返し、議事堂の奥へと進みはじめた。ジョウたちは互いに顔を見合わせ、それからそのあとにつづいてあるきだした。

階段を登り、巨大な扉をくぐる。入るとすぐに大ホールが広がった。ホールを抜け、広い廊下を行く。

一室に通された。定員二十人くらいの会議室といった感じの部屋だった。中央に大テーブルがあり、そのまわりに椅子がずらりと並んでいる。豪華な調度だ。部屋も壮麗に飾られている。

「評議員がお茶を楽しむ部屋ってやつだな」ブルーザーが言った。

「接客にも使う。ま、適当にすわってくんな」

椅子を示した。ジョウたちは、席に着いた。ダブラスひとりが、少し離れた椅子を選んだ。監視役の海賊たちが、さりげなく背後に控えている。もちろん、レイガンは抜いたままだ。

「いいか、ジョウ」一息おいて、ブルーザーが口をひらいた。

「宇宙海賊の組織はひとつじゃない。いくつかに分かれている。まず、それを知っておいてもらいたい」

「…………」

「組織は、それぞれが二万から五万人もの構成員をかかえている。そして、言うまでもないことだが、それぞれに縄張りを持っている」

「すげえ人数」

　リッキーが目を丸くした。

「組織の数は？」

　ジョウが訊いた。

「七つだ」ブルーザーは即答した。

「俺が世話になっている組織は、配下が三万五千。中堅どころだな。縄張りはここら一帯ということになっている」

「けっこういい組織にくっついていたんだ」

　タロスが言った。わざとらしく、びっくりしたような表情をつくっている。

「組織の名前は？」

　ジョウが問いを重ねた。

「組織には、大ボスがいる。評議会の用語で言えば、盟主だ。ボスの中のボス。組織には、その盟主の名前が冠される。俺の盟主は皆殺しダンカンだから、組織の名はダンカン・パイレーツだ」

「かっこいい」

リッキーが言った。

「馬鹿」

アルフィンがリッキーの頭を殴った。

「盟主の下には、評議員がいる」ブルーザーは説明をつづけた。

「組織の規模にもよるが一組織につき、二十人から三十人くらいだ。その評議員が艦隊を指揮して、縄張り内の諸宙域を管理する」

「海賊行為を働くってことね」

アルフィンが鋭く言った。

「そういうこと」ブルーザーはにっと笑い、うなずいた。

「前にも言ったはずだが、俺はフォーマルハウト周辺を預かっているダンカン・パイレーツ所属の評議員だ。評議員と盟主は、評議会の構成員を兼ねている。国家組織にたとえると、七人の盟主が閣僚だ。評議員は国会議員ということになる」

「大統領や首相なんかはいないの？」

「盟主のひとりが、まわりもちで評議会議長をつとめる。その議長が元首の代わりだ。評議会は組織全体の最高議決機関で、何もかもが評議会で決められる。評議会で決まったら、それで終わりだ。一度決まったことには、どの組織も逆らえない。掟も、縄張りの場所や範囲も」

「評議会がやることって、それだけ？」

「不始末をしでかした評議員の弾劾《だんがい》というのもある」

「ははーん」タロスが言った。

「少し読めてきたぞ」

「評議員の弾劾はうんざりする代物だ」タロスの反応を、ブルーザーは無視した。

「当事者になったら、最悪としか言いようがない。人生が真っ暗になる。これに呼ばれたやつは、なぜそんな不始末をしでかしたのか、指揮や判断に誤りがなかったのかなんてことを証人付きでくどくどと弁明しなければならない」

「俺たちはその証人なんだろ」タロスが言を継いだ。

「あんたが、不始末をしでかした。それで証人が必要になった。そういうことじゃないのか」

「ブルーザーって、なんか不始末をやったのかい？」

リッキーがとぼけた質問を放った。

「ぬかせ」ブルーザーの顔が赤黒くなる。

「〈アレナクイーン〉の一件だ」

「あれが、不始末なのか」ジョウが言った。

「ちょっと信じられないな。あの指揮ぶりはみごとだったぜ。とくに、俺たちを艦橋に招いたあたりは秀逸《しゅういつ》だった。太っ腹としか、言いようがない」

「そういうせりふ、ここでは無用だ」ブルーザーはジョウを睨みつけた。

「証言は評議会でやってもらおう」

「あんたに有利な証言をしたら、〈ミネルバ〉ごと解放してくれるとか、そういうおいしい話があるのかな？」

「ない」ブルーザーはきっぱりと言った。

「証言がすんだら、てめえら全員、ぶち殺す。これはもう変わらない」

「…………」

「覚えておけ。よけいな希望は持つな。死ぬ前に、ちょいとだけ、俺の役に立ってもらう。それがおまえらに残された、唯一の仕事だ」

電子音が鳴った。ブルーザーはテーブルの上にてのひらをかざした。テーブルの一角が割れ、そこにコンソールパネルが起きあがった。

「評議会がはじまります」

声が流れた。

「わかった」

ブルーザーは短く答えた。

「てことだ」椅子から立ちあがり、ジョウたち五人の顔をブルーザーは見た。

「ついてきな」

六人が、ひとかたまりになって廊下にでた。最後尾に、ぴったりと監視役の海賊がつく。

しばらく廊下を進んだ。角をいくつか折れた。

巨大な扉が、忽然《こつぜん》と出現した。廊下の突きあたりだった。

ブルーザーが前に立つと、扉がゆっくりとひらいた。観音開きで、奥に向かってひらく。ひらききるのを待ち、六人は中に入った。眼前に、議場が大きく広がった。

議場の中央は広いフロアになっていた。フロアの左右には座席が階段状にしつらえられている。評議員の席だ。すでに、席はすべて埋まっている。評議員の目が、ブルーザーと、そのうしろにつづくジョウたちを射抜くように見据えた。

ブルーザーはまっすぐに歩を運んだ。通路の真正面に、議長席がある。ひときわ高い台座の上に、黄金の椅子とコンソールデスクが置かれ、椅子に議長が腰をおろしている。でっぷりと太った大男だ。肌の色が浅黒く、頭をつるつるに剃《そ》りあげている。双眸が、糸のように細い。

皆殺しダンカン。

ダンカン・パイレーツの盟主である。

# 7

評議会がはじまった。

最初に皆殺しダンカンが開会を宣言した。圧《お》し殺したようなかすれ声が議場に低く響いた。地獄の番犬もかくやという悪声である。

つぎに、評議員のひとりが立ちあがった。今回の議題を高らかに告知する。ドメニコ・ザ・ブルーザーの〈アレナクイーン〉襲撃における云々《うんぬん》と言っているのが、聞こえる。ジョウは視線をめぐらし、ブルーザーの様子をうかがった。ブルーザーは直立して、議題を拝聴している。顔色が悪い。蒼《あお》ざめていて、額に汗を浮かべている。こうなると、〝生傷男〟も哀れなものである。

議題告知が終わった。ブルーザーの名が呼ばれた。議長席の前に、証言者用の演壇がある。ブルーザーはそこに進み、口をひらいた。

「今回の件、俺の判断に狂いはまったくなかった」

と、ブルーザーは切りだした。それから、クラッシャージョウのチームが、クラッシャーの中でもいかに高く評価されているのかを話し、かれらを仲間に引き入れるためにとったやむを得ない処置が、結果として襲撃を失敗に導いたと主張した。つまり、〈アレナクイーン〉の襲撃ミスは不可抗力だったと訴えたのである。

ちょっとおもはゆいな。

ジョウは内心で苦笑した。このあと証言台に立つのはジョウ自身である。ジョウは、ブルーザーを徹底的に糾弾するつもりでいた。当然である。証言がすんだら殺すと言っている男を支援する道理は、どこにもない。だが、ここまで自分を持ちあげてくれている相手をこきおろすのは、ややうしろめたい感じもする。そこらあたりが、ブルーザーの狙いなのだろう。なかなかに芸が細かい。

ジョウの名が呼ばれた。ジョウは証言台に向かった。すでに話す内容は完全に組みあがっている。堂々たる大演説だ。議場を大いに沸《わ》かすことは間違いない。

しかし。

そのジョウの練りに練った演説は、ついにおこなうことができなかった。

ダブラスのせいだった。ダブラスが、とつぜんジョウを押しのけ、前にでた。演壇に駆け寄り、叫び声をあげた。

「聞いてくれ！　わたしはタラオの産業大臣、ダブラスだ」

声が議長の耳に届いた。皆殺しダンカンがわずかにおもてをあげた。その目が妖しく炯《ひか》る。

「どけっ」

議場の衛視が飛んできた。ダブラスを演壇から引きずりおろそうとした。ダンカンが右腕を挙げ、それを横に振った。衛視は直立し、一礼してうしろに下がった。

「話せ。ダブラス」

ダンカンが言った。

「あ、ああ」

ダブラスはうなずき、正面に向き直った。あらためて、言葉を発した。

「わたしに有益な提案があります」

ダブラスは語った。ベラサンテラ獣の生存危機のこと、ガムルと交配させようとしていること、そのためにクラッシャーを雇ったこと、密輸商社ガルデンシュタット社との関係のこと、それらの話を一気にしゃべった。

議場の空気がざわついた。いならぶ評議員たちは、最初はダブラスに関心を抱いていなかった。どうせくだくだと命乞いするだけだと思っていた。が、その予想は外れた。ダブラスは本当に金になりそうな提案を持っていた。

「タナールを制するものは、銀河系を制します」ダブラスは高らかに宣した。

「わたしを宇宙海賊の一員に加えてください。そうすれば、ミランデルで待っているガムルのもとへベラサンテラ獣を連れていき、あらたに発生するタナールの権益のすべてを皆殺しダンカンに献上いたします」

おおという感嘆の声が議場に響いた。もうドメニコ・ザ・ブルーザーの弾劾《だんがい》などどうでもいい。クラッシャーの処分もあとまわしだ。タナールの権益を独占できると聞いて触手を動かさない者など、どこにもいない。

評議会は中断され、すべての議題の審議は無期延期となった。ジョウたち四人は衛視に連れられ、議事堂の外へとだされた。また大型エアカーに乗せられ、どこかに運ばれる。きたときとの違いは、ダブラスがいないことだ。ダブラスは議場に残った。

大型エアカーは、町の郊外に向かい、一軒の家の前で停まった。小さな民家だ。そこで四人は降ろされ、家の中へと入れられた。白い瀟洒な造りのきれいな家だが、雰囲気が少し違う。その違いがどこにあるのかを、屋内に入って、ジョウたちは知った。ドアが二重の合金製で、窓に電磁シールドが張られている。牢獄だ。これは。見栄《みば》えのいい獄舎《ごくしゃ》である。

四人は、その家に監禁された。そして、なんの音沙汰もないままに、三日が過ぎた。長い三日だった。

四日目の午後になった。

いきなり、ひとりの男が来訪した。

ドメニコ・ザ・ブルーザーである。

「よう。元気かい」

そう言いながら、ブルーザーは忽然とあらわれた。

「あんたか」

四人は、リビングルームにいた。やることがないので、昼間はいつも、そこに集まって雑談をしている。そこへブルーザーはずかずかと踏みこんできた。

「元気そうじゃねえか」

ブルーザーは声をあげて笑った。

「なんの用だ？」

ジョウが訊いた。

「用ってほどのことではない」ブルーザーは答えた。

「ミランデルに行くことになったので、報告にきた。黙って行っちまうってのは礼儀に反することだからな」

「それはまた、ご親切に」

タロスが肩をすくめた。

「あたしたちの処分が決まったの？」

アルフィンが訊いた。

「残念ながら、まだだ」ブルーザーは、本当に残念そうに言葉を返した。

「おまえらの処分は、俺たちがミランデルから帰ってからということになった。実は、ベラサンテラ獣の件で、俺の首があっさりとつながっちまったんだ。そうなると、また少し欲がわく。ジョウ、おまえの腕が惜しくなる」

「勝手なやつだ」

「そう言うなよ」ブルーザーはにやにやと笑った。

「実際の話、おまえだって死にたくはねえ。そうだろ？」

「…………」

「ベラサンテラ獣は、〈ミネルバ〉から降ろした」ブルーザーは窓外を示すようにあごをしゃくった。その先には、ケルク宇宙港がある。

「たいへんだったぞ。あのぽんこつから飼育ケースを外すって作業」

「まさか、俺の船に手荒なまねをしたんじゃないだろうな」

ジョウが言った。睨むように、ブルーザーを見据えた。

「大丈夫だよ」ブルーザーの口もとがまた大きくゆるんだ。

「あんなぽんこつ、何をしてもあれ以上ぼろにはならねえ」

「その言いぐさ、いい度胸だな」

タロスが指を組み、関節をぽきぽきと鳴らした。全身に殺気が湧きあがっている。

「冗談だよ。冗談」ブルーザーはうろたえた。生傷男でも、タロスは怖い。

「〈ミネルバ〉はちゃんとしている。動力も無事で、飛行可能だ。飼育ケースを外すときにメインテナンスもやった。ワープ機関もチェックした」

「本当だろうな」

身を乗りだして、タロスがブルーザーに迫る。

「本当だ。天に誓う」

ブルーザーは向きを変え、窓にからだを近づけた。大仰に天を仰ぎ、胸に手をあてる。

と。

そこで動きが止まった。

全身が凍りついたように、硬直した。

ジョウの表情に不審の色が浮かんだ。

「どうした？」

ブルーザーの唇が、わなわなと震えている。目が大きく見ひらかれ、顔に血の気がない。

「何かきたの？」

アルフィンが窓際に進んだ。電磁シールドごしに外を覗き見た。

「！」

アルフィンの頬がひきつった。

彼女が目にしたのは、青い空に白い雲といういつもの景色ではなかった。空が暗い。

コバルトブルーが、濃いネイビーブルーに変色している。

あれは……。

「船だ。無数の船だ！」

ブルーザーが大声を張りあげた。悲鳴にも似た絶叫だった。

宇宙船がいる。ニフルヘイムの上空に。それも、ふつうの船ではない。巨大な船だ。

ネイビーブルーに塗られた大型の戦闘艦である。

ネイビーブルーの戦闘艦は。

「嘘だろ！」アルフィンの背後に立ったジョウが叫んだ。

「ありゃ、連合宇宙軍の大艦隊だ」

嘘だろとジョウが叫んだとき。

攻撃はすでにはじまっていた。

宇宙海賊は、宇宙に進出した人類にとって、最大の憎むべき敵である。宇宙海賊相手にのみ許されている無差別攻撃が、その人類の決意をはっきりと示している。

連合宇宙軍の艦隊はとつじょとしてニフルヘイムに飛来した。軌道上から一気に降下し、攻撃を開始した。警告や呼びかけなどはいっさいない。完全な不意打ちである。

美しかったニフルヘイムは、あっという間に廃墟と化した。その戦法は、絨緞《じゅうたん》爆撃にも等しい、熾烈《しれつ》な重火器攻撃である。ブラスターの火球が束になって地表に降りそそぐ。ミサイルも容赦《ようしゃ》なく叩きこまれる。

一基のミサイルが、ジョウのいる家をかすめた。ミサイルは庭に突き刺さり、爆発した。家の半分が吹き飛び、瓦礫《がれき》となった。

もうもうと白煙が立ちこめる。

崩れ落ちた壁や天井の下に、ジョウたちは埋もれていた。

「邪魔だ！」

それをタロスが跳ね飛ばした。牢獄がわりの家は、他の海賊たちの住居よりも頑丈にできていた。それが、かれらに幸いした。爆風に直撃されなかった場所は、原形を保った。ジョウたちは、そこにいた。

「みんな、いるか？」

ジョウが訊いた。タロスも、リッキーも、アルフィンも無事だ。しかし、ブルーザーの姿がない。どうやら、さっさと屋外に飛びだして、議事堂に急行したらしい。

「どうします？」

タロスがジョウを見た。町が炎上している。視界を炎が覆っている。

「宇宙港だ」ジョウは言った。

「宇宙港に行く。〈ミネルバ〉を取り戻す」

「宇宙港って、もうやられちゃったんじゃないの？」

泣きそうな顔でリッキーが言う。たしかにそうだ。こういう奇襲では、宇宙港が真っ先に標的にされる。

「行ってみなきゃ、わからねえ」

タロスが言った。これもまた、そのとおりだ。

道路に放置されていたエアカーを拝借し、ジョウたちはケルク宇宙港に向かった。ときおり艦隊の搭載機が舞い降りてきて、地上掃射をする。それをかわして、ジョウは全速力でエアカーを走らせた。

宇宙港に着いた。町同様、炎上している。炎を突っきり、ジョウはエアカーを滑走路に突っこませた。

〈ミネルバ〉はどこか？　必死でその姿を探す。

いた。滑走路の外れだ。他の海賊船とはべつにされ、〈ミネルバ〉は一隻だけ宇宙港の隅にひっそりと置かれている。それが逆に幸いした。連合宇宙軍の攻撃を免れた。

「ツキが残ってますな」

タロスが言った。

滑走路を横切り、ジョウはエアカーを〈ミネルバ〉のハッチ下につけた。

すぐに乗船する。飛び立てるかどうかはわからない。だが、ブルーザーは飛べると言った。いまはそれを信じるほかはない。

操縦室に入った。座席に着き、即座にメインエンジンを始動する。

動いた。エンジンが力強く咆哮《ほうこう》した。

「行けますぜ」

タロスがうなずいた。

〈ミネルバ〉を発進させた。滑走はしない。推力を最大にして、強引に垂直離陸させる。

「右前方から宇宙船！」アルフィンが言った。

「四百メートル級の巡洋艦。一隻だけ。まっすぐにこちらをめざしてる」

交信要求がきた。迫りつつある巡洋艦からだ。

「俺たちは海賊じゃない」ジョウは通信スクリーンをオンにした。

「宇宙軍に教えてやる」

映像が広がった。男の顔が映った。軍人だ。制服を着こみ、軍帽をかぶっている。

「あっ」

その顔を見て、ジョウは愕然《がくぜん》となった。

「くそ海賊野郎。久しぶりだな」軍人は言った。

「すぐに降伏しろ。でないと、吹き飛ばす。ガスに変えてやる」

「コワルスキー」

ジョウは言った。声がかすれ、少し裏返った。
巡洋艦は〈コルドバ〉だった。

# 第五章　ミランデル

## 1

　遭遇したのは、最悪の相手だった。コワルスキーでは、何を言ってもまったく信じてもらえない。それははっきりしている。だが、ジョウは必死に弁明した。

「だから、俺たちは海賊じゃないんだ。クラッシャーだ」

「黙れ。黙れ。黙れ！」コワルスキーはジョウの声をさえぎった。

「往生際の悪い野郎だ。そんな言い訳は通じない。わしらはきさまの船を追って、ここへきた。わかるか。この海賊の星にきたのだ。もしも、きさまらがクラッシャーだというのなら、わしらはクラッシャーの星、アラミスに着く。だが、そうはならなかった。これこそ動かぬ証拠だ」

　勝ち誇ったように怒鳴る。

「誤解だ。それは——」

「ええい、うるさい！　わしは〈アレナクイーン〉のオースチン船長からも事情聴取した。船長は、きさまらが海賊船に乗り組んでいたと証言している」

「俺たちは海賊と戦って、〈アレナクイーン〉を救ったんだぞ」

ジョウは反駁《はんばく》した。

「おおかた戦利品の分配か何かで仲間割れをしたんだろう」コワルスキーは鼻先で嗤《わら》った。

「そもそも、きさまらはタラオの親善使節に変装した女スパイを〈アレナクイーン〉に潜入させていた。タラオ政府に問い合わせたが、政府はそのような使節を派遣した覚えはないと言っている。不敵なまねだ。クラッシャーがこんなことをするか。するのは、豪華船襲撃を企んでいた海賊だけだ」

「く……」

ジョウは言葉を失った。あらゆる状況が、すべて裏目にでている。これでは説得するすべがない。しかし、ここで言い負かされてしまっては、おしまいだ。海賊ということで戦闘艦の一斉攻撃を浴びる。なんとかして、反撃しなければならない。

「どうやら、ごまかしきれなくなったようだな」コワルスキーが冷たく言葉を放った。

「こうなれば、降伏するか、あくまでも抵抗するか、ふたつにひとつだ。どちらかを選べ。それによって、わしはつぎの命令を下す」

「待ってくれ。コワルスキー」ジョウが叫んだ。

「あのときのことを思いだしてくれ。あんたと俺が派手なチェイスをやらかしたときのことだ」

「あほう」コワルスキーの顔が大きく歪んだ。

「思いだせだと。あの不快な一件を。きさま、徹底的に自分の立場を悪くしたいようだな」

「そうじゃない！」ジョウは必死で言葉をつないだ。

「あのとき、俺は〈コルドバ〉を攻撃しなかった。そのことを思いだしてほしいんだ」

「ふざけるな！」コワルスキーが爆発した。

「あれは生涯の屈辱だ。あのおかげで、わしは連合宇宙軍のいい笑いものになった。わしがここまできさまを追ってきたのは、その恥をそそぐためだ。それ以外に目的はない」

「あれは海賊のやり方じゃなかった！」

ジョウが絶叫する。コワルスキーの声を吹き飛ばす。

「…………」

コワルスキーは一瞬、気を呑まれた。そこを見逃さず、ジョウは一気にたたみかけた。

「海賊はあとに禍《わざわい》の種を残すようなことはしない。敵を生かして帰したりはしない。優位に立った戦いを放棄する海賊はいない。コワルスキー、よく考えろ。あのとき、おまえにとどめを刺せば、俺たちはこんな目に遭《あ》うことはなかった。だが、俺たちはそれをしなかった。そのおかげで、おまえはここまでくることができた。違うか？」

「そりゃあ……中には毛色の変わった海賊だって……いることもあるだろう」

コワルスキーはしどろもどろに答えた。なまじトップクラスの軍人だけに、ジョウの言っていることの意味がよく理解できる。それが海賊として、いかに非常識な行動であったのかが、はっきりとわかる。

ここだ、とジョウは思った。ここで一気に追いつめれば、コワルスキーは納得する。ジョウが海賊の仲間でないことを確実に認める。

が。

その先はつづけられなかった。予想外の邪魔が入った。

全艦隊への非常呼集だ。

けたたましい電子音が、コワルスキーを呼びだした。コワルスキーは電子音を聞き、いきなり通信を切った。説明は何もない。しかし、それが非常呼集が入ったことによる処置であることをジョウは察知した。

「傍受」

ジョウはタロスに向かって言った。

「了解」

タロスが通信機を操作した。宇宙軍の艦隊通信を傍受する。暗号化されているが、それも解除してしまう。ベテランのクラッシャーなら、簡単にできる。

通信スクリーンに映像が浮かびあがった。人の姿だ。コワルスキーではない。連合宇宙軍第八艦隊司令長官、オコンネル中将である。

「全艦隊に告ぐ」オコンネルは言った。

「海賊が反攻を開始した。侮りがたい、強大な戦力である。全艦隊はただちに現在の作戦行動を中止し、惑星軌道二四八〇三五、セクター一九七Bに集結せよ」

映像が変わった。惑星がひとつ、映った。銀色に輝く惑星だ。第四惑星。ジョウの脳裏に苦い記憶が甦る。あの星から海賊たちの大艦隊があらわれた。〈ミネルバ〉は激しい攻撃を浴び、捕獲された。そして、ジョウたちはニフルヘイムに連行され、屈辱の日日を送ることになった。

「あれが敵戦力だ」

オコンネルの声が言った。

ジョウたちは瞳を凝《こ》らした。じっくりと第四惑星を凝視した。どこか、おかしい。だが、どこがおかしいのかが判然としない。

「あっ」リッキーが声をあげた。

「この星、動いている」

「なんだと？」

タロスが腰を浮かせた。

リッキーの言葉は事実だった。それがすぐ、ジョウにもわかった。リッキーの言葉に驚いたタロスが、スクリーンに三次元座標のラインを重ねたからだ。たしかに第四惑星は本来の恒星周回軌道から離脱し、移動をはじめている。

「通常の惑星ではない。海賊の巨大要塞だ」オコンネルは言を継いだ。

「繰り返す。全艦隊は、至急、惑星軌道二四八〇三五、セクター一九七Bに集結せよ」

画面がコワルスキーの顔に変わった。〈コルドバ〉が勝手に通信チャンネルを制御した。

「命びろいしたな偽《にせ》クラッシャー」怒りの表情をあらわにして、コワルスキーは言った。

「しかし、あのこけおどかしのはりぼてを片づけたら、つぎはきさまらの番だ。絶対に逃がしはしない」

「コワルスキー」ジョウは叫んだ。

「俺も行くぞ」

「なんだと？」意外な言葉に、コワルスキーは驚愕した。

「きさま、仲間の反撃を見て、追撃する気になったな」

「違う」ジョウはかぶりを振った。

「俺も、あの要塞惑星の攻撃に参加するんだ。口じゃなく、行動で、俺が海賊ではないことを証明してやる」

「ほざけ」コワルスキーはせせら笑った。

「うまいことを言って、わしらに不意打ちを食らわすつもりだろう。そうはいかん」

「いいから、一度だけ機会を与えろ。コワルスキー」ジョウはつづけた。

「その上でなら、どういう判断を下されても、俺は得心する。文句は言わない」

「ふむ」

ジョウの気魄《きはく》に押され、コワルスキーは口をつぐんだ。

しばし、黙考する。

「よかろう」ややあって、言った。

「そこまで言うのなら、望みどおり様子を見てやる。ただし、少しでもおかしな素振りを見せたら、容赦はしない。即座にミサイル、ブラスターを叩きこむ。もちろん、警告抜きだ」

「ありがたい」ジョウはうなずいた。

「決断に感謝する。俺の予想どおりだと、あの惑星はただものじゃない」

「けっ」コワルスキーはそっぽを向いた。

「よく言うわい。もともと正体は知っているくせに。――だが、まあいい。約束は約束だ。しばらく自由にしてやる。何を企んでいるのか、じっくりと見させてもらう」

通信が切れた。スクリーンがブラックアウトした。

「なんだよ、兄貴」交信終了と同時に、リッキーがクレームをつけた。

「どうして、あいつらだけ第四惑星に行かせて、俺《おい》らたちはさっさと逃げちまわないいんだ？　このままだと、何をやってみせても、あいつは俺たちを吹き飛ばすぜ」

「ベラサンテラ獣はどうする？　リッキー」ジョウは逆に質問を返した。

「捨てちまうのか？」

「いや、そうは言わないけど……」

リッキーはうろたえた。そのことは完全に失念していた。

「奪われたベラサンテラ獣は、ニフルヘイムから、あの要塞惑星に移されたと俺は見ている」ジョウは言った。

「ニフルヘイムが連合宇宙軍の総攻撃で全滅したとしてもベラサンテラ獣さえいれば、組織はすぐに再興できる。だから、ベラサンテラ獣は、絶対にあそこにいる。いいか、考えてもみろ。俺たちがベラサンテラ獣を捨てたら、どうなる。フォン・ドミネートは、俺たちに仕事を依頼したと証言してくれるか。俺たちのために、連合宇宙軍に抗弁してくれると思うか」

「…………」

「それは、ありえない。そうなったら、俺たちは一生、お尋ね者だ。宇宙海賊として、銀河系全域に指名手配される。となれば、連合宇宙軍だけでなく、クラッシャー評議会も懸賞金をつけて、俺たちを捕まえようとするだろう。海賊になった俺たちはクラッシャーの恥だ。自分たちの手で処断しようとする」

「…………」

「わかったか」ジョウはリッキーを見た。

「何があっても、俺たちはベラサンテラ獣を取り戻さなくてはならない。それが、俺たちの運命を左右する」

ジョウは正面に向き直った。首をめぐらし、今度はタロスに視線を向けた。

「そういうことだ。タロス。よろしく頼むぜ」

鋭く言った。

「やってみましょう」

にっと笑い、タロスは操縦レバーを握った。

〈ミネルバ〉と〈コルドバ〉がニフルヘイムの衛星軌道を離脱した。艦隊の集結地点へと針路をとった。

## 2

連合宇宙軍第八艦隊と要塞惑星が宇宙空間で対峙《たいじ》した。

第八艦隊の戦力は、宇宙戦艦、巡洋艦、宇宙母艦を併せて全百二十一隻に及ぶ。その内訳は、八百メートル級宇宙戦艦が十二隻、五百メートル級宇宙戦艦が三十一隻、四百メートル級重巡洋艦が十八隻、三百メートル級軽巡洋艦が四十二隻、六百メートル級宇宙空母が十八隻というすさまじさだ。しかも、宇宙空母は各艦が五十機前後の宇宙戦闘機、爆撃機を搭載しており、そのほかに宇宙戦艦の付属艦船として、百メートル級の駆逐艦も十五隻、艦隊に同道している。そして、員数外という形で、クラッシャージョウの〈ミネルバ〉が艦隊最後尾につく。

本格的な戦闘はまだはじまっていなかったが、すでに第八艦隊は微少ながらも損害を蒙《こうむ》っていた。

五百メートル級の宇宙戦艦二隻と、駆逐艦二隻、それと、偵察を兼ねて派遣した十四機の宇宙戦闘機が要塞惑星の攻撃によって完全に破壊された。宇宙戦艦と駆逐艦は動きだした要塞惑星に不意を衝《つ》かれ、宇宙戦闘機はその被害確認に向かったところを迎撃された。戦闘機編隊は距離一千キロまで接近したときにレーザー斉射を浴び、全滅した。

編隊は要塞惑星からの攻撃を感知し、緊急反転しようとしたが、間に合わなかった。想像を絶する大出力である。

第八艦隊の旗艦は〈サラトガ〉といった。八百メートル級の宇宙戦艦だ。

その〈サラトガ〉の第一艦橋で、オコンネル中将は息荒く、鼻を鳴らしていた。これは不機嫌の兆候である。原因はいうまでもない。海賊軍の要塞惑星だ。その正体がまったくつかめていない。

要塞惑星の直径は、およそ四千キロほどであった。惑星としては、かなり小さい。惑星表面は、銀色の特殊金属で隈《くま》なく覆われている。だが、磨《みが》きあげられたようになめらかというわけではない。それは観測によって明らかである。表面には、さまざまな機関や装置が露出している。中でもとくに目立つのが無数に存在しているロケットの噴射ノズルだ。それが惑星の推進機関となっている。もっとも大きなノズルの群れは、赤道に集中しているが、どうやらそれが惑星のメインノズルらしい。そのノズルは、要塞惑星が移動を開始してから、ずうっと間断なく噴射しつづけている。

群れになっているのは、ノズルだけではなかった。ブラスターや電磁砲の砲塔も、やはり、数百基を一単位として、惑星表面のそこかしこに設置されている。集積砲塔とでも呼ぼうか。接近した宇宙戦闘機の編隊を瞬時に消滅させたのも、この砲塔群である。数百門ものレーザー砲塔のビームをひとつにまとめて放出させ、あの超高出力を得た。

しかし、その砲塔には不思議なことがひとつあった。砲塔群が、どれもノズル群のすぐ脇にあるということだ。動力源が共通化されているのだろうか。このあたりに、要塞惑星の構造の謎が隠されているような気がする。

「問題はそこだ。こいつの構造だ」

オコンネル中将は、つぶやいた。完全な人工惑星なのか、そうでないのかが、どうしてもわからない。それでずうっと悩んでいる。惑星を要塞に仕立てあげるのは、現在の惑星改造技術を用いれば、造作もない。が、わざわざそうしたところで、戦力としての価値は極めて低い。核が本物の惑星であるのなら、それを攻撃し、破壊するのはむしろ容易だ。分子爆弾を一発射ちこめば、それでかたがつく。分子爆弾は惑星の中心部へともぐっていき、コアの内部で作動して要塞惑星をかけらひとつ残さずにガス化してしまう。

要塞惑星が完全に人工の建造物であったら、どうなるか。かなり厄介なことになる。分子爆弾は通用しない。射ちこんでも、もぐっていく途中で捕捉され、分解されてしまう。戦う方法があるとすれば、それは大艦隊による力押しだけだ。艦隊の全勢力で包囲し、深奥まで果てしなくつづいている内部階層を砲撃とミサイルで一層ずつ破壊していく。そして、要塞惑星のどこかにあるメインの動力機関を粉砕する。それしかない。

オコンネルは全艦隊の力押しだけは避けたいと考えていた。それは自軍に多大な犠牲を強《し》いる。正面切っての正攻法は、ともに大きなダメージを負う。この戦いは、負けるわけにはいかない戦いだ。さらには勝たなくてはいけない戦いでもある。戦闘に百パーセントはないとはいえ、味方の損耗《そんもう》を最低限に抑える戦法を選ぶのは、一軍の将の絶対のつとめだ。それと必勝の義務とを両立させねばならない。

「やむをえんな」

オコンネル中将は、決断した。

虎穴に入らずんば虎児を得ず。危険を恐れていて、勝利はない。

〈サラトガ〉の第一艦橋から、全艦隊に対して、命令が発せられた。

要塞惑星を包囲せよ。ブラスターの最大射程距離内ぎりぎりの位置で、要塞惑星を取り囲め。

艦隊がいっせいに散開した。宇宙空母は、つぎつぎと艦載機を発進させた。すべての戦力を投入しない限り、要塞惑星を包囲することはできない。

だが。

それはオコンネル中将の重大な失策となった。

宇宙海賊軍は、この一瞬を待っていた。連合宇宙軍は、まさしくかれらの思う壺にはまった。

要塞惑星が、閃光を放った。白い強烈な光に包まれ、惑星の表面が、とつぜん大きく広がった。

オコンネルは、要塞惑星が自爆したのかと思った。惑星表面がこなごなに吹き飛んだように見えたからだ。連合宇宙軍を巻きこんでの、捨て鉢な自爆。そう判断した。

しかし、それが誤りであることは、すぐにわかった。

何が起きたのかを、オコンネルは艦橋のメインスクリーンで目にした。

惑星の表面が分裂し、宇宙空間に飛びだしてきたのである。

要塞惑星は、ただの小さな惑星だった。人工のスーパー兵器などではなかった。地表に合金でトラスを組み、そこに宇宙船を繋留した。それだけの代物だった。巨大な宇宙港とでもいおうか。惑星表面のすべてが離着床になっている。そこにパーツのひとつとして、宇宙船がはめこまれている。そこかしこにあった噴射ノズルは、どれもが宇宙船の噴射ノズルそのものだ。砲塔も同じである。宇宙船の砲塔がそこに突きだしていた。大型の動力炉だけが、惑星の地下に建設された。その動力炉が地表をびっしりと埋める宇宙船の群れに膨大なエネルギーを供給していた。

第八艦隊は、艦隊としての機能を失した。一団となって敵に向かうことを得手とする大艦隊が、散開して戦力を分断させてしまった。しかも、相手の海賊船は、三百から四百メートル級の軽快な戦闘艦である。艦数においても、はるかに優勢だ。

「はかったな！」

オコンネルは歯嚙みした。が、もう手遅れだ。どうしようもない。第八艦隊は、圧倒的に不利な態勢のまま、戦闘に突入せざるをえなくなった。

宇宙戦艦が一隻、巨大な炎の塊と化して、宇宙に散った。つづいて、巡洋艦も大爆発を起こした。

海賊船が獲物を襲う狼の群れのように、連合宇宙軍の大艦隊に突っこんでいく。

彼我《ひが》の戦力比は、四対一と計算された。四が海賊側で、一が連合宇宙軍だ。戦艦、重巡洋艦は、搭載機も外にだした。このクラスの戦闘艦は、二機から四機ほどの戦闘機を艦内に搭載している。それをも繰りだして、オコンネルは敵との戦力差を縮めようとした。

必死の攻防である。

その必死さが、功を奏した。

場合によっては、数分で艦隊が全滅しかねなかったこの奇襲を最小限の被害でオコンネルが食い止めることができたのは、ひとえに、この必死さがあったからだ。

緒戦《しょせん》の危機を回避した第八艦隊は、反撃態勢をととのえはじめた。連合宇宙軍最強と謳《うた》われた艦隊がその力を海賊たちに見せようとしている。しかし、それは〝連合宇宙軍史上最大の苦戦〟と後になって言われる熾烈な戦いとなった。

軽巡洋艦〈アルタミラ〉は、三隻の海賊戦闘艦に挟撃された。

艦長はトミヤマ中佐である。三十一歳の若さながら、抜群の操艦技術と清廉《せいれん》な人柄で多くの兵士たちの人望を集め、若手佐官の中ではもっとも将来を嘱望《しょくぼう》されている士官のひとりであった。対宇宙海賊戦で得た数々の勲功章と、この若さで巡洋艦の艦長になったという実績が、それを物語っている。

〈アルタミラ〉は運が悪かった。なまじ艦長がすぐれているために、いちばん危険なポジションに、その身を置いていた。軽巡洋艦は海賊の戦闘宇宙艦と同じ三百メートル級の宇宙船である。戦艦ならいざ知らず、軽巡洋艦で、同クラスの船を相手に三対一で戦うなどということはまず考えられない。それは自殺行為である。

トミヤマ中佐は行手をさえぎろうとする一隻に狙いを定めた。あとの二隻は、とりあえず無視する。

〈アルタミラ〉の針路を阻むかのようにミサイルが飛んできた。それが艦首の少し手前でビームに撃ちぬかれ、火球になった。

〈アルタミラ〉は減速しない。火球にかまわず、直進する。ミサイルは直撃でない限り、さほどの被害とはならない。それよりも危険なのは、ミサイルをよけようとして無理な回頭をおこなうことだ。トミヤマは、この基本を忠実に守った。あせることはない。敵が攻撃のバランスを崩すまで、一隻だけを徹底的に追いつめる。見た目は三対一であっても、包囲されていない場合は一対一の戦いと同じだ。逆にコンビネーションがとれなければ、その三倍の戦力がかえって互いの足をひっぱることになる。トミヤマはそれを狙い、強引に艦を前へと進めた。

海賊船が、トミヤマの作戦にのった。優勢にあったのにもかかわらず、間合いを詰められた一隻がうろたえ、その位置から逃げだした。

まわりこみ、〈アルタミラ〉から離れようとする。と、それを支援するかのように、他の一隻がミサイルを放った。

〈アルタミラ〉が急速転針する。ブラスターを発射し、まわりこもうとした海賊船を狙い撃つ。

海賊船の速度ががくんと落ちた。その背後に、素早く〈アルタミラ〉は入りこんだ。そこに、ミサイルがきた。

海賊船にミサイルが命中する。爆発し、海賊船が紅蓮《ぐれん》の炎に包まれる。

〈アルタミラ〉がミサイルを発射した。標的は残りの二隻である。だが、必中を期待した攻撃ではない。これは敵船の連携を分断するための捨てミサイルだ。

二隻が左右に分かれ、ミサイルをかわした。その隙をトミヤマは見逃さなかった。

主砲が火を吹く。ブラスターの火球が、宇宙空間を青白く切り裂く。

一隻の船腹で、火球が炸裂した。これで、三隻の海賊船のうちの二隻を〈アルタミラ〉は屠《ほふ》った。わずか数秒の戦いだ。

反転し、〈アルタミラ〉はつぎの敵を追撃する。

ビームがきた。一条や二条ではない。輻《や》のような斉射だ。

三隻目の海賊船の船長は腕が立っていた。それがトミヤマに災いした。二隻を立てつづけに倒すため、〈アルタミラ〉は無防備にならざるをえなかった。激しい攻撃に徹することで活路をひらいていた。

が、それも限界にきていた。最後の一隻に対しては、防御ががら空きになる。敵の艦長は、その好機を確実に捉えた。

〈アルタミラ〉は数十条のビームにより、船体を串刺しにされた。動力機関が息絶え、〈アルタミラ〉はたちまち失速した。

海賊船が迫ってくる。とどめをさすつもりだ。〈アルタミラ〉は逃げられない。それだけの推力を絞りだせない。

「艦首、姿勢制御ノズル全開！」

トミヤマは最後の命令を発した。

〈アルタミラ〉が回転する。ひどく偏《かたよ》ったベクトルを与えられ、〈アルタミラ〉はまるで放り投げられた棍棒のようになった。

船体が海賊船に向かって飛んだ。海賊船は、それを回避できない。

激突した。艦尾と艦尾が激しくぶつかった。

爆発する。〈アルタミラ〉は船体中央からふたつに折れた。半分は微塵に吹き飛び、あと半分は宇宙空間を横切って、べつの海賊船の横腹に突き刺さった。

あらたな爆発が漆黒の闇を華やかに染める。船体が四散し、宇宙の塵となる。

トミヤマ中佐の、それはあまりにも壮絶な戦死であった。

# 3

連合宇宙軍大尉、テン・ルーの搭乗する高速戦闘機が宇宙空間に躍りでたのは、激戦の火蓋《ひぶた》が切られてから、十数分ほど後のことであった。テン・ルーを射出した宇宙空母〈ダウラギリⅡ〉は、かれが出撃した七分後に海賊船の集中放火を浴びて爆発した。しかし、テン・ルーはまだそれを知らない。通信妨害によるノイズで、僚機とも母艦とも、交信はほとんどできなくなっている。戦闘宙域は、見渡す限り、宇宙船に埋めつくされており、即座に攻撃に移るか、もしくは撃墜されるか、そのいずれかを選ぶ余裕しかテン・ルーには与えられていない。

「目標、6A348！」

テン・ルーは怒鳴った。左どなりに射撃手のナビコフ二等兵曹がいる。ナビコフは

「目標、6A348」と命令を復唱し、照準をセットした。

テン・ルーが操縦レバーを倒す。海賊の戦闘宇宙艦が急速に接近してくる。

戦闘宇宙艦と、テン・ルーの宇宙戦闘機の軌道が、交差した。ナビコフはトリガーボタンを押した。すれ違いざまに、電磁砲の螺旋状光線を敵船体に叩きこんだ。結果は確認しない。すぐにつぎの目標を探す。確認しても意味はない。外したところで、宇宙戦闘機のような小型機が二撃目を発射するのは不可能だ。ただひたすらに移動しつづけながら、遭遇した目標にピンポイントで攻撃を仕掛けていく。それが宇宙戦闘機の戦い方である。

テン・ルーの駆る機体は、直径三十メートルの円盤機であった。乗員二名の複座で、ひとりが機長兼操縦士をつとめ、もうひとりが航宙士と射撃手を兼任する。武装は電磁砲が一門に、レーザー砲が二門。それと、ミサイル八基を搭載している。二百メートル級以上の戦闘宇宙艦に対して、一撃必殺は望むべくもない火器だ。が、それでも、高度な運動性能を生かしての鋭いヒット&アウェイ攻撃は、海賊側の戦闘力を減じるのに十分な力を持っていた。

テン・ルーは三隻目の目標に近づいていた。現在のところ、機体はまったく被害を受けていない。これまでに攻撃した二隻が、他の艦船と交戦中だったからだ。が、今回は違う。駆逐艦との戦闘を終えたばかりの海賊船が、テン・ルーの眼前にいた。海賊船は、テン・ルーの宇宙戦闘機をはっきりと意識している。

間合いが詰まった。戦闘宇宙艦が撃ってきた。ブラスターの火球がテン・ルーの機体に迫る。テン・ルーは螺旋状に機体をひねり、その攻撃をぎりぎりでかわした。かわすのと同時に、ナビコフがトリガーボタンを絞った。テン・ルーは機体のコントロールを戻し、戦闘宇宙艦の艦尾をすりぬけていく。一瞬、電磁砲のビームが海賊船の船体を切り裂いているのが見えた。致命傷ではないが、これでこの船の運動性は大幅に減じる。

離脱して、テン・ルーはつぎの目標を探した。

レーダーに光点が入った。近い。しかも、その動きから見て、明らかにテン・ルーの機体に気がついていない。それどころか、すべての艦船に対して無防備という雰囲気がある。

あれをやる。

テン・ルーは決めた。

「目標。3E508」

距離の測定と目標の確認を開始した。戦闘宇宙艦を映像で捉え、照準を合致させる。

「！」

テン・ルーの背すじが、ぞくりと冷えた。おかしい、何かがおかしい。

スクリーンに戦闘宇宙艦の映像が浮かんだ。彼我《ひが》の距離も正確に表示された。この数字が事実ならば、あの海賊船の全長は。

九百メートル。

信じられない。

テン・ルーは自分の目を疑った。画面に映っているのは、ネイビーブルーの戦艦ではない。まごうことなき海賊の戦闘宇宙艦である。

しかし、九百メートル級の海賊船など、ありえない。初耳だ。そんなものは、見たことも聞いたこともない。海賊といえば二百メートルから三百メートルまでの宇宙船である。最大でも四百メートルまでの戦闘宇宙艦。それが常識となっている。

「どうします？ 機長」

ナビコフが訊いてきた。声が震えている。九百メートル級の戦艦など、宇宙戦闘機にどうにかできる代物ではない。

「突っこむぞ」テン・ルーは言った。

「もう転針は不可能だ」

行手に、巨大戦闘宇宙艦がいる。もうすぐそこにまで迫っている。逃げるためにも攻撃が必要だ。一撃して、反転する。そうしないと、逆に一撃で吹き飛ばされる。

「ミサイル全弾発射！」

テン・ルーは叫んだ。ナビコフの指がトリガーボタンを押す。戦闘機の下面がひらく、そこから八基のミサイルがいっせいに射ちだされた。

そのミサイルが。

いきなり爆発した。ブラスターの火球がきた。海賊船が撃った。テン・ルーの戦闘機は衝撃波をまともに浴び、跳ね飛んだ。円盤機が激しく回転する。まるで風に舞う木の葉だ。テン・ルーは必死でレバーを操り、機体の安定を取り戻そうとした。だが、うまくいかない。そこにビームの嵐が到達した。

エンジンを灼かれる。出力が低下し、宇宙戦闘機は加速能力を失う。

「ああっ」

ナビコフが悲鳴をあげた。テン・ルーはスクリーンに目を向けた。海賊船のブラスターが見える。その砲口がまっすぐにテン・ルーの機体を狙っている。

再び火球がほとばしった。テン・ルーはレバーを動かす。が、反応しない。エンジンも姿勢制御ノズルも、すべて死んでいる。

青白い火球が、宇宙戦闘機を包んだ。

戦闘機は、瞬時に蒸発した。小さな爆発が、宇宙空間を彩った。

閃光が散り、消えていく。

巨大戦闘宇宙艦は、加速を強めた。

苦戦こそしていたが、戦況は意外にも連合宇宙軍にとって優勢に推移していた。数では劣っていても、火器の性能差がある。戦術的にもすぐれているし、艦隊戦に関しても連合宇宙軍の兵士、士官のほうが、はるかに高いレベルで訓練されている。海賊側は、最初の不意打ちで敵を圧倒できなかったことが大きな災いとなった。

とはいえ、連合宇宙軍勢の損耗《そんもう》はけっして小さくない。むしろ甚大《じんだい》である。だが、海賊の損害は、それに数倍していた。三百メートル級の戦闘宇宙艦が、つぎつぎと連合宇宙軍の五十センチブラスターで仕留められていく。そのあっけないやられ方が、残存艦数でいまだ優位にあるにもかかわらず、海賊軍の士気を大いに低下させた。

そして、いままた。

火球が四散する。戦闘宇宙艦が爆発し、宇宙の塵と化す。

「よおし、これで五隻撃沈！　副長、つぎの目標に向かえ」

コワルスキー大佐は大声で怒鳴った。意気盛んである。立ち向かってくる海賊船を軒並み撃破した。〈コルドバ〉は、まったく被弾していない。無傷だ。タラオでジョウによって傷つけられた誇りが、みるみる回復する。もともとコワルスキーは連合宇宙軍随一の戦闘上手と評価され、常にトミヤマ中佐と操艦技術の優劣を競ってきた名艦長である。それがジョウとの一件で矜持《きょうじ》を砕かれた。四百メートル級の巡洋艦が、百メートルそこそこの民間船に翻弄《ほんろう》され、航行困難に陥って一か月近くも宇宙空間を放浪した。これが笑いものにならないはずがない。かろうじて応急修理が成功し、基地に自力帰投できたため軍法会議は免れたが、その名声は一気に下落した。泥にまみれ、侮蔑《ぶべつ》の的となった。しかし、いま、コワルスキーには名誉挽回《ばんかい》の機会が与えられた。このチャンスを逃したら、つぎはない。これまでの鬱憤《うっぷん》のすべてを叩きつけるかのように、コワルスキーは激烈な攻撃を展開していた。

「艦長！」副長の顔が通信スクリーンに映った。

「敵影がありません」

予想外の報告をする。

「なに？」コワルスキーの顔がひきつった。

「この程度で全滅するような、そんな貧弱な数ではないぞ」

「戦線が大きく広がっています。海賊はじょじょに逃走を開始しており、前線から離脱しているようです。それにより、本艦近辺より、敵船影が消えました」

「腑《ふ》抜《ぬ》け野郎！」コワルスキーは激怒した。

「あれだけの数を頼んで、このざまか。それでもあいつらは海賊か！」

床を踏み鳴らす。

「艦長！」また、副長がコワルスキーを呼んだ。

「船影出現。９Ｅ３７２。距離二万四千キロ。海賊船です」

「追え!」みなまで聞かず、コワルスキーは叫んだ。

「追え、追え、追え! すぐに追え。逃がすな。粉砕しろ!」

〈コルドバ〉が加速した。八十パーセントを超える猛加速だ。この状況では非常識ともいえる速度で、発見した戦闘宇宙艦の追撃にかかった。

あっという間に追いついた。距離を詰め、射程内に突入するのと同時に、五十センチブラスターを発射した。その一撃で戦闘宇宙艦は爆発し、微塵に砕けた。

「なんだ、こいつは」コワルスキーが毒づいた。

「情ないやつ。海賊とはいえ、それでも船乗りか」

轟沈させたのに、コワルスキーは機嫌を悪くしている。

そこへ、また副長からの報告が入った。

「巨大戦闘艦がいます。艦長」副長は言う。

「解析に誤りがなければ、全長は九百メートル以上。戦艦を凌《しの》ぎます」

「九百メートル?」コワルスキーの眉が跳ねるように上下した。

「友軍ではないのか?」

「ビーコンがでていません。ノーシグナルです。それに、第八艦隊に九百メートル級の戦艦は所属していません。当該艦は加速九十パーセント以上でこの宙域から離脱しつつあります。あっ!」

副長は叫び声をあげた。

「当該艦の後方に、べつの船影を確認。小さい船です。解析結果がでます。——これは」

「なんだ?」

コワルスキーは通信スクリーンに向かって身を乗りだした。

「艦長、これは〈ミネルバ〉です」副長は言った。

「例のクラッシャーと称している連中の船です。その〈ミネルバ〉が、九百メートル級の戦闘宇宙艦とともに、この星域の外縁に急行中です。ワープポイントを目指しているものと思われます」

「追ええええええ!」

コワルスキーは絶叫した。目を剝き、拳でコンソールデスクを殴りつけた。

「あいつ、またもや、わしをだましたのだ」顔面が真っ赤に染まり、軍帽からはみだした頭髪が、怒りで逆立っている。

「そのでかい船には、海賊のボスが乗っている。間違いない。あいつらは海賊と一緒に逃げる気だ。ここから脱出し、行方をくらます気だ。追え。ひたすら追え! 絶対に逃がすな。動力炉が壊れるまで加速しろ。何があっても追いつけ! 逃がしたら、きさまら全員、軍法会議だ!」

わめきちらし、コワルスキーは腕をぶんぶんぶんと振りまわした。
〈コルドバ〉のエンジンが咆哮した。
船体が鳴轟《めいごう》し、震えた。

## 4

いかにも勝算ありげな口調でコワルスキーを説得し、のこのこと〈コルドバ〉にくっついてきた〈ミネルバ〉だったが、戦える状態では、まったくなかった。動力は、たしかに正常に動作している。それなりの加速での航行も可能だ。武器も、ミサイルだけは少し数が乏しくなっているものの、ビーム兵器などは問題なく使える。しかし、肝腎《かんじん》の船体が傷《いた》みきっていた。装甲がひどく損傷している。表面は焼けただれ、一部は構造材が剝きだしになっていたりする。もちろん、ワーニングランプはつきっぱなしだ。これでは、とても戦闘などという荒事には耐えられない。

というわけで、交戦が開始されてから〈ミネルバ〉がしたことといえば、ただ逃げまわることだけであった。幸い〈ミネルバ〉は全長百メートルの小型船舶で、しかも、戦う前から残骸のような外観をしていたので、海賊の標的にされることも、ほとんどなかった。が、クラッシャーにしてみれば、敵に相手にされないというのは屈辱である。けっして名誉なことではない。

「どうして、逃げてばかりいるのよ！」ついにアルフィンが爆発し、叫んだ。

「少しは応戦してもいいんじゃない？」

「俺たちはベラサンテラ獣を取り返しにきたんだ」ジョウが答えた。

「連合宇宙軍の増援戦力ではない」

「嘘よ」アルフィンは唇をとがらせた。

「俺も、あの要塞惑星の攻撃に参加する。口ではなく、行動で海賊じゃないことを証明する。って、ジョウはコワルスキーに言った。あたし、それを聞いた」

「参加はしている」苦悶の表情を浮かべ、ジョウは言った。

「攻撃していないだけだ」

終わりのほうは小声である。

「やだ。そんなの！」

「やでも、そうするしかない！」

ふたりの声が高くなった。本格的な喧嘩に発展しはじめた。

「いいかげんにしなさい。ふたりとも」

たまりかねて、タロスが間に割って入った。

「うるさい。おまえとリッキーのまねをしているだけだ」

「そーよ。タロスとリッキーがよくて、あたしとジョウがだめって法はないわ」

「そんなぁ」

リッキーが嘆いた。

「とにかく、ここは我慢しかねえ。アルフィン」タロスは言葉をつづけた。

「俺もジョウも、好きでこんなことをしてるわけじゃない。いまここで無理をしたら、船も武器もだめになってしまう。それがわかっているから、辛抱しているんだ」

「わかってるわ、そんなの」アルフィンは視線を落とした。

「でも、あたしはやなの。こんなのクラッシャーと違う。ぜんぜんクラッシャーらしくない」

「兄貴、前方から敵接近！」

リッキーが言った。

「タロス、6B798」

すかさずジョウが指示を発した。

「よっしゃあ！」

タロスがレバーを操った。〈ミネルバ〉がうねるように反転する。と同時に、連合宇宙軍艦船の位置をジョウが探査した。

〈ミネルバ〉が、これまでにとってきた戦法は、こうだった。

敵に発見され、襲撃されると、まず回避行動に入る。〈ミネルバ〉のすぐれた運動性と、高加速を利して、可能な限り敵を引き離す。そして、そのあいだに、戦闘状態にない連合宇宙軍の船を見つけ、その針路へと海賊船を導いていく。あとは、適当な距離で海賊船を連合宇宙軍の船に引き渡せば、作戦完了である。

この姑息《こそく》な戦法は、予想外に高い戦果をあげた。このやり方で、〈ミネルバ〉は少なくとも、四隻の戦闘宇宙艦を轟沈に追いこんだ。

が。今度はそれがうまくいかなかった。

いくら探しても、手近な場所に連合宇宙軍の艦船がいない。戦闘が佳境に入り、宇宙船の絶対数が減じていたのと、戦線が拡大してしまっていたことが、その原因だった。

「ちいっ」

さすがのタロスも、舌打ちした。これでは、〈ミネルバ〉がやられてしまう。距離を詰められ、攻撃されてしまう。

火球がきた。〈ミネルバ〉の船体を擦過した。海賊船が撃ってきた。タロスは、さらに〈ミネルバ〉を加速させる。反撃したいが、それをやると、もっと状況が悪化する。

「4F552に艦影。大きいわ。きっと戦艦よ」

アルフィンが言った。大きい船といえば、連合宇宙軍の戦艦である。

「助かった」

　タロスは〈ミネルバ〉の針路を転じた。たしかに行手に巨大な宇宙船がいる。〈ミネルバ〉はその船をめざし、猛然と加速した。海賊の戦闘宇宙艦が迫る。それを振りきる。しばらく危ういチェイスを繰り返し、〈ミネルバ〉はようやくのことで、目標とした巨大戦艦の蔭へともぐりこむのに成功した。

　戦艦の威力は、さすが絶大だ。戦闘宇宙艦が船首をひるがえす。〈ミネルバ〉の追撃を諦める。

「やったぁ！」

　リッキーがはしゃいだ。しかし。

「へんよ」

　アルフィンが言った。戦闘宇宙艦が、逃げていく。戦艦がそれを仕留めようとしない。追うどころか、ブラスターの一発も発射しない。何もせず、海賊船を見送ろうとしている。

「どういうことだ」

　タロスとジョウは、互いに顔を見合わせた。

　そこへ。

「よお。生きていたのか」

　通信が入った。スクリーンに映像が広がった。

「きさま……」

ジョウは絶句した。画面にとつじょ出現したのは、誰あろう。ドメニコ・ザ・ブルーザーである。

「なんだ。おまえ」タロスがとまどいながら言った。

「いったい、どこにいるんだ？」

「どこぉ？」ブルーザーはいつものにやにや笑いを満面に浮かべた。

「どこって、何をぬかしている。決まってるじゃねえか。目の前だよ。〈ミネルバ〉の真正面だ」

「なに？」

ジョウはあわててメインスクリーンに前方の映像を入れた。巨大な戦艦の姿が、画面全体に映った。

「！」

背すじが総毛立った。あらためて見直すと、たしかにその船は連合宇宙軍の戦艦ではなかった。船体がネイビーブルーに塗られていない。全長は九百メートルという超巨艦だが、シルエットといい、装備といい、間違いなくこれは海賊の戦闘宇宙艦である。〈ミネルバ〉を追ってきた海賊船が引き返したのも、当然のことだ。ジョウの作戦とは逆に、〈ミネルバ〉のほうが敵主力艦に引き渡されてしまったのである。

「まいったな」タロスが頭を掻《か》いた。

「ブルーザー、俺たちをどうする気だ？」

「どうもしねえ」ブルーザーはかぶりを振った。

「こっちは、クラッシャーにかまっているひまがない。おさらばだ。見逃してやる」

「本当かよ？」

タロスはレーダースクリーンに視線を移した。ブルーザーの言うとおりだった。巨大海賊船が〈ミネルバ〉から離れはじめている。すさまじい加速だ。〈ミネルバ〉のそれに換算すると百二十パーセントに相当する加速である。向かっているのは、星域外縁。ワープポイントだ。

「どうにもまずい連中とぶちあたっちまったらしい」ブルーザーは言う。

「この〈ゴブリン〉でも、一隻じゃ歯が立たねえ。強力な艦隊だ。それで、ちょいと散歩にでる。ジョウ、また会おう。元気でな」

ブルーザーは手を振った。

「ふざけるな！」ジョウが怒鳴った。

「このまま行かせはしない。地獄の果てまで追いかけてやる。ブルーザー、ベラサンテラ獣を返せ！」

「ほざけ！」

ブルーザーは鼻先で笑い、通信を切った。スクリーンがブラックアウトした。

「タロス、追え！」ジョウが叫ぶ。

「絶対に逃がすな。このために、いままで我慢してきたんだ。リッキー、動力全開。壊れるまでひらけ！」

「オッケイ！」

リッキーの声も弾んだ。

〈ミネルバ〉は追跡を開始した。加速レベルを〈ゴブリン〉と同じにした。百二十パーセントである。エンジンと船体が悲鳴をあげる。だが、〈ゴブリン〉との差は、まったく縮まらない。それどころか、じりじりと広がっていく。まずい。このままだと、〈ゴブリン〉が星域を脱し、ワープしてしまう。そうなったら、打つ手はない。追跡の手段が潰《つい》えてしまう。

「くそっ」

ジョウは悪態をついた。そのときだった。救い主が出現した。ものすごい罵声を伴って。

「きさま。わしをまただましたな！」救い主は大声でわめいた。

「今度こそ許さんぞ！」

コワルスキーだ。

「何が戦闘に参加したいだ」コワルスキーの胴間声が、スピーカーからがんがん響く。「戦闘に参加するというのは、こっちが目を離した隙に海賊の親玉と連れだって、こそこそと逃げだすことか？」

とんでもない誤解である。こんなふうに解釈されては、ジョウも立つ瀬がない。しかし、ジョウはコワルスキーの性格を考え、あえて反論しなかった。かわりに心底ほっとしたような表情を浮かべ、穏やかに言葉を返した。

「いいところへきてくれた。コワルスキー。助かったぜ。すぐにそちらのワープトレーサーをこっちのシステムにつないでくれ」

「なんだと？」

予想だにしなかった反応に、コワルスキーは虚を衝《つ》かれた。混乱し、きょとんとなった。

ジョウがたたみかける。

「早くしろ。でないと、連中がワープしちまう」

「連中って、誰だ？」

コワルスキーが訊いた。もはや大声ではない。

「あの巨大海賊船だ」ジョウはあごをしゃくった。「あの船、〈ゴブリン〉には海賊の盟主と幹部がごっそりと乗っている。あいつら、俺の仕事をぱくったまま、ワープして逃げる気なんだ」

「仕事？　なんだ、それ」

「そんなことは、あとでいい」ジョウは早口で答えた。

「それよりも、もう星域外縁に到達する。あいつらの行先は見当がついているが、違っていたら、それまでだ。再発見する手段を失う。頼む。すぐにワープトレーサーをつないでくれ。大至急だ」

「………」

　コワルスキーは、瞬時、口をつぐんだ。表情をこわばらせ、思考をめぐらした。目はジョウの顔を見据えている。

「わかった」ややあって、コワルスキーは言った。

「そっちのシステムをひらけ。認識番号とパスワードも渡せ」

「了解」

　ジョウは〈ミネルバ〉のコンピュータコードとパスワードを〈コルドバ〉に送った。データ回線もひらいた。〈コルドバ〉がシステムを接続した。ワープトレーサーが、〈ミネルバ〉のシステムにつながる。これで、〈ゴブリン〉がどこへワープしようとも、追跡ができる。ワープトレーサーがその位置を確保する。

「助かったぜ、コワルスキー」

　ジョウは感謝の言葉を口にした。

「礼はあとでいい」仏頂面で、コワルスキーは応じた。

「それよりも、この件が片づいたら、何があっても事の真相を聞かせてもらうぞ。忘れるな」

「もちろんだ、約束した」

　ジョウは強くうなずいた。

〈ゴブリン〉がワープした。短いワープだった。明らかに短距離ワープである。十光年とは跳んでいない。

　予測的中である。〈ミネルバ〉と〈コルドバ〉もワープした。ワープトレーサーのデータに従い、座標を確定した。

　ワープアウトする。スクリーンに恒星系が映った。すぐに航宙図と照合した。

「おい！」〈ミネルバ〉の通信スクリーンにコワルスキーが入った。

「ここは、ドミンバだぞ！」

　大佐は、そう言った。

# 5

「思ったとおりだ」

　ジョウが言った。

「思ったとおり？」コワルスキーは眉根に縦じわを寄せた。

「海賊が、こんな開発途上の太陽系になんの用がある？」

「大ありなんだ」ジョウは答えた。

「ドミンバの第四惑星に仲間がひそんでいる」

「仲間」コワルスキーの目が強く炯《ひか》った。

「誰だ？　やはり海賊なのか？」

「違う」ジョウは首を横に振った。

「ガルデンシュタット社の連中だ」

「ガルデンシュタット……」コワルスキーは遠い目をした。

「それは有名な星間商社だろう」

「表向きはね」ジョウは言った。

「だが、裏では密輸に手を染めている」

　コワルスキーの頬がぴくりと跳ねた。表情が険しくなった。

「きさま、いったい何を運んでいた？」

　低い声で訊いた。

「それを話すのは、かたがついてからだ。そういう約束になっている」

「そうか！」コワルスキーは胸をそらし、ジョウを鋭く睨んだ。

「それならば、すぐにかたをつけてやる。つけて、すべてを聞かせてもらう」

コワルスキーは通信を切ろうとした。

「待て！」それを、ジョウは止めた。

「何をする？」

「知れたこと」コワルスキーは吐き捨てるように言った。

「あの海賊船をぶち壊す。仲間のところになど、行かせない」

「よせ。やつは強い」

「きさまは、黙って見物していろ」

通信が切れた。スクリーンからコワルスキーの姿が消えた。

「くそ馬鹿野郎」

ジョウは毒づいた。拳でコンソールデスクを殴る。

「どうします？」タロスが訊いた。

「ミランデルに先まわりして海賊を待ちますか？」

「おまえ、〈コルドバ〉が〈ゴブリン〉に勝てると思うか？」

ジョウはタロスに向かい、問いを返した。

「無理ですね」

タロスはあっさりと答えた。

「俺もそう思う。そこで、タロス、4A591に加速百パーセントというのは、どうだろう」

ジョウはレーダースクリーンを指差した。指は〈ゴブリン〉の前方を示している。

「攻撃ですかい？」

「いや、おとりになるんだ」

「なるほど」

タロスはジョウの目論見を理解した。レバーをぐいと握り、正面に向き直った。

〈ミネルバ〉が加速する。

まずは〈ゴブリン〉を追った。ワープアウトして、〈ゴブリン〉は加速を大きく減じた。六十パーセント前後だ。太陽系内への進入加速は、このあたりが限度いっぱいである。〈ミネルバ〉はその〈ゴブリン〉に一気に追いつき、鼻先をかすめるように旋回して、前方にでた。

「てめえ、よくやるぜ」

ドメニコ・ザ・ブルーザーが通信してきた。あきれている。海賊相手に、こういうまねをできる者など、どこにも存在しない。

転する。


「こっちも商売なんだ」

　通信を切り、ジョウは涼しい顔で応えた。

　〈ゴブリン〉が迎撃態勢に入った。ブラスターの砲塔が、いっせいに回転する。

　〈ミネルバ〉は距離を詰め、レーザー砲で攻撃を仕掛けた。といっても、真正面からあたる気はさらさらない。派手に動き、派手に撃つ。それだけが目的だ。それにより、〈ゴブリン〉が気をとられてくれれば、それでいい。あとは〈コルドバ〉が仕上げてくれる。本格的に攻撃し、〈ゴブリン〉にダメージを与える。

　〈ミネルバ〉は、火球の嵐をかいくぐり、ヒット＆アウェイを繰り返した。撃っては逃げ、逃げては戻る。

　しかし、その戦法には限界があった。そもそも、〈ミネルバ〉は大幅に戦力ダウンしている。いまの状態では、攻撃力も機動力も、宇宙戦闘機より低い。

　〈ミネルバ〉が〈ゴブリン〉に近づけなくなった。圧倒的な火力で、〈ゴブリン〉が〈ミネルバ〉を排除する。〈ミネルバ〉は、猛攻をかわしきれない。このままだと、あと数分でやられてしまう。〈ミネルバ〉はブラスターに撃ちぬかれ、宇宙の塵となる。

　やばいぜ。

　と、ジョウが思ったとき。

　ようやく〈コルドバ〉がきた。射程距離内に入った。即座に〈コルドバ〉は主砲を発射した。五十センチブラスターの火球が、〈ゴブリン〉のメインエンジンのひとつに命中した。

〈ゴブリン〉が爆発する。部分的な小爆発だ。致命的なものではない。が、それは〈ゴブリン〉の加速能力をはっきりと奪った。

　海賊たちは仰天した。〈ミネルバ〉にかまけていたら、いきなり連合宇宙軍の巡洋艦に撃たれた。しかも、すぐ近くにまで迫ってきている。

〈ゴブリン〉の、〈ミネルバ〉に対する攻撃が、ぴたりとおさまった。

「礼を言うぞ。小僧」コワルスキーが通信を入れてきた。

「おまえの牽制《けんせい》は役に立った」

「これで俺たちの濡衣《ぬれぎぬ》も、少しは晴れたんじゃないか？」

「とんでもない」コワルスキーはかぶりを振った。

「真相を聞き、それに納得するまでは、何も変わらん」

「頑固親父《がんこおやじ》！」

〈ゴブリン〉が回頭した。砲撃を再開する。今度の相手は〈コルドバ〉だ。〈ミネルバ〉ではない。〈ミネルバ〉は危険な敵ではないと判断した。どうやら、完全に無視するつもりらしい。

「なめやがって」

ジョウはむくれた。海賊の判断は正しい。正しいが、しかし不快だ。意地でも、その評価をくつがえしたくなる。

「〈ゴブリン〉の艦首にまわりこめ」ジョウはタロスに指示を発した。

「あそこにミサイルを叩きこんでやる」

〈ゴブリン〉の艦首には〈ゴブリン〉の艦橋があった。そこにミサイルを射ちこめば、海賊はうろたえる。肝が冷え、いやでも〈ミネルバ〉の存在を意識する。

高加速で〈ミネルバ〉は〈ゴブリン〉に接近し、艦首前方に突入した。〈コルドバ〉に気がいっている〈ゴブリン〉は、〈ミネルバ〉を撃たない。やすやすと理想のポジションに入りこみ、〈ミネルバ〉は残っていたミサイルすべてを立てつづけに発射した。

ミサイルが闇を裂く。狙いたがわず、全弾が〈ゴブリン〉の艦首周辺に命中する。

爆発した。炎が渦を巻く。

が。

「だめだ！」

映像を見たジョウは、唇を強く嚙んだ。あれほどに必死の攻撃を挙行しても、〈ゴブリン〉の外鈑には傷ひとつついていない。

しかし、表面にはあらわれなかったが、〈ミネルバ〉の攻撃は〈ゴブリン〉の内部に一種のパニックをもたらしていた。結果として損傷はなかったものの、眼前にミサイルが突っこんできて、つぎつぎと爆発したのである。クルーが恐怖を感じ、一瞬、操船や迎撃がおろそかになるのは当然だ。

隙が生じた。その隙をコワルスキーは見逃さなかった。

〈ゴブリン〉のメインエンジンがもう一基、炎をあげて吹き飛んだ。メインエンジンの総数は四基、そのうちの二基が息絶えた。さすがの〈ゴブリン〉も、これでは半身不随といっていい。加速はさらに落ちる。機動力が失われる。

「とどめだ！」

コワルスキーは勢いこんだ。

あらたな命令を発しようとした。

「なに？」

その命令を、コワルスキーは呑みこんだ。

〈ゴブリン〉の船腹が割れる。ちょうど船体の真ん中あたりだ。大きく割れ、口をあける。

新兵器か？

コワルスキーは緊張した。何かがでてくる。〈ゴブリン〉の船腹から出現する。でてきた。

それは。

「宇宙船！」

コワルスキーは愕然とした。全長百メートルほどの小型宇宙船だ。〈ミネルバ〉と同クラスの船である。小型は小型だが、九百メートル級の搭載艦としては異例に大きい。海賊船特有の、角張った紡錘形をしている。

「逃げる気か！」コワルスキーは、その船の意味を察した。

「そうはいかんぞ」

大声で怒鳴った。

「副長。目標変更。でかいやつは捨てる。本艦はいままでてきた子ネズミを追う。絶対に逃がすな！」

「だめです！」悲鳴のような答えが副長から返ってきた。

「〈ゴブリン〉が針路を阻んでいます。搭載艦を守るために犠牲になるつもりです」

「なんだとぉ！」

怒りで、コワルスキーの顔が激しく歪んだ。

そのころ。

〈ミネルバ〉もまた、〈コルドバ〉同様に搭載艦を追撃できずにいた。やはり、針路を〈ゴブリン〉にふさがれている。

「連中、必死ですな」他人事のようにタロスが言った。

「ちらとでも追う気配を見せたら、すさまじい弾幕を張ってくる」

「どうすればいい？」

　ジョウが訊いた。

「〈ゴブリン〉を片づけるのがいちばんでしょう」

「うーん」

　ジョウはうなった。それは不可能である。

「〈ファイター2〉で追ってみようよ」リッキーが言った。

「〈ファイター2〉なら、〈ゴブリン〉の横をすりぬけられる」

「それだ」

　聞いて、ジョウはうなずいた。いい意見である。

　ジョウは通信スクリーンをオンにした。〈コルドバ〉を呼びだした。画面にコワルスキーの顔が映った。

「まずい状態だな」開口一番、ジョウは言った。

「このままでは、海賊に逃げられてしまうぞ」

「そんなことはわかっている」

　コワルスキーはすさまじく機嫌が悪い。

「だから、俺がこっちの搭載艇であいつらのあとを追う。援護してくれ」

「援護だと？」コワルスキーの額に青筋が太く浮かんだ。

「このわしが、きさまらの援護をするのか」

「いやなら、そっちで搭載機をだしてくれ。俺たちが援護する」

「うるさい！」コワルスキーは吼えた。

「それができたら、とっくにそうしている！」

「え？」

「〈コルドバ〉の搭載機は、全機出撃していて回収されていない。格納庫はからっぽだ」

「…………」

「援護はしてやる」ぽつりと、コワルスキーは言った。

「だが、覚えておけ。このでかぶつを沈めたら、わしもすぐにミランデルに行く。そのとき海賊を逃していたら、わしは許さん。ただではおかない」

「わかった。感謝するぜ、コワルスキー」

ジョウは強くあごを引いた。

「わかったら、とっとと失せろ！」いま一度、コワルスキーは大声で怒鳴った。

「このごろつきめ」

激しく罵った。

## 6

ジョウは〈ファイター2〉に搭乗し、〈ミネルバ〉をでた。アルフィンが、コ・パイロットをつとめる。

〈ゴブリン〉が、その動きを感知した。いかに〈ファイター2〉がささやかな機体であっても、レーダーには映る。

攻撃がきた。ビーム砲で、〈ゴブリン〉は狙い撃ちしてきた。ジョウはめまぐるしく方向転換をおこない、その攻撃をかわした。〈ファイター2〉の高い機動性は、こういうときにものを言う。

〈ゴブリン〉はむきになった。ビーム砲だけでなく、ミサイルやブラスターも使って〈ファイター2〉を攻めた。死に物狂いの集中攻撃である。それを〈ファイター2〉は必死で回避する。螺旋軌道を描き、〈ゴブリン〉の脇をすりぬけていく。

とつぜん、攻撃が下火になった。〈コルドバ〉だ。〈コルドバ〉が援護射撃を開始した。〈ミネルバ〉も、戻ってきた。二隻がすべての火力を投入し、〈ゴブリン〉を撃つ。ひたすら攻撃する。〈ゴブリン〉はその対応に忙殺された。

いまだ！

ジョウは、最大加速で〈ファイター2〉を駆った。〈ゴブリン〉の艦影が後方に去る。さらに加速する。ブラスターの射程外にでる。もう〈ゴブリン〉の攻撃は、〈ファイター2〉に届かない。

ジョウは、ミランデルに至る軌道を確保し、海賊の搭載艦を探した。光点がない。レーダー圏外に脱したらしい。だが、その行先ははっきりとわかっている。見失ってはいない。

ミランデルが近づいた。

テラに似た青く美しい惑星が〈ファイター2〉のメインスクリーンに大きく浮かびあがった。まだ開発に着手したばかりで、ほとんどの大陸に手つかずの大自然が多く残っている。海陸比は七対三くらいだろうか。さすがに宇宙は広い。人類の居住に適したこういう惑星が、まだ発見されるとは、驚きである。しかし、ここもいつかはサラーンのようになってしまうのだろう。

都市の位置を確認した。バジュラという名の大陸に、サンドラという都市が、ひとつだけある。ほかには小規模な開発キャンプが散在しているだけだ。それ以外は、ただひたすらに海、原野、山脈が惑星じゅうを埋めつくしている。

ミランデルの衛星軌道から地上へと高度を下げた〈ファイター2〉は高度八千メート

ルで水平飛行に移った。速度はマッハ九。針路は北東。水平飛行に入ったところで、海賊の搭載艦をレーダーが再び捉えた。垂直型の宇宙船は、大気圏内の航行を得手としていない。〈ファイター2〉はじりじりと距離を詰めている。

搭載艦の高度が急速に下がった。その航跡で、着陸地点が予測できる。

「サンドラじゃないわ」アルフィンが言った。

「開発キャンプのひとつに向かっているみたい」

ジョウは眼下に視線を落とした。山岳地帯がえんえんとつづいている。山のいただきが白い。サンドラがあるのは赤道近辺だ。搭載艦の着陸予測地点は、北極に近い。

「どうする？」アルフィンが訊いた。

「もうすぐ着陸態勢に入るわ」

「撃墜しよう」ジョウは答えた。

「仲間と合流されたら、厄介なことになる」

「ベラサンテラ獣は？」

「うまくやる。まかせとけ」

ジョウはあらためて、〈ファイター2〉を加速させた。残存距離を一気に詰めてしまう。

前方で光が燦《きらめ》いた。搭載艦だ。陽光を反射している。高度でおよそ二千メートルほど低い位置にいる。

ミサイルをセットした。〈ファイター2〉も高度を下げる。搭載艦が〈ファイター2〉に気がついた。レーザー砲を撃ってきた。が、距離が遠い。減衰し、力が落ちる。ジョウはミサイルを発射した。得意の多弾頭ミサイルだ。四基を射出した。ミサイルはそれぞれが五つの弾頭に分かれ、包みこむように搭載艦を襲う。

三発が、搭載艦に命中した。〈ファイター2〉が搭載するミサイルの弾頭は、小型で威力が低い。ストッピングパワーを持たない。搭載艦はそのまま平然と飛びつづけている。しかし、レーザー砲にダメージを与えたらしい。反撃が弱くなった。

ジョウは急角度で〈ファイター2〉を降下させた。見る間に搭載艦が迫ってくる。捨て身の肉薄攻撃だ。敵の懐《ふところ》に飛びこみ、致命傷を狙う。

レーザー砲を撃った。搭載艦のエンジンを狙い、鋭いビームを連続して叩きこんだ。

搭載艦が唐突に失速した。三基あるメインエンジンのうちの二基を、〈ファイター2〉のビームが鮮やかに貫いた。

加速できない。急角度で地上に向かう。墜落一歩手前だ。搭載艦は、そこまで追いこまれた。

が。

それは〈ファイター2〉も同じだった。ジョウがレーザー砲を撃つのと同時に、搭載艦もビームを放った。それが〈ファイター2〉の右エンジンを射抜いた。要するに相討ちである。

山脈が途切れた。地上に緑の原野が広がった。森ではなく、草原だ。森林限界を越えたのだろうか。不時着には適している。少なくとも、海や岩場や峡谷地帯よりはましである。

「搭載艦が降りるわ」

アルフィンが言った。

「こっちも、そうする」

ジョウが肩をすくめた。片肺飛行は長くつづけられない。

搭載艦が着陸した。メインエンジン一基では垂直降下が困難になる。ましてや、ここは宇宙港ではなく、ただの原野だ。並みの腕では絶対に降ろせない。しかし、搭載艦は船体を水平にするという離れ技を演じ、着陸を成功させた。

船体が草原を滑走する。緑まばゆい草の海が、搭載艦の着陸を助けた。数千メートルを滑って、搭載艦は停止した。炎上もしない。ばらばらにもならない。

「やるじゃないか」

ジョウは〈ファイター2〉を大草原の真ん中に着陸させた。こちらは一基のエンジンでも、さしたる支障はない。VTOLなので、目的地にぴたりと降下できる。搭載艦から直線で一キロほど離れた場所を選んだ。

ジョウとアルフィンがキャノピーをひらき、〈ファイター2〉から飛びだす。クラッシュパックを背負い、手にはアサルトライフルを持つ。

ミランデルの地表に降り立った。草の丈《たけ》が高い。ふたりの姿は、草原に埋もれ、完全に見えなくなった。


宇宙海賊は、ひとまず船内に留まった。外にはでない。

ダブラスが、通信機に向かった。仲間を呼んだ。

「〝はつかねずみ〟だ。〝シマリス〟、聞こえるか。応答しろ」

ダブラスは言った。すぐに応答が入った。

「こちら〝シマリス〟です。感度良好。どうしました？　予定どおりじゃないようですが」

「どうしたもこうしたもない」ダブラスは、鼻を鳴らした。

「船のエンジンをやられて不時着した。こっちのポジションを送る。救援にきてくれ。こうるさいクラッシャーにつきまとわれて、身動きがとれない」

「ブツは無事ですか？」

「無事だ。なんともない。それよりも、救援だ。すぐにこられるのか？」

「それが、あいにくと宇宙船が整備中で」

「馬鹿者！」

ダブラスは大声で怒鳴りつけた。〝シマリス〟はあわてた。

「地上装甲車があります」急いで言を継いだ。

「そいつで行きます。ポジションをください」

「ぐずぐずするなよ。遅かったら、そっちの命にかかわるぞ」

ダブラスは、位置観測データを〝シマリス〟に送信した。

「データ、オッケイです」〝シマリス〟が言った。

「すぐに行きます」

通信が切れた。ダブラスはほおと息を吐き、背後を振り返った。そこに、皆殺しダンカンがいた。シートに腰を置き、葉巻をくわえてふんぞり返っている。

「お聞きのとおりです」ダブラスはおどおどと言った。

「地上装甲車ですから、到着には少し時間がかかります」

「気にするな」ダンカンは鷹揚《おうよう》に言った。

「間違いなく、きてくれればいい。クラッシャーの機体も不時着した。地上戦になれば、数に勝るこちらが有利だ。ブルーザー！」

ダンカンは首をめぐらし、生傷男を呼んだ。ブルーザーは瞬時に飛んできた。

「態勢はどうだ?」ダンカンは訊いた。

「ととのったか?」

「はっ、完了しています」ブルーザーは直立不動で答えた。

「いつでも出動可能です」

「配置は?」

「全員がレーザーガン、ヒートガンで武装し、艦首側にふたり、艦尾側にふたり、右舷と左舷に三人ずつ、待機させました。それと本艦の二番砲塔が生きています。射撃角度に制限はありますが、遠距離射撃には適していません。この砲塔に、指揮と射撃手を兼ねて、自分がつきます」

「クラッシャーは、何人だ?」

「あの搭載艇はふたり乗りです」

「救援がくるまでには片づいているのかな?」

「もちろんです」

ブルーザーは胸を張った。

ジョウは、電子双眼鏡で搭載艦の様子をうかがっていた。船体の周囲に、レーザーガンを構えた海賊が何人か、徘徊《はいかい》しているのが見てとれる。距離はおよそ三百メートルといったところか。滑走したところの草は平らに薙《な》ぎ倒されているが、他の場所には一メートルから二メートルもの高さで、名も知れぬ草がびっしりと生《お》い茂っている。その中に深く身を沈めているかぎり、ジョウとアルフィンは絶対に発見されない。だが、移動は逆にむずかしい。動くと、草が大きく揺れて、存在を知られてしまう。

「どうやって戦うの？」

アルフィンがジョウに訊いた。

「バズーカを使いたい」ジョウは言った。

「一応、ライフルの射程内に入っているが、バズーカには遠すぎる。なんとかバズーカが有効になるところまで進みたい」

「匍匐《ほふく》前進は？」

「無理だ。草の動きで見つかる」

「うーん」

「二手に分かれよう」ジョウは搭載艦の右手を指差した。

「この距離を保ったまま、円弧を描くように艦尾へとまわるんだ。まわりこんだら、そこにいる海賊たちをライフルで狙撃する」

「ここからじゃだめなの？」

「あいつがいる」ジョウは搭載艦の船腹を示した。そこにビーム砲の砲塔がひとつ、丸く突きだしている。

「あれは生きているって感じだ。ここから攻撃したらあそこから狙い撃ちにされる。だが、艦尾なら、あいつの死角だ。撃たれることはない」

「本当だわ」

アルフィンが、砲塔を視認した。クラッシャーとして、かなり研鑽《けんさん》を積んできたつもりでいたが、ジョウからみれば、アルフィンは素人《しろうと》同然である。

「狙撃を開始したら、こちらの連中が艦尾に走る。その隙を衝《つ》いて、俺は搭載艦に近づく。あとはバズーカであの砲塔を破壊すれば、活路がひらける」

「了解」

アルフィンは大きくうなずいた。

風が吹いた。草原の草がうねるようにざわめいた。それを利して、アルフィンは動いた。搭載艦の艦尾へと向かった。

## 7

数分待った。

とつぜん、銃声が鳴り響いた。搭載艦の周囲で、甲高い音がけたたましく反響《こだま》した。

見張りがふたり、艦尾に向かって走りだした。アルフィンがアサルトライフルで狙撃を開始した。それが功を奏している。ジョウは、搭載艦めざしてダッシュした。風にそよぐ草の波に乱れが生じるが、気にしない。ひたすら足を運ぶ。搭載艦に接近する。バズーカ砲の射程内に入った。距離はおよそ八十メートル。ここからなら、絶対に当たる。敵の反撃はない。海賊の姿もない。

ジョウは立ち止まり、クラッシュパックを背中から降ろした。蓋《ふた》をあけ、小型バズーカ砲を取りだし、片膝をついてそれを構えた。照準を搭載艦の砲塔にセットする。トリガーボタンを絞った。轟音とともにロケット弾が発射され、砲塔に命中した。爆発し、砲塔が吹き飛ぶ。

つぎの標的は。

乗船ハッチだ。船腹の下側にある。狙いを定め、撃った。ハッチが砕け、そこに大きな穴があいた。搭載艦への進入路ができた。

最初の狙撃がおとりであったことを知った海賊たちが、ジョウのいるほうへと戻ってきた。レーザーライフルをでたらめに乱射している。ジョウの周囲をビームが貫く。しかし、もう遅い。ジョウは海賊たちの真ん中にバズーカ砲を撃ちこんだ。ロケット弾が爆発し、ふたりの男が宙を舞った。が、まだふたりほど残っている。かれらはジョウのひそむ位置を知った。ジョウはバズーカ砲を投げ捨て、アサルトライフルを手にした。

そのとき。

破壊された砲塔の残骸が内側から蹴破られた。破片が崩れ落ち、搭載艦の船腹にぽっかりと口がひらいた。そこからひとりの男が躍りでるように飛びだしてきた。

ドメニコ・ザ・ブルーザーだ。大型のレイガンを胸もとに構えている。砲塔のあった場所は、地表よりも三メートルほど高い。そこからはジョウの姿が丸見えだ。

ブルーザーはレイガンでジョウを撃った。

対峙しているふたりの海賊に気をとられていたジョウは、ブルーザーに対して完全に無防備だった。レイガンの光条が、ジョウの背中を灼いた。ジョウは弾け飛び、地面に倒れた。苦痛に呻き、のたうちまわる。ライフルが地面に落ちる。クラッシュジャケットの防弾耐熱機能で、ジョウは致命傷を免れた。しかし、背中の一点に集中した高熱が、ジョウの全身に強いショックを与えた。草の上でごろごろと転がり、ジョウは歯を食いしばった。必死で意識を保つ。目を閉じない。苦悶しながらも、敵の動きを観察する。

ブルーザーが地上に飛び降りた。ジョウを射殺したと思ったらしい。すぐに二撃目を放たない。ジョウのもとに駆け寄ろうとしている。

ジョウは首をめぐらした。海賊ふたりの影が視野に映った。近い。このふたりはジョウのすぐそばにまで迫ってきている。

すぐ脇に、アサルトライフルがあった。ジョウはそれを拾いあげ、上体を起こした。

トリガーを引く。

ひとりを撃ち倒した。もうひとりいる。銃身を横に薙ぐ。

銃声がほとばしった。ジョウが撃つ前だ。海賊がのけぞり、もんどりうった。その向こうに、アルフィンの姿がある。おとりの任務を果たし終えたアルフィンが絶妙のタイミングで、こちらに引き返してきた。そして、海賊を撃った。

ブルーザーがアルフィンを見た。ジョウを始末したと思っている。そこへ、もうひとりのクラッシャーがあらわれた。姿を隠していない。どこにいるのかがはっきりとわかる。

ブルーザーのレイガンがアルフィンを狙った。その銃口がアルフィンを捉えた。

ジョウは立ちあがった。アサルトライフルを構え、すっくと立った。

ブルーザーがはっとなった。まさかという表情になった。ジョウが生きていた。しかも、かれをライフルで狙っている。

目と目が合った。ジョウとブルーザーの視線が、瞬時、交錯した。

ジョウは連射モードに切り換え、ライフルを発射した。銃弾がブルーザーを貫いた。すさまじい連射だ。一気に弾倉が空になる。

ブルーザーは勢いよく後退した。まるで不可視の手に突き飛ばされたかのように後方へと下がった。血へどを吐き、背中から搭載艦の外鈑に激突した。

そのまま搭載艦にもたれかかる。力が抜け、ずるずるとくずおれる。膝が折れ、ゆっくりとからだが沈みこんでいく。大きく見ひらかれた双眸に、光がない。どうと落ちた。仰向けに倒れ、ブルーザーは大地に転がった。

「あばよ。生傷男」

ジョウは小さくつぶやいた。

アルフィンがきた。ジョウは前に進み、搭載艦のハッチに飛びついた。アルフィンは船外に留まらせた。非常ハッチから、海賊たちが脱出する恐れがある。その警戒をしてもらわなくてはならない。

艦内に入った。

通路を抜けた。海賊がいない。

ジョウは搭載艦の中を一区画ずつ見てまわった。だが、どこにも人の気配がない。

最後に艦橋に到達した。機関室以外では、もうすこしか調べ残したところはない。

ジョウはジャケットのフックから手榴弾をひとつ外して、右手に握った。アサルトライフルは左手で持つ。

艦橋の扉の前で、ジョウは大きく息を吸いこんだ。そして一歩、足を大きく踏みだした。

扉が横にスライドした。ジョウは手榴弾を扉の内側に向かって投げた。すぐに壁の蔭

に身を寄せる。手榴弾が爆発した。ジョウは反転する。ライフルを腰だめに構えて乱射し、艦橋の中へと飛びこんだ。

艦橋の中は。

やはり空だ。誰もいない。ジョウは艦橋全体を見まわした。床に丸い穴があいているのに気がついた。直径は一メートルほど。外に向かって、ドアのように床板がひらいている。

非常用の脱出ハッチだ。こんなところにも設けてあった。海賊は、ここから船外に逃げた。

ジョウは身をかがめ、ハッチの奥を覗きこもうとした。そのとき、悲鳴があがった。小さな声だったが、それが誰の悲鳴かはすぐにわかった。

アルフィンだ。

ジョウは立ちあがり、艦橋脇の小窓に駆け寄った。そこから外を見る。

ダブラスとダンカンがいた。ふたりの間に、アルフィンがはさまれている。ダンカンはレイガンを持ち、それをアルフィンの頭部に突きつけている。

ジョウは体をひるがえした。艦内を駆けぬけ、進入するのに使ったハッチに戻った。このハッチからでれば、ダンカンとダブラスの背後にまわれる。そう判断した。

しかし。

ハッチの出口に立ったジョウを、皆殺しダンカンが待ち受けていた。

ジョウの真正面にレイガンを構えたダンカンがいる。そのうしろに、ダブラスによって羽交《はが》い締《じ》めにされているアルフィンの姿もある。

「勝負ありだな」凄みのある笑いを口もとに浮かべ、ダンカンは言った。

「ライフルを捨てて、ここに降りてこい。従わないと、こいつの頭を吹き飛ばす」

ダンカンはレイガンの銃口をアルフィンの額に向けた。

「くっ」

ジョウは、唇を噛んだ。こうなっては、逆らえない。おとなしく言うことをきき、隙をうかがうしか方法がない。

ジョウはライフルを投げ捨てようとした。

と、その目に何かが映じた。

草原の端のほうだった。草むらが大きく揺れている。その先に銀色に光るものがある。

それはかなりの速度で、こちらに近づいてくる。

ダンカンはジョウの表情の変化に気がついた。口もとから笑いが消えた。アルフィンの額にレイガンの銃口を押しあてたまま、首をめぐらす。が、丈高い草が邪魔をして、何も見えない。

ダンカンは搭載艦の前まで移動した。レイガンの狙いは、アルフィンから外さない。

搭載艦の船腹横に、崩れ落ちた砲塔の残骸がある。その上に登った。

「ほほう」ジョウの視線を追い、そこに何があらわれたのかを知った。

「こいつは、だめ押しってやつだな」

ダンカンは、声をあげて笑った。

天を仰いで、哄笑した。

## 8

草原に忽然と出現した何か。

それは、三台の大型地上装甲車だった。

〝シマリス〟である。〝シマリス〟がダブラスとベラサンテラ獣を迎えにきた。事情をまったく知らぬジョウにも、その意味を察することはできた。ダンカンの言うとおり、まさしくだめ押しである。もはや逆転はありえない。

地上装甲車が完全に姿を見せた。距離にして五百メートルほどだろうか。電磁砲を備えた砲塔も、はっきりと見てとれる。とても、アサルトライフルで歯の立つ相手ではない。

「……………」

これまでか、とジョウは思った。諦めるという言葉を拒否してきたジョウだが、ここまで追いつめられては、もう何をすることもできない。

ジョウは無言で地上装甲車を凝視した。装甲車がどんどん大きくなる。ダンカンの高笑いもつづく。

そのときだった。

地上装甲車が爆発した。

とつぜんだった。なんの前ぶれもなかった。いきなり炎が噴出し、地上装甲車が吹き飛んだ。

爆発はおさまらない。あとの二台にも波及する。轟音がつんざき、火球が広がる。一瞬だった。三台の地上装甲車が燃えさかるスクラップと化した。

「な……なんだと？」

ダンカンは茫然として立ち尽くしている。何がどうなったのか、まったく理解できない。顔がひきつり、全身がわなわなと震えだす。

「！」

ジョウははっとなった。あれは攻撃されたのだ。自然爆発ではない。どこかからミサイルで狙い撃ちされた。そうとしか考えられない。

となれば。

ジョウは頭上を振り仰いだ。太陽の光が目に入った。手をかざし、その光を見つめる。光の中に影があった。影はふたつ。大と小に分かれている。

大は〈コルドバ〉だ、ジョウは直感した。小は〈ミネルバ〉である。二隻の宇宙船が、〈ゴブリン〉を片づけて、ここまで急行してきた。どうやって？　〈ファイター2〉のビーコンだ。不時着したとき、自動的に救難信号発信装置が作動した。それをあの二隻がキャッチし、追いかけてきた。〈ミネルバ〉はいざ知らず、四百メートル級の巡洋艦が地上降下してくることなど、例外中の例外である。

アルフィンは、自分を絞めあげている腕の力がゆるんできたことに気がついた。ダブラスが、何かに意識を奪われている。それが何かは、アルフィンにはわからない。が、それが彼女にとってチャンスであることは明らかだ。この機を逃してはいけない。

アルフィンは右足をうしろに向かって蹴りあげた。かかとが、ダブラスの急所をみごとに捉えた。ぐしゃっと股間をつぶした。

悲鳴をあげ、ダブラスが手を放す。前かがみになり、呻く。

アルフィンは自分から前方に転がった。するりとダブラスの腕の中から抜けた。

ジョウはダブラスの悲鳴を聞いた。見ると、アルフィンが前方に身を投げだしている。

ダブラスは棒立ちだ。激痛にうなり、完全に無防備になっている。

反射的にジョウはライフルを構えた。トリガーを引いた。

銃声が連続して響いた。弾丸がダブラスを直撃した。鮮血を撒き散らし、ダブラスが跳ね飛ぶ。

ダンカンが、アルフィンを撃った。ジョウがダブラスを撃ちぬくのと同時だった。身を起こそうとしていたアルフィンの脇腹を、レイガンの光条が灼いた。アルフィンは横ざまに倒れ、地面に転がった。

「ちいっ」

ジョウはハッチから飛び降りた。アルフィンは倒れたままだ。起きあがる気配がない。しかし、死んではいないことをジョウは確信している。撃たれたのは腹だ。衝撃と熱で失神した。しばらくは身動きひとつかなわない。

ジョウはダンカンの姿を探した。

いない。どこかに消えた。草原の中だ。草むらの底にもぐりこんだ。

ジョウは〈コルドバ〉と〈ミネルバ〉を見た。どちらも着陸態勢に入っている。〈ミネルバ〉だけでなく、〈コルドバ〉もここに本気で降りるつもりだ。いまの位置だと、連絡をして熱源探知を頼むこともできない。

ジョウは草原に向き直った。クラッシュジャケットのボタンを、むしりとった。アートフラッシュだ。これで草むらに隠れたダンカンをあぶりだす。

ジョウはアートフラッシュを投げた。十数個をそこらじゅうに投げまくった。ダンカンが逃げるとすれば、搭載艦の向こう側だ。ジョウは思いきり遠くに投げた。

燃えあがった。ごおと炎が湧きあがった。すさまじい火災になった。炎の先端は五十メートルもの高さにまで立ちのぼる。

草原が火の海になった。ジョウはアサルトライフルを構え、そのときを待った。

影が浮かんだ。炎の真ん中だ。黒い人影。火だるまになり、影は猛火の外へ逃げだそうとしている。ダンカンだ。ジョウはトリガーに指をかけた。照準をセットしようとした。

銃声が轟いた。ジョウのライフルの銃声ではなかった。ダンカンの影が火炎の中で大きくのけぞり、崩れた。ばったりと倒れ、火の海に沈んだ。

ジョウはあわてて、うしろを振り返った。少し向こうに〈コルドバ〉が着陸している。そのハッチのひとつが船腹にひらき、そこに大型ライフルを手にしたコワルスキーが立っていた。

ジョウの左手首の通信機が小さく鳴った。コワルスキーからの通信呼びだしだった。

「感謝する」スイッチを入れると、コワルスキーの声が低く響いた。

「わしのぶんを残しておいてくれて」

炎の渦が激しくうねり、咆えた。

それが、宇宙海賊ダンカン・パイレーツの盟主、皆殺しダンカンの最期《さいご》であった。

ジョウはベラサンテラ獣の飼育ケースを海賊の搭載艦から〈ミネルバ〉へと移した。

ジョウの積荷がベラサンテラ獣と知ったときのコワルスキーの顔は、見ものであった。口をあんぐりとあけたまま、十分あまりも閉じることができなかった。

しばらくして、コワルスキーは我に返った。それから、大騒ぎがはじまった。コワルスキーは、ジョウに迫る。ただひたすら「真相を言え」と叫ぶ。ジョウたちは、その要求をいっさい無視した。その前に、とにかく作業を終えなければならない。同行者の正体がなんであれ、ジョウが契約したのはフォン・ドミネート大統領だ。その契約は、まだ無効になっていない。となれば、なによりも、その契約の遂行を優先しなくてはいけない。

作業終了と同時に、ジョウたちはミランデル唯一の都市、サンドラへと向かった。そこにタラオ政府が用意したガムルが待っている。

サンドラには、もちろん〈コルドバ〉もついてきた。どうやら、真相を聞くまでは意地でも帰るつもりはないらしい。連合宇宙軍に所属する四百メートル級の巡洋艦に着陸許可を求められたサンドラ宇宙港の職員は驚愕し、うろたえた。

サンドラに到着したジョウたちを出迎えたのは、いささかうんざりした風情のタラオ駐ドミンバ領事であった。領事は言った。

「発情期が終わりそうです。すぐに飼育ケースを領事館に運びこんでください」

急いで、ベラサンテラ獣を領事館に移した。メスのガムルを飼育ケースの中に入れる。

なるほどと、ジョウたちは感心した。たしかにガムルはベラサンテラ獣によく似ている。体毛の色が宝石のルビーのように赤い。違いらしい違いはそれだけだ。メスのガムルなので、当然、角はない。もっとも、ガムルの場合、オスでも角が生えないという。

一緒のケースに入ったベラサンテラ獣とガムルは喧嘩をはじめたりすることもなく、互いの匂いを嗅《か》ぎ合っている。これは、どちらかといえば、いい兆候である。

「うまくいきそうですな」

タロスが言った。

「タラオの命運がかかっているのです。うまくいかなければ困ります」

領事がうなずいた。心なしか声が震えている。

「早くはじめないかなあ」

リッキーがケースを覗きこんだ。

「ばか！」

顔を赤らめ、アルフィンがリッキーの頭を拳骨《げんこつ》で叩いた。

「なんで、みんなここに集まって様子を見ているのよ」アルフィンは恥ずかしそうに叫ぶ。

「こういうところを見物するなんて、おかしいわ。そっとしておいてあげるのが本当でしょ。あんたたち、不潔！」

「…………」

一同、声もない。

まさしく、アルフィンの言うとおりである。

「小僧」コワルスキーがしかめ面をつくっていった。

「向こうの部屋へ移ろう。移って、真相のすべてを聞かせろ」

なんとコワルスキー、ここまでくっついてきていた。

「わかったよ」ジョウは同意した。

「べつの部屋に行こう。そこで、全部、話してやる」

「それ、いいの？　ジョウ」

アルフィンが訊いた。

「ああ」ジョウはあごを小さく引いた。

「かまわないさ」

そして、ジョウは言葉を継いだ。

「四百四十光年の旅は、もう終わったんだ」

# エピローグ＋アルファ

スクラップ同然にまでなった〈ミネルバ〉の修理には、予想以上の時間が必要だった。結局、ベラサンテラ獣とガムルの交配の結果がわかるときまで、ジョウたちはミランデルに滞在した。結果がわかったのは、ミランデルに着いてから四か月後のことである。ベラサンテラ獣とガムルとの交配は、失敗に終わった。生殖がおこなわれ、子供は産まれたが、タナールを採取することができなかった。遺伝子操作も併用されたが、それでもだめだった。

タラオ政府は、すべてを諦めた。取り引きしている各国家に十分根回しをした上で、ベラサンテラ獣の絶滅を発表し、フォン・ドミネートは大統領を辞任した。しかし、結果はどうであれ、約束した礼金はちゃんと契約どおり支払われたので、これはジョウにはなんの関係もないこととなった。〈アレナクイーン〉襲撃事件などの厄介な問題も、フォン・ドミネートの責任で完全に決着がついた。

修理が完了し、〈ミネルバ〉はミランデルから飛び立った。ドミンバ星域を離脱し、ワープポイントに向かった。

「にしても、真相を知ったときのコワルスキーは、おもしろかった」

さも愉快そうに、タロスが言った。

「ほんとだよ」リッキーが相槌《あいづち》を打った。

「勝手におとりに使っていただいたとぉ、なんちってさ」

「まあ、海賊退治に大きな功績があったってことで、責任を相殺《そうさい》してくれたのは儲《もう》けもんだった。本来なら、あれはべつの話になる。絶対に許してもらえない」

「タロス」ジョウが、やりとりに割って入った。

「おまえ、コワルスキーに呼ばれて、隅っこでなんかこそこそと話をしていただろう。あれはなんだったんだ？」

鋭く訊いた。

「げ」リッキーが驚いた。

「そんなことしてたのかよ」

「怪しいわ」アルフィンも加わった。

「闇取引でしょ。男同士の」

「そんなんじゃねえ」

タロスはあわてて否定した。

「ほーお」

三人はぜんぜん信じない。

「あいつは、俺に向かってこう言ったんだ」タロスはあせって、言葉をつづけた。「タロス、きさまは優秀なパイロットだ。今回の件、すべて目をつぶってやるから、宇宙軍に入れ。きさまなら、すぐに駆逐艦の艦長だ。自分の船を持てるぞ、と」

「すげえ」

リッキーの目が丸くなった。

「魅力的な申し出ねえ」

アルフィンもうっとりと言う。

「おまえ、なんて答えた」

ジョウひとりだけが、真剣に尋ねた。

「コワルスキー、あんたは優秀な艦長だって言ってやりました」タロスはジョウを見た。「だから、クラッシャーにならないか。あんたならすぐにチームリーダーになれる。連合宇宙軍なんかやめちまえ」

終わりまで、ジョウは聞かなかった。途中で吹きだした。げらげらと笑った。

「おもしれえ」

リッキーも爆笑する。

「最高！」

アルフィンは腹をかかえている。

「だろ」

タロスも一緒になって笑った。

「緊急デス。緊急！」

甲高い声が、その笑い声を強引に破った。

ドンゴの声だった。

「れーだーすくりーんヲ見テクダサイ」ドンゴは言う。

「正体不明ノ宇宙船ガ、近クニイマス。確認シテクダサイ。キャハハ」

瞬時、完全に音が絶えた。四人の笑いが凍りつき、声を失った。

「宇宙船？」

しばしの間を置いて、四人がいっせいにコンソールデスクに向き直った。

レーダーの映像がメインスクリーンに入った。

走査範囲ぎりぎりのところに小さな光点がひとつある。

「加速していないわ」

アルフィンが言った。もう真顔だ。声にも緊張が加わっている。

「慣性航行中ですな」タロスが言った。

「制御されていない船です」

「救難信号は？」

ジョウが訊いた。

「でてない」

アルフィンが答えた。

「どう思う」

ジョウはタロスに視線を向けた。

「事故であれば、救難信号は自動的に発信されます。しかし、ごくまれに突発事故ですべてのシステムが停止し、救難信号が発信されないケースも存在しています」

「海賊じゃないのか？」

リッキーが言った。

「残党がうろついているというのは、ありえない話じゃない」

タロスは腕を組んだ。

「とにかく、行ってみよう」ジョウが言った。

「目で確認するのが、いちばんだ」

〈ミネルバ〉は加速をアップした。一時間ほどで、その宇宙船に追いついた。

「個人の船だな」

スクリーンに船影が映った。映像を拡大すると、船腹に船の認識番号が描かれているのが見える。個人所有を示すコードだ。企業に所属する船ではない。

「個人にしては、でかい」

タロスが言った。宇宙船は、二百メートル級の外洋クルーザーだった。個人で持つとなると、相当の大金持ちでないと無理だ。超高級船舶である。

「攻撃を受けたあとがあるぜ」リッキーがスクリーンを指差した。

「あの感じ、絶対に事故じゃない」

ジョウは宇宙船の機関部を拡大させた。そこがひどく破損している。焼け焦げた痕は、明らかにビーム砲によるものだ。

「やっぱり海賊だよ」

リッキーが断定した。

「詮索《せんさく》はあとまわしにしよう」ジョウが言った。

「生存者がいるかもしれない。タロス、内部に入るぞ」

ジョウはシートから立ちあがった。

「へい」

タロスも、それにつづいた。

ふたりは宇宙服を着て、エアロックから船外にでた。ハンドロケットを使い、ゆっくくりと宇宙船の船腹に飛びつく。非常用のハッチを探した。すぐに見つかった。パネルを外し、所定の操作をすると、ハッチはあっさりとひらいた。これは、この宇宙船のメインシステムが、この船を遭難したものと認識している証拠だ。にもかかわらず、救難信号が発信されていないのは、人為的に発信装置が破壊されたことを意味している。これはむろん、ただごとではない。

ジョウとタロスは船内に入った。区画をひとつずつ調べていく。人間の姿がなかった。倒れているのは壊れたロボットばかりだ。精巧なアンドロイドが多い。

艦橋に至った。むろん、進入した。操縦席の横に人が横たわっていた。ロボットやアンドロイドではない。たしかに人間である。ふたりはすぐに駆け寄った。

倒れていたのは、男性だった。老人である。かなりの高齢だ。百歳をとうに越えているかのようにみえる。

ジョウは老人を抱き起こした。老人には、まだ息があった。

「しっかりしろ！」

ジョウは老人の耳もとで怒鳴った。ややあって、老人は、うっすらと目をあけた。

「どうした？」ジョウは問う。

「何があった。誰にやられた？」

老人は口をぱくぱくさせた。なかなか言葉がでてこない。あえいでいる。

何度か唇を動かした。七回目に、声がでた。やっと聞きとれる程度のかすかなしわがれ声だ。途切れ途切れに発声する。

「ミランデルへ……」

老人は言った。

「ミランデル？」ジョウの表情が険しくなった。

「俺たちはミランデルからきたんだ」

「これを……届けて……」

老人は指を二本、自分の口に差し入れた。骨に皮がくっついただけという痩《や》せ衰えた指だ。口の中から何かを取りだそうとしているらしい。

指がでてきた。その先に、直径五ミリほどの小さな円盤がはさみこまれている。合金製らしい。銀色に光っている。

「これは、なんだ？」

「データディスク」

ジョウは円盤を受け取った。

「これが？」

　コンピュータに読みこませるデータディスクは徹底的に小型化されている。しかし、直径五ミリというのは、珍しい。

「このデータディスクを誰に届けるんだ？」

「ミラン……デルにいる……クラッシャー……ジョウに」

「クラッシャージョウ？」

　ジョウとタロスは、互いに顔を見合わせた。

「渡してくれ……頼みがあ……」

　老人は目を閉じた。生命力が急速に失われている。もうほとんど呼吸をしていない。

「じいさん、がんばれ。クラッシャージョウは俺だ！」ジョウは叫んだ。

「俺になんの用がある？」

　ジョウの必死の声が老人の意識を呼び覚ました。老人は再び目をひらき、言った。

「銀河系最後の秘宝が」

　がくりと、老人の首が折れた。またもや目が閉じられ、老人は動きを止めた。ジョウはあわてて、そのからだを強く揺すぶった。

「じいさんっ、じいさんっ」

　大声で怒鳴る。

　が、答えはなかった。老人はすでに息絶えていた。

本書は2001年4月に朝日ソノラマより刊行された
改訂版を加筆・修正したものです。

# 日本ＳＦ大賞受賞作

## 上弦の月を喰べる獅子 上下
夢枕　獏
ベストセラー作家が仏教の宇宙観をもとに進化と宇宙の謎を解き明かした空前絶後の物語。

## 戦争を演じた神々たち［全］
大原まり子
日本ＳＦ大賞受賞作とその続篇を再編成して贈る、今世紀、最も美しい創造と破壊の神話

## 傀《く》儡《ぐつ》后《こう》
牧野　修
ドラッグや奇病がもたらす意識と世界の変容を醜悪かつ美麗に描いたゴシックＳＦ大作。

## マルドゥック・スクランブル（全３巻）
冲方　丁
自らの存在証明を賭けて、少女バロットとネズミ型万能兵器ウフコックの闘いが始まる！

## 象《かたど》られた力
飛　浩隆
Ｔ・チャンの論理とＧ・イーガンの衝撃——表題作ほか完全改稿の初期作を収めた傑作集

# 星雲賞受賞作

## ハイブリッド・チャイルド
大原まり子
軍を脱走し変形をくりかえしながら逃亡する宇宙戦闘用生体機械を描く幻想的ハードSF

## 永遠の森　博物館惑星
菅　浩江
地球衛星軌道上に浮ぶ博物館。学芸員たちが鑑定するのは、美術品に残された人々の想い

## 太陽の簒奪者《さんだつしゃ》
野尻抱介
太陽をとりまくリングは人類滅亡の予兆か？　星雲賞を受賞した新世紀ハードSFの金字塔

## 銀河帝国の弘法も筆の誤り
田中啓文
人類数千年の営為が水泡に帰すおぞましくも愉快な遠未来の日常と神話。異色作五篇収録

## 老ヴォールの惑星
小川一水
SFマガジン読者賞受賞の表題作、星雲賞受賞の「漂った男」など、全四篇収録の作品集

## コミック文庫

### イティハーサ〔全7巻〕
水樹和佳子

超古代の日本を舞台に数奇な運命に導かれる少年と少女。ファンタジーコミックの最高峰

### 樹魔・伝説
水樹和佳子

南極で発見された巨大な植物反応の正体は？人間の絶望と希望を描いたSFコミック5篇

### 月虹―セレス還元―
水樹和佳子

「セレスの記憶を開放してくれ」青年の言葉の意味は？　そして少女に起こった異変は？

### エリオットひとりあそび
水樹和佳子

戦争で父を失った少年エリオットの成長と青春の日々を、みずみずしいタッチで描く名作

### 約束の地・スノウ外伝
いしかわじゅん

シリアスな設定に先鋭的ギャグをちりばめた伝説の奇想SF漫画、豪華二本立てで登場！

## コミック文庫

**花図鑑**〔全2巻〕
清原なつの
性にまつわる抑圧や禁忌に悩む女性の心をさまざまな角度から描いたオムニバス作品集。

**東京物語**〔全3巻〕
ふくやまけいこ
出版社新入社員・平介と、謎の青年・草二郎がくりひろげる、ハラハラほのぼの探偵物語

**サイゴーさんの幸せ**
ふくやまけいこ
上野の山の銅像サイゴーさんが、ある日突然人間になって巻き起こすハートフルコメディ

**星の島のるるちゃん**〔全2巻〕
ふくやまけいこ
二〇一〇年、星の島にやってきた、江の島るるちゃんの夢と冒険を描く近未来ファンタジー

**まぼろし谷のねんねこ姫**〔全3巻〕
ふくやまけいこ
ネコのお姫様が巻き起こす、ほのぼの騒動！ノスタルジックでキュートなファンタジー。

## コミック文庫

**アンダー**　森脇真末味
ある事件をきっかけに少女は世界の奇妙さに気づく。ハイスピードで展開される未来SF

**天使の顔写真**　森脇真末味
作品集初収録の表題作を始め、新井素子原作の「週に一度のお食事を」等、SF短篇9篇

**グリフィン**　森脇真末味
血と狂気と愛に、ちょっぴりユーモアをブレンドした、極上のミステリ・サスペンス6篇

**SF大将**　とり・みき
古今の名作SFを解体し脱構築したコミック39連発。単行本版に徹底修整加筆した決定版

**キネコミカ**　とり・みき
古今の名作映画のパロディコミック34本を、全2色刷りでおくるペーパーシアター開幕！

著者略歴　1951年生，法政大学社会学部卒，作家　著書『ダーティペアの大冒険』『ダーティペアの大復活』『ダーティペアの大征服』（以上早川書房刊）他多数

HM=Hayakawa Mystery
SF=Science Fiction
JA=Japanese Author
NV=Novel
NF=Nonfiction
FT=Fantasy

クラッシャージョウ②
## 撃滅《げきめつ》！　宇宙海賊《うちゅうかいぞく》の罠《わな》

〈JA936〉

二〇〇八年九月　二十日　印刷
二〇〇八年九月二十五日　発行
（定価はカバーに表示してあります）

著者　高《たか》千《ち》穂《ほ》遙《はるか》
発行者　早川　浩
印刷者　矢部一憲
発行所　株式会社　早川書房
郵便番号　一〇一 - 〇〇四六
東京都千代田区神田多町二ノ二
電話　〇三 - 三二五二 - 三一一一（大代表）
振替　〇〇一六〇 - 三 - 四七七九九
http://www.hayakawa-online.co.jp

乱丁・落丁本は小社制作部宛お送り下さい。
送料小社負担にてお取りかえいたします。

印刷・三松堂印刷株式会社　製本・株式会社明光社

ISBN978-4-15-030936-7 C0193